LA VOLEUSE D'OMBRES

LES MONSTRES ET MOI
TOME 1

EVA CHASE

La Voleuse d'ombres

Livre 1 de la série "*Les Monstres et moi* ".

Tous droits réservés. Ce livre ou toute partie de celui-ci ne peut être reproduit ou utilisé de quelque manière que ce soit sans l'autorisation écrite expresse de l'auteur, à l'exception de l'utilisation de brèves citations dans une critique de livre.

Ceci est une œuvre de fiction. Toute ressemblance avec des personnes réelles, vivantes ou décédées, ou des événements réels est purement fortuite.

Première édition numérique, 2020

Traduction française : Valentin Translation and Isabelle Wurth

Conception de la couverture : Open World Cover Designs

Ebook ISBN : 978-1-998752-61-4

Broché ISBN : 978-1-998752-62-1

❀ Réalisé avec Vellum

UN

Sorsha

L'histoire de la fin du monde orchestrée par mes soins ne commença pas par une détonation ou un gémissement, mais par un tintement.

Le tintement provint du pêne d'une ancienne serrure qui heurta le rebord de la fenêtre en se désengageant. Ajustant ma position sur le rebord extérieur, j'extirpai de dessous le châssis, ma cale et ma sonde tout aussi anciennes l'une que l'autre – il faut avoir des outils adaptés à la tâche. Sous l'effet de ma traction, la fenêtre glissa vers le haut avec un léger grincement.

Les ombres drapaient l'autre côté du couloir, encore plus denses que dans l'arrière-cour en contrebas, où la lueur des projecteurs de sécurité du manoir tranchait la nuit. Moins de travail pour moi. Vêtue de noir de la tête aux pieds, les mains gantées pour éviter les empreintes et mes cheveux d'un roux éclatant cachés sous un bonnet en tricot, je me fondais parfaitement dans la masse.

Je me glissai de la brise chaude estivale au calme du hall et je refermai la fenêtre en douceur. Le plafond s'élevait très haut. L'odeur piquante de l'encaustique me chatouilla le nez. Sans doute que les lames de parquet qui apparaissaient sur les bords du tapis persan brillaient comme du verre à la lumière du jour.

L'épais tapis absorba facilement mes pas tandis que je glissai dessus en lorgnant les portes. Si j'avais pu avoir une bonne vue de l'extérieur, je me serais faufilée directement dans la pièce que je visais, mais avec les rideaux des autres fenêtres, il m'était impossible de savoir si je toucherais le jackpot ou si je tomberais sur des occupants que je ne cherchais pas à rencontrer.

En regardant autour de moi, quelques signes indiquaient qu'il ne s'agissait pas de la maison d'un collectionneur habituel. La plupart d'entre eux épargnaient au reste de leur espace de vie tout ce qui pourrait suggérer leurs intérêts secrets, un portrait de la normalité. Ici, des peintures représentant des formes sinistres et tordues avec des yeux brillants étaient accrochées aux murs. Plus bas, une tache sombre plus épaisse s'étendait sur la peinture pâle du plafond comme si elle avait été brûlée. Qu'est-ce que ce type avait bien pu faire ?

Mais je repérai ensuite la porte qui devait mener à sa salle de collections, et cette question s'évanouit derrière un picotement d'exaltation.

Je ne pouvais pas savoir exactement à quel type de sécurité j'avais affaire avant de m'approcher et d'allumer le faisceau le plus fin de ma lampe de poche. Ce que je vis me fit grimacer. Nom d'un p'tit bonhomme !

D'après mon expérience, il y avait deux sortes de collectionneurs. Certains misaient tout sur le traditionalisme, préférant les installations et appareils ésotériques du passé – les plus anciens étant les meilleurs – pour correspondre à la nature des créatures qu'ils avaient mises à l'abri. D'autres préféraient la technologie moderne au maintien d'une ambiance cohérente et sécurisaient leurs zones de collection avec l'électronique la plus récente.

Je préférais les premiers. Oubliez les gadgets sophistiqués qui piratent les codes numériques : il était bien plus satisfaisant de s'attaquer à des objets concrets, comme un puzzle à assembler... ou, plus souvent, qu'à démanteler.

Ce type était manifestement du même avis. Sauf qu'il était allé beaucoup trop loin. Un coup d'œil à la masse de métal imbriquée autour de la poignée de la porte me permit de constater que mes pointes standards n'arriveraient pas à bout de cette serrure. Je n'en ai pas rencontré beaucoup qui nécessitaient des méthodes plus énergiques. Le collectionneur de ce soir était terriblement paranoïaque quand il s'agissait de protéger ses trésors.

Ou bien il avait là quelque chose de si spécial que cela justifiait les efforts qu'il déployait.

Une pointe d'appréhension me parcourut l'échine. Vous connaissez ce sentiment lorsque vous vous rendez compte que la chose que vous êtes en train de faire pourrait être une affreuse idée, mais que vous êtes déjà tellement engagé que vous vous sentiriez encore plus mal si vous vous arrêtiez ? J'ai vécu si souvent dans ce sentiment que j'aurais pu en faire mon adresse permanente.

Je me débarrassai donc de mon malaise et fouillai dans

le sac en tissu accroché à ma ceinture. J'avais les moyens de déjouer une serrure aussi ridicule que celle-ci, et je n'allais pas me laisser faire par un aspirant maître du macabre. Une fois que je m'étais lancée dans une mission, je la menais à bien. Et jusqu'à présent, je les avais toujours menées à bien, quelle que soit la difficulté de la situation.

Je détachai un bout de la taille d'un petit pois de mon morceau de mastic explosif et je l'enfonçai dans le recoin le plus profond du centre du mécanisme. Je chantais à voix basse l'air de *A View to a Kill* de Duran Duran : « Beating you with some goo, eat your fill ».[1] Massacrer des paroles de chansons des années 1980 me met toujours de bonne humeur.

Tout le monde a besoin d'un passe-temps.

En m'arc-boutant, je pontai mon briquet vers l'anfractuosité et j'allumai la flamme. Le mastic éclata avec un crépitement et une bouffée de fumée – et le tintement de plusieurs ferrures antiques se brisant en morceaux. Je restai immobile pendant plusieurs secondes, l'oreille tendue, à l'affût d'un signe indiquant que quelqu'un dans la maison avait remarqué le bruit, mais le couloir resta silencieux.

Lorsque j'appuyai sur la poignée, la serrure grinça, hésita, puis s'écrasa à l'aide d'une secousse plus forte. Sous ma poussée, la porte s'ouvrit.

Sainte mère de Dieu, c'était bien une salle de collections. J'en avais vu beaucoup, mais je ne pus pas m'empêcher de rester bouche bée.

La « salle » semblait être en fait trois ou quatre pièces dont les murs avaient été abattus, s'étendant comme une grande salle de bal au loin. Des étagères en bois encastrées, remplies de livres, de bibelots et d'autres objets, bordaient les murs de chaque côté, du sol au plafond voûté. Devant ces étagères, à intervalles réguliers, des lampes en forme de globe éclairaient des cages scintillantes qui n'étaient pas très différentes de celles qui abritent des oiseaux. Leurs barres verticales s'élevaient en dôme et leurs bases variaient de la taille de ma paume à la longueur de mon bras.

J'en comptai au moins une douzaine réparties dans le vaste espace. Il était rare de rencontrer un collectionneur qui avait réussi à mettre la main sur davantage que quelques créatures de l'ombre. Ce type n'avait pas chômé.

Je détournai mon regard des cages pour longer le mur et noter les épais rideaux de velours qui recouvraient les étroites fenêtres de la pièce dans les quelques interstices entre les étagères. C'était là que se trouvaient mes possibilités d'évasion.

Un autre rideau de velours, plus massif, pendait au fond sur toute la largeur de la pièce. Qu'est-ce qui pouvait bien se trouver au-delà de ce rideau ?

Une tache rougeâtre attira mon attention au milieu du tapis à motifs bleu et or. Cette teinte marron qui frise le brun, c'était une tache de sang. Une tache si grande que j'aurais pu m'allonger dessus sans la recouvrir entièrement.

Une nouvelle pointe de nervosité me parcourut les tripes. Il n'était pas du tout inhabituel pour les collectionneurs d'expérimenter toutes sortes de rituels supposés surnaturels, y compris des sorts à base de sang, mais ce type semblait être allé jusqu'au bout et n'avait pas essayé de nettoyer après coup. Il avait laissé les preuves évidentes, comme s'il s'agissait d'un élément précieux de l'exposition.

Il y avait de quoi avoir la chair de poule, et puis il y

avait cette idée « voilà un type qui pourrait bien aimer porter la peau d'autrui comme un costume trois-pièces ».

Avant de reporter mon attention sur les cages, je pris quelques instants pour parcourir les étagères et empocher des objets de la collection non vivante du type – tout ce qui semblait à la fois précieux et pas trop caractéristique au point d'être facilement reconnaissable lorsque je les vendrais au marché noir. J'optai pour un bracelet en or, un gros rubis serti dans de l'ébène et une poignée de pièces de monnaie anciennes.

Cela devrait couvrir au moins quelques mois de gîte et de couvert pendant que je réfléchirais à mon prochain casse. Une fille doit bien payer son loyer d'une manière ou d'une autre. Il était normal que les collectionneurs financent indirectement mes efforts pour les faire fermer. Appelez-moi le Robin des Bois de l'émancipation des monstres.

Parce que c'était ce qui se cachait dans ces cages sous leurs projecteurs. Du moins, les collectionneurs les appelaient-ils des monstres. Et pour être juste, la plupart des créatures qui se glissaient à travers les failles du royaume des ombres vers le nôtre, celui des mortels, correspondaient aux critères standards.

Ceux d'entre nous qui connaissaient l'existence de ces créatures – et qui avaient pris la peine de parler longuement avec celles qui étaient capables de le faire – choisissaient leur terminologie avec un peu plus de respect. « Les ombres » étaient de toutes formes, tailles et tendances, et la plupart d'entre elles étaient bien moins monstrueuses que les pires êtres humains auxquels j'avais eu affaire.

Il était difficile de savoir exactement ce que ce type avait mis en cage dans sa vaste ménagerie. Les ombres pouvaient littéralement se fondre dans celles de notre monde et voyager à travers elles, d'où leur nom, mais elles devaient d'abord être capables de les atteindre. Les projecteurs étaient placés de manière à éclairer chaque cage et l'espace au-delà des barreaux, afin d'empêcher ce genre d'évasion.

Affligées par leur incarcération et par cette lumière constante, les créatures se repliaient sur elles-mêmes. Je ne pouvais distinguer qu'une tache floue et vacillante d'obscurité dans chacune d'elles : un aperçu d'épines ici, un éclair de crocs là. Lorsque les collectionneurs voulaient se vanter de leurs prises, ils tamisaient les lumières juste assez pour inciter leurs captifs à se montrer plus clairement, sans laisser leurs ombres complètes tomber dans le champ de vision.

L'argent et le fer s'entremêlaient pour former les barreaux et la base des cages – conformément à la mythologie, la plupart des êtres d'un autre monde reculaient devant l'un ou l'autre des métaux, ou les deux, dans une certaine mesure. La plupart des créatures de cette taille n'étaient pas assez fortes pour sauter dans les ombres à travers les espaces étroits entre les barreaux, même si elles avaient des ombres pour voyager. Cela signifiait que les libérer était un processus en plusieurs étapes.

Je commençai par la cage la plus proche, en tirant un tissu noir dense du grand sac à ma ceinture et en l'enroulant autour de la lampe pour l'occulter complètement. Briser la chose aurait évidemment été plus rapide, mais même les amateurs d'antiquités avaient souvent recours à des techniques plus sophistiquées lorsqu'il s'agissait de s'assurer que leurs biens les plus précieux ne s'échappaient pas. Il y avait de fortes chances qu'une alarme se déclenche si le flux d'électricité était interrompu.

Il en allait de même pour les portes des cages. Au lieu de toucher à la serrure, je dégrafai le couteau spécial que je gardais à la hanche, appuyai sur le bouton pour chauffer la lame et je l'appliquai aux barreaux sur le côté.

L'outil en titane avait été amélioré non seulement par les compétences du marché noir, mais aussi par les efforts surnaturels d'un sorcier. Son tranchant flamboyant traversa cinq des barreaux en moins d'une minute. En poussant le plat de la lame, ils s'inclinèrent vers le haut.

À la seconde où j'abaissai le couteau brûlant, la créature qui se trouvait à l'intérieur s'élança par l'ouverture. Je pus la voir clairement à cet instant : une boule de fourrure grise en lambeaux d'où dépassaient six pattes grêles et deux ailes de chauve-souris, un scintillement d'yeux jaunes, puis elle s'enfonça dans les ombres plus épaisses pour jouir loin d'ici de sa liberté.

En faisant rouler mes épaules pour les détendre, je relâchai un souffle. Une de moins, il en restait encore beaucoup.

Utilisant la même technique, j'avançai dans la salle, cage par cage. Ce n'est que lorsque j'eus franchi la treizième cage – quel chiffre approprié – que je jetai un coup d'œil en l'air et réalisai que j'étais arrivée au bout de la file. Enfin, presque. J'avais atteint un vaste rideau.

En m'arc-boutant, j'en écartai un bord et je me figeai. D'autres projecteurs brillaient sur les barres de fer et d'argent devant moi, mais les trois cages qui m'attendaient là... je n'avais jamais rien vu de tel. Situées au fond de la pièce, à une quinzaine de mètres de l'endroit où je me trouvais, elles étaient presque aussi hautes que le plafond et suffisamment larges pour que je ne puisse pas les atteindre d'un bout à l'autre avec les bras tendus.

Ma respiration resta bloquée dans mes poumons alors que je me glissai derrière le rideau et que je m'avançai. Qu'est-ce que ce type pouvait bien garder là-dedans ? Il devait être assez difficile d'avoir une collection de treize « monstres » mineurs correctement nourris et entraînés pour qu'ils ne s'amenuisent pas complètement. Des créatures assez grandes pour avoir besoin de cages comme celles-ci – elles auraient pu l'engloutir à la seconde où il aurait fait un faux mouvement, si elles avaient été enclines à le faire. Et il n'aurait pas fallu être enfermé très longtemps dans une cage pour les y inciter.

J'avais déjà pensé qu'il était trop ambitieux et peut-être malade. Maintenant, je devais dire qu'il était complètement fou – et pas seulement du chocolat Lanvin, pour reprendre cette vieille publicité.

Comme pour les petites ombres, les êtres dans les immenses cages s'étaient contractés en des formes sombres et floues. Je ne pouvais pas dire si la hauteur des cages était exagérée ou si les trois étaient simplement recroquevillés dans cet espace, mais ils ressemblaient tous à de grosses boules d'ombre condensées dans le tiers inférieur de l'espace. La boule de gauche était environ deux fois plus large que celle du milieu, celle de droite se situant quelque part entre les deux. J'aperçus une mèche de cheveux pâles, une lueur d'yeux vert fluo…

Mon pied atterrit sur le petit tapis qui me séparait des cages, et un hurlement électronique me perça les deux tympans.

Merde ! Je reculai si vite que j'aurais pu donner du fil à retordre à un danseur de claquettes professionnel, mais l'alarme continua de retentir dans la pièce et sans doute dans tout le manoir. Un capteur de pression situé sous le tapis avait dû la déclencher. Je n'y avais même pas pensé – j'aurais probablement dû le faire vu le maniaque auquel j'avais manifestement affaire.

Pas le temps de le maudire. Pas le temps de faire quoi que ce soit d'autre que le strict minimum pour lequel j'étais venue. Quoi qu'il y ait dans ces cages, ils méritaient leur liberté tout autant que les êtres plus petits que j'avais déjà libérés.

Avec l'alarme qui hurlait déjà autour de moi, je n'avais plus le droit à l'erreur. Je sprintai jusqu'à la première cage, tranchai la serrure elle-même avec mon couteau à brûler et je réussis à la couper en plusieurs mouvements de scie. Sous mon impulsion, la porte s'ouvrit. Pour faciliter la fuite du captif, je lançai ma toile de camouflage sur la lampe au-dessus. Elle couvrit la lumière un instant avant de retomber pour que je puisse la rattraper, mais à ce moment-là, une présence passa à toute vitesse devant moi, si grande et si proche que les poils de ma nuque se dressèrent sur ma tête.

Pas le temps de faire des présentations formelles. Je me précipitai vers la deuxième cage, tranchai la serrure un peu plus vite que la première, jetai mon tissu et courus vers la troisième sans m'arrêter pour dire « Enchantée ». Aucun bruit de mort imminente ne parvint à mes oreilles à travers la plainte de l'alarme, mais elle m'assourdissait pratiquement, ce qui n'était pas très réconfortant. La question n'était pas de savoir si le maître de maison se dirigeait vers la pièce, mais seulement de savoir à quelle vitesse il pouvait y arriver – et à quel point les renforts qu'il amènerait seraient assassins.

Alors que je récupérais pour la troisième fois ma toile de camouflage, j'étais déjà en train de sortir mon dernier stratagème de mon sac. En faisant sauter le bouchon de la bouteille, je jetai une giclée de kérosène sur le traître tapis. Puis je dirigeai la flamme de mon briquet vers le sol.

La tache humide s'enflamma dans un souffle brûlant. Je jetai un dernier coup d'œil autour de moi pour m'assurer qu'il ne restait plus aucun être vivant dans cet endroit – j'espérais que ma signature d'adieu détruirait autant que possible sa collection inanimée, compte tenu de l'usage qu'il en avait fait – et je réalisai que dans ma précipitation, j'avais presque coupé ma route vers la fenêtre la plus proche.

La chaleur me léchait le visage. Je l'esquivai sur le côté alors que le feu montait plus haut. La fumée me brûlait la gorge et mon pouls battait à tout rompre sous l'effet de l'adrénaline. Si au moins les flammes avaient la gentillesse de se déplacer plus à droite qu'à gauche, d'attaquer ces rangées de livres avant de s'attaquer aux rideaux de la fenêtre…

La chance était de mon côté. Cette pensée m'avait à peine traversé l'esprit que les flammes se dirigèrent avec plus d'intensité vers les étagères de l'autre côté de la pièce, m'offrant ainsi une petite ouverture. Un frisson me parcourut quand je vis à quel point c'était pratique, mais qui étais-je pour discuter ? Je plongeai en esquivant la langue de feu grandissante et écartai le rideau.

Sans avoir besoin de réfléchir, mon grappin se retrouva dans ma main. Je le frappai contre la vitre, qui éclata en une pluie d'éclats sur le patio en contrebas. En sautant sur le rebord, j'aperçus déjà le poteau électrique juste derrière le mur le plus proche du jardin. D'un coup de lasso, le crochet s'envola pour s'accrocher à la fixation au sommet du poteau.

Un cri de rage retentit dans la pièce derrière moi. *Adios,* connard. Les mains serrées autour de la corde, je m'élançai dans l'air beaucoup plus tempéré de la nuit.

Je m'orientai vers l'angle parfait pour attraper l'une des barres métalliques qui dépassaient du poteau. Rien de plus facile. D'un coup de poignet, je détachai le grappin au-dessus de ma tête. Je le clippai à l'arrière de ma ceinture, me laissai tomber sur le trottoir et disparus dans l'ombre aussi complètement que l'avaient fait les créatures que j'étais venue sauver, tout lien avec l'endroit derrière moi étant rompu.

Du moins, c'est ainsi que cela avait toujours fonctionné auparavant.

Malgré les bizarreries que j'avais rencontrées au cours de la mission, tout ce qui concernait mon évasion semblait s'être parfaitement déroulé. Je regagnai mon appartement aux petites heures du matin, je débarrassai mes cheveux de l'odeur de la fumée par un shampooing et je me mis au lit. À mon réveil, le soleil brillait dehors, les oiseaux gazouillaient et de nouveaux trésors à vendre trônaient sur mon bureau.

Je les tripotai, souriant à l'idée de l'argent qu'ils allaient rapporter et du collectionneur qui, je l'espérais, agoniserait maintenant au moins autant pour sa perte que ses captifs dans leurs cages, et je m'engageai dans le couloir pour prendre mon petit déjeuner en chantant : « Quelle erreur, quelle erreur fut ce gong cabossé. Quelle erreur, quelle… » Ma voix se brisa dans ma gorge. Je m'arrêtai brusquement à quelques pas de ma cuisine, soudain habitée par trois hommes inexcusablement magnifiques et inconnus.

---

1. Les véritables paroles sont « meeting you with a view to kill. »

DEUX

Sorsha

Pour être claire, j'étais d'accord avec le principe des hommes à la beauté choquante en général. J'aimais poser mes yeux – et parfois d'autres parties – sur eux lorsque l'occasion se présentait. Mais pas lorsque l'occasion se présentait de les voir apparaître par surprise dans mon appartement sans invitation préalable et sans que j'aie la moindre idée de qui ils étaient dans la planète océan.

Ces trois-là s'étaient certainement sentis chez eux. Le plus costaud de la bande, un type musclé avec plusieurs cicatrices marquant son visage ciselé et des cheveux blond blanc effleurant ses larges épaules, avait tiré l'une des chaises de la table de la cuisine. Il y était assis, les jambes écartées et l'un de mes couteaux de table tendu vers la lumière de la fenêtre.

À côté de ladite fenêtre se trouvait un jeune homme qui

aurait pu être un dieu du soleil, tout en boucles dorées et en beauté rayonnante. Il avait perché sa grande et mince silhouette sur le comptoir, un genou levé et l'autre pied – nu – qui pendait. Ses longs doigts s'enroulaient autour de ma dernière banane, à présent à moitié mangée.

À côté de lui, le dernier du trio se tenait près de l'évier, les manches de sa chemise retroussées jusqu'aux coudes et ses bras bien toniques couverts de bulles qu'il avait fait naître sous l'eau courante. Ses sourcils s'arquaient presque jusqu'à la frange de ses cheveux brun chocolat en désordre lorsqu'il croisa mon regard.

— Tu as bien dormi ? demanda-t-il d'une voix tout aussi chocolatée : douce, profonde et sucrée.

Ils me regardaient tous maintenant, le passionné des bulles me souriant, le dieu du soleil rayonnant comme, eh bien, le soleil, et M. Muscle adoptant une expression comme s'il essayait très fort de ne pas froncer les sourcils, mais que son visage n'était pas sûr de pouvoir faire quoi que ce soit d'autre.

Mon corps se tendit avec ce bon vieil instinct de lutte ou de fuite, face à des circonstances incertaines et potentiellement dangereuses.

— Qu'est-ce que vous… commençai-je. Puis mon regard s'arrêta sur quelques détails qui bouleversèrent ma compréhension de la situation.

Des formes plus pâles, plus caramel que chocolat, émergeaient des cheveux ondulés du type aux bulles. C'étaient les courbes de deux petites cornes pointues, juste au-dessus de ses oreilles. Et la lumière du soleil ne scintillait pas seulement sur mon couteau dans la main du Hulk, mais aussi sur ses articulations, qui avaient des bords cristallins encore plus durs que son visage et une teinte blanche bleutée comme de la glace.

On aurait pu les appeler des hommes, mais une grande partie de la population les aurait aussi appelés des monstres. Trois des plus grandes « ombres » campaient dans ma cuisine.

Ce qui soulevait encore beaucoup de questions, mais impliquait aussi un autre niveau de prudence. Je reculai d'un pas.

« Une seconde. Ne bougez pas. »

Je retournai en vitesse dans ma chambre et j'attrapai le maillot de corps que je portais sous ma tenue de rat d'hôtel la nuit précédente. L'insigne d'argent et de fer que je portais sur mon cœur y était encore épinglé. Je l'arrachai et le fixai au même endroit sur mon T-shirt actuel.

Les effets des métaux ne me rendaient pas imperméable aux pouvoirs de l'humanité de l'ombre, mais l'écusson repoussait la plupart des tentatives de manipulation des esprits et des émotions humaines. Si je croyais qu'il fallait laisser les hommes de l'ombre vivre librement, cela ne signifiait pas pour autant que je leur faisais confiance pour garder leur vaudou pour eux. Certains d'entre eux avaient mérité l'étiquette de « monstre ». Et même les plus douces des créatures de l'ombre ne comprenaient pas toujours la gentillesse et la considération comme nous, les mortels.

Mes préparatifs hâtifs réveillèrent Pickle, qui cuisait au soleil sur le rebord de la fenêtre de ma chambre. Cette créature de la taille d'un chaton, en forme de dragon, dont les écailles étaient aussi vertes et bosselées que son homonyme, me regarda en clignant des yeux, étira ses ailes et se mit en position de saut.

J'hésitai, puis je me penchai vers lui.

— Très bien, mais tu risques de ne pas aimer ce qu'il y a là-bas.

Il ne serait pas d'une grande aide en cas de combat, mais sa réaction à leur présence pourrait m'apprendre des choses que mes sens de mortelle n'enregistraient pas.

Pickle sauta dans les airs d'un battement d'ailes maladroit et se posa sur mon épaule. Il planta ses griffes – doucement, après quelques années d'essais et d'erreurs – dans le tissu de ma chemise et me toucha la mâchoire avec son nez évasé. Parfois, il était difficile de savoir s'il me considérait comme une compagne utile ou comme un cheval.

Il s'installa joyeusement, sa joue fraîche collée au creux de mon cou, jusqu'à ce que j'atteigne le seuil de la cuisine. Les trois superbes hommes étaient restés exactement à la même place que lorsque je les avais vus pour la première fois. Au moins, ils étaient capables de suivre des instructions simples.

Pickle tressaillit et s'éloigna de moi – et de ses frères de l'ombre beaucoup plus grands – avec un couinement qui fit jaillir une bouffée d'étincelles. Il atterrit sur l'épaule du mannequin qui se tenait juste à l'entrée du salon.

J'avais émancipé cet objet d'un magasin abandonné depuis longtemps au-dessus duquel se trouvait mon appartement, un endroit qui proposait des services de retouches de tissus et de vêtements. La silhouette sans tête et sans bras était presque aussi inquiétante dans mon appartement qu'elle l'était dans la poussière et l'obscurité du rez-de-chaussée, mais je l'avais habillée d'une de mes chemises, non lavée pour garder mon odeur, afin que Pickle ait un endroit où se percher ailleurs que sur moi, où il semblait vouloir se trouver à chaque instant du jour.

Apparemment, il préféra mon substitut à moi, si cela lui permettait de s'éloigner des êtres de la cuisine. Une fois sur le mannequin, il courba le dos, ses yeux noirs plissés et fixés sur eux, et un autre couinement plus féroce lui échappa.

D'accord, il pensait qu'ils étaient plutôt effrayants. Bien sûr, c'était peut-être davantage dû au fait qu'ils étaient cent fois plus grands que lui qu'à des pouvoirs terrifiants qu'il aurait repérés.

Les hommes n'avaient toujours pas bougé, mais l'expression de M. Muscle s'était transformée en un véritable froncement de sourcils alors qu'il considérait mon dragon de compagnie. L'enthousiaste aux cheveux et à la voix chocolatés sembla se concentrer sur ma broche de protection pendant un moment avant d'attirer à nouveau mon regard avec un sourcil arqué et taquin.

J'avais fait exprès de le porter au-dessus de mes vêtements, pour qu'ils sachent que je savais à qui j'avais affaire – et comment me défendre si nécessaire.

Je croisai les bras sur ma poitrine.

— Qu'est-ce que vous faites ici ? Jusqu'à présent, ils semblaient assez dociles, mis à part ce que laissaient entendre les cicatrices de M. Muscle, mais avec les ombres supérieures, on ne pouvait pas vraiment se fier aux apparences. Ils étaient capables de cacher leurs formes les plus monstrueuses sous un vernis presque entièrement humain, seule une caractéristique révélatrice comme ces cornes ou ces articulations apparaissant au grand jour. Je pouvais avoir affaire à n'importe quel démon, métamorphe, *fae*, vampire, ou à d'autres types plus rares, mais tout aussi dignes d'attention.

— Tu nous as libérés, dit le dieu soleil d'une voix vibrante et émerveillée. C'était fantastique. Il prit une autre bouchée de la banane et je me rendis compte qu'il n'avait pas pris la peine de l'éplucher. Il l'avala avec la peau et le reste.

Sa langue passa sur ses lèvres – était-elle *fourchue ?* – et il afficha un sourire ravi. « C'est fantastique aussi, ça. Comment tu as dit que ça s'appelait ? »

Il jeta un coup d'œil au type sur l'évier, qui répondit avec un amusement évident.

— Une banane. Puisqu'on en est aux mots B, qu'est-ce que tu penses de ça ? Il leva la main et souffla un flot de bulles de savon à vaisselle dans l'air. Alors qu'elles flottaient avec plus de légèreté que je n'aurais pu le faire, les yeux du demi-dieu les suivirent. Il tendit la main pour toucher la surface brillante d'une bulle et s'esclaffa lorsqu'elle éclata.

M. Muscle avait mis de côté le couteau du dîner et s'était levé sans donner l'impression d'avoir remarqué le bavardage des autres. Il paraissait encore plus grand debout – au moins trente centimètres de plus que moi, et je n'étais pas une crevette du haut de mon mètre soixante-quinze. Il hocha la tête, l'expression aussi sombre qu'auparavant. Sa voix était grave et rocailleuse.

— Je m'appelle Thorn, et mes compagnons sont Snap – il désigna le dieu du soleil – et Ruse – l'amateur de bulles. Après les efforts que tu as déployés et les répercussions que tu as risquées pour assurer notre liberté, nous avons une grande dette envers toi. Nous la rembourserons du mieux que nous pourrons, Milady.

M'avait-il vraiment appelée « Milady » comme un chevalier de cour ? J'aurais pu remettre en question ce titre, mais j'étais trop distraite par les implications plus importantes de ce qu'il avait dit. Assurer leur liberté – les libérer – *oh.*

Les pièces s'emboîtèrent. Les trois immenses cages de la salle des collections. Les cheveux pâles que j'avais aperçus, qui auraient pu être ceux de ce Thorn. Les yeux verts brillants... Ceux de Snap étaient d'un vert mousse plus discret, mais sous sa forme plus monstrueuse, ils pouvaient très bien prendre cet éclat de néon. Les hommes de l'ombre tendaient vers les extrêmes à l'état naturel.

J'avais libéré ces trois-là. Et apparemment, ils m'avaient suivie jusqu'à la maison comme une bande de chiots perdus. Des chiots perdus extrêmement sexy, mais quand même. Pickle était un problème suffisant.

Mes bras se détendirent, mais je ne bougeai pas de ma place sur le seuil.

— Vous n'auriez pas dû me suivre. Je ne cherchais pas à me faire rembourser. Je vous ai laissés sortir, vous et les êtres inférieurs, parce que vous ne méritiez pas d'être en cage. Vous pouvez maintenant retourner dans le royaume des ombres.

Ruse souffla une nouvelle fois des bulles dans l'air.

— Non, c'est impossible. Nous avons perdu notre patron, tu vois.

L'expression joyeuse de Snap s'estompa à ce commentaire. Il avala la dernière banane comme s'il s'agissait d'une dose de tequila.

— Votre patron ? répétai-je en fronçant les sourcils.

D'après ce que j'avais compris, le royaume des ombres ne fonctionnait pas avec beaucoup d'organisation sociale, sans parler des emplois et des employeurs. Il y avait des ombres supérieures qui avaient rejoint le royaume des mortels de façon permanente et qui vivaient aux côtés des humains avec la plupart des avantages de la vie mortelle, mais ce trio n'entrait pas dans ce moule. À en juger par l'émerveillement de Snap devant le contenu de ma cuisine, j'imaginais qu'il avait passé très peu de temps en dehors de son propre royaume. La façon formelle de parler de Thorn et sa tenue (tunique et pantalon) suggérait que le temps qu'il avait passé ici remontait à quelques époques. Ruse aurait pu s'intégrer, bien que sa chemise et son pantalon ajustés fassent plus penser à une tenue de soirée qu'à un uniforme de travail, mais il avait dit ce qu'il avait à dire.

— Nous avons été réunis pour une cause précise par un autre membre de notre espèce qui soupçonnait certains mortels de trahison, expliqua Thorn. Le sort qui lui a été réservé suggère qu'il avait raison. Lors de notre troisième rencontre, il est tombé dans une embuscade tendue par des assaillants bien préparés à combattre nos capacités. Nous avons pu éviter la mêlée, mais avant de pouvoir les retrouver, nous avons été pris au piège par un autre groupe. Son visage s'assombrit, sa tête s'inclina.

— Je vous avais dit que j'avais un mauvais pressentiment à propos de ce bâtiment, ajouta Ruse.

Thorn jette un coup d'œil à l'autre gars par-dessus son épaule avant de se retourner vers moi.

— Les techniques ont changé depuis la dernière fois que j'ai eu affaire à des mortels. Elles sont devenues plus… puissantes. Il se rassit, comme s'il était accablé par cet aveu.

Snap eut un petit frémissement, comme s'il essayait de se débarrasser de la tension du moment, et il sauta du comptoir. Il plongea la main dans mon bol de fruits posé sur la table, la lueur de curiosité revenant alors qu'il examinait ce qu'il avait trouvé.

— Comment s'appelle celle-ci ?

— C'est une pêche, dit sèchement Ruse. Elles sont bonnes aussi.

Snap en prit une bouchée et gémit de plaisir. Je faisais de mon mieux pour ne pas reluquer la courbe pâle de son cou et son visage de rêve alors qu'il tenait le fruit en l'air pour laisser le jus couler dans sa bouche. Je n'avais peut-être pas invité ces personnes, mais je pouvais être assez polie pour ne pas les reluquer ouvertement.

— Omen nous a réunis, poursuivit Thorn depuis sa chaise. Il dirigea son regard triste vers le couteau, comme si sa lame émoussée l'offensait. Nous ne pouvons pas revenir sans lui. Et s'il a raison à propos du genre de personnes qui l'ont capturé, beaucoup d'autres de notre espèce sont gravement menacés.

Un picotement d'inquiétude me parcourut l'échine. Les collectionneurs et les chasseurs qui s'approvisionnaient en ombres n'avaient pas l'habitude de s'occuper des espèces supérieures. C'était trop risqué et cela demandait trop d'efforts. S'il y avait une sorte de campagne organisée pour s'emparer d'êtres comme ceux-ci – si cela se produisait suffisamment pour que certains hommes de l'ombre commencent à s'en rendre compte... Il n'était pas de bon augure qu'aucune des personnes avec lesquelles je travaillais ne l'ait remarqué.

Je déplaçai mon poids d'un pied sur l'autre.

— Je comprends que tu ressentes cela. Je n'avais aucune envie de me mettre en travers de cette mission. Partez à sa recherche, par tous les moyens.

Je vérifierais auprès de mes contacts s'ils avaient une idée de la situation dans son ensemble.

— Nous poursuivrons bien sûr nos recherches, dit Thorn. Mais nous pouvons veiller à ce que tu sois toujours protégée et à ce que tu reçoives toute l'aide dont tu as besoin pendant ce temps.

Trois invités inattendus et monstrueux, ce n'était pas ce que j'avais prévu.

— Ce n'est vraiment pas nécessaire, dis-je en levant les

mains. Je suis sûre que tout ira bien. Ne vous inquiétez pas pour moi.

— Oh, mais nous te sommes redevables, dit Ruse de sa voix douce. Je me dis qu'il y avait peut-être une note taquine dans cette voix. Si c'est plus simple pour toi, nous pourrions nous enfoncer dans l'ombre pour ne pas être dans tes pattes.

— Ses cheveux, murmura Snap. Il quitta des yeux la pêche partiellement dévorée pour me regarder et s'approcha suffisamment pour soulever une mèche rousse qui était tombée sur mon épaule. Sa tête s'inclina tandis qu'il la frottait entre ses doigts fins.

Mon pouls s'emballa malgré moi. Thorn était peut-être d'une beauté robuste et Ruse d'une beauté diabolique, mais de près, le visage divin de Snap était littéralement à couper le souffle.

« C'est presque la même couleur, dit-il, l'air satisfait de son observation. Il tendit les mèches vers la peau rouge de la pêche. Et tout aussi doux. »

Je réussis à reprendre mon souffle, mais le seul son qui sortit de ma gorge fut « Euh ». J'aurais dû probablement m'écarter, mais je n'arrivais pas à faire passer ce message à mes jambes.

Ruse pouffa.

— Je parie qu'elle a un goût tout aussi sucré.

Il n'y avait pas à se méprendre sur l'aspect suggestif de l'expression.

— Tu ne peux pas la manger !

Thorn s'agita à la table, comme s'il entendait pour la première fois les remarques de ses compagnons.

— Personne ne devrait songer à manger qui que ce soit ici, ordonna-t-il.

Ruse roula ses yeux lourds sous ses paupières.

— Sachez que de toute mon existence, je n'ai jamais mangé quelqu'un, pas comme ça en tout cas. Il me fit un clin d'œil. Je m'excuse pour l'incapacité de mes associés à suivre une métaphore.

Je levai les mains, convainquant finalement mes pieds de reculer devant Snap.

— Laissez-moi réfléchir.

Je ne voulais absolument pas que ces types se cachent dans l'ombre, en gardant un œil sur moi pour ma « protection » sans que je sache où ils se trouvaient exactement. Je tenais à ma vie privée, merci beaucoup. Au moins, tant qu'ils étaient visibles, je savais quand j'étais seule.

Comme la conversation l'avait démontré, les hommes de l'ombre n'avaient pas les mêmes concepts que les humains en ce qui concernait les convenances sociales… ou les règles élémentaires de droit, d'ailleurs. Le fait qu'ils n'aient pas le droit d'occuper mon appartement et que je ne veuille pas qu'ils traînent pour me « rembourser » ne signifiait rien. S'ils avaient décidé de m'adopter temporairement, je n'étais pas sûre de pouvoir faire quoi que ce soit pour les convaincre du contraire – pas sans provoquer des hostilités auxquelles je n'étais pas prête à faire face, de toute façon.

Parce que je ne suis rien, si ce n'est têtue, je devais faire une dernière tentative.

— Vous ne pouvez pas croire que je préfère que vous mettiez toute votre énergie à retrouver votre « patron » plutôt qu'à me protéger ?

Thorn cligna des yeux comme si j'avais dit quelque chose de complètement absurde.

— Ce n'est pas une question de croyance. Il s'agit de faire ce qui est juste.

Il dit cela avec un engagement si solennel que j'eus du mal à retenir un rire. Ce qui était juste, selon lui : s'incruster chez une femme qu'ils connaissaient à peine et insister pour la protéger malgré ses protestations. Bienvenue dans la logique de l'ombre.

Ruse et Snap semblaient tout aussi peu enclins à bouger. J'inspirai brusquement et je redressai les épaules. Dans ce cas, je n'avais qu'à faire ce que je pouvais pour qu'ils s'acquittent de leurs autres responsabilités.

— D'accord, dis-je. Il y a des gens que je peux rencontrer ce soir et qui pourraient avoir des informations qui vous aideront à retrouver ce type, Omen. En attendant, je préférerais que vous opériez votre protection depuis la cuisine.

Je me glissai dans la pièce juste assez longtemps pour prendre un muffin dans la boîte à pain pour mon petit déjeuner, je fis signe à Pickle de s'accrocher à mon épaule et je retournai dans ma chambre pour réfléchir à la façon de ne plus être adoptée le plus rapidement possible.

TROIS

Ruse

— Eh bien, cela s'est passé de façon spectaculaire, dis-je en m'appuyant sur le comptoir de la cuisine de notre sauveuse.

— Vraiment ? Snap regarda vers moi avec cette expression d'espoir dopée qui était la sienne.

Thorn s'avança sur sa chaise, comme s'il se demandait s'il devait passer à l'action tout de suite.

— J'ai trouvé.

Malheureusement, mes associés actuels comprenaient les sarcasmes aussi bien que les métaphores. J'essuyai les bulles persistantes sur mes mains. L'odeur citronnée me démangeait le nez, mais au moins ce truc avait amusé Snap pendant un petit moment. Non pas qu'il soit si difficile à impressionner.

— Je plaisantais, dis-je. Elle nous a presque envoyés promener. À plusieurs reprises.

Sa broche toxique en argent et en fer m'avait peut-être empêché de lire ses émotions comme je le faisais généralement avec les mortels, mais à partir du moment où elle s'était retirée pour la mettre, sa méfiance à l'égard de notre présence aurait dû être parfaitement évidente pour quiconque avait des yeux en état de marche.

N'importe qui d'autre que ces deux-là. Pourquoi avais-je laissé Omen m'embarquer à nouveau dans cette bande ? Je n'avais pas pris en compte la possibilité d'être pris au piège et enfermé dans une cage pour une durée indéterminée.

Plus longtemps que ce qui était bon pour ma santé, comme le suggérait la démangeaison plus insistante dans ma poitrine. La sensation de faim que je combattais depuis des jours me faisait sortir les griffes.

— Elle nous a dit de rester, dit Thorn, ce qui était l'interprétation la plus généreuse possible de la demande de la jeune femme. Elle a même proposé de nous aider à chercher Omen, sans pour autant s'y sentir obligée.

Je soupirai.

— J'imagine qu'elle compte sur le fait qu'on parte dès que nous l'aurons trouvé et qu'elle aimerait accélérer le processus.

Les yeux de Snap devinrent encore plus ronds que d'habitude.

— Nous ne pouvons pas partir. Et si les mortels qui nous ont attaqués s'en prennent à elle parce qu'elle nous a libérés ?

— J'ai l'impression qu'elle préfère tenter sa chance avec eux plutôt qu'avec nous, répondis-je, mais je ne pouvais pas m'empêcher de sourire en disant cela.

Notre sauveteuse avait beaucoup de volonté. Je

laisserais passer une ou deux séductions pour avoir la chance de la voir affronter ces salauds de chasseurs.

Devant l'air abattu de Snap, j'ajoutai : « Ce n'est pas de ta faute. Elle n'a pas eu l'occasion de voir tout ce que nous avons à offrir. »

Notre néophyte du royaume des mortels fut facilement rassuré. Il hocha la tête avec une détermination sincère et enfourna le reste de la pêche dans sa bouche. Le noyau s'écrasa entre ses dents.

Je n'eus pas le cœur de lui dire qu'il la mangeait mal. Ses mâchoires pouvaient le supporter. C'était un dévoreur, après tout.

La détermination de Thorn était beaucoup plus sombre.

— Qu'elle apprécie ou non notre compagnie, nous devons nous assurer qu'elle ne souffre pas de l'immense faveur qu'elle nous a faite. Il marqua une pause. Mais nous devons aussi venir en aide à Omen aussi vite que possible. La piste se sera refroidie. Cela fait déjà trop longtemps.

La torsion de sa bouche montrait à quel point ses devoirs opposés le déchiraient. Avoir le sens de la loyauté était terriblement gênant, d'après ce que j'avais pu constater. Je me félicitais de n'en avoir jamais cultivé.

Je me soulevai du comptoir pour m'approcher, et un tremblement me parcourut l'arrière des jambes. Je les tendis avant de pouvoir visiblement vaciller. Ma mâchoire se figea.

Oh oui, cela me rappelait parfaitement pourquoi j'avais accepté de participer à cette opération – et pourquoi je n'allais pas me dérober au devoir que je m'étais engagé à accomplir, même si la tâche s'était avérée beaucoup plus compliquée que prévu. Ce n'était pas de la loyauté, c'était de l'instinct de conservation.

Thorn pouvait s'en tenir à notre mandat par principe, et Snap par désir de plaire ou pour toute autre raison, mais pour moi, être capable de passer d'un royaume à l'autre était une question de survie. Les hommes de l'ombre comme moi dépendaient des mortels pour survivre. Je n'étais peut-être pas capable de mourir dans mon royaume natal, mais je n'étais pas sûr que dépérir en une parcelle d'ombre serait mieux. Ce serait peut-être pire.

Et n'importe lequel d'entre nous pouvait mourir de ce côté-ci de la ligne de démarcation.

Je m'assurai que mon corps s'était stabilisé et me dirigeai vers la table comme je l'avais prévu. Le grondement de ma faim s'enfonça plus profondément entre mes côtes. Aucun fruit ne le satisferait.

— La réponse est parfaitement claire, dis-je à Thorn. La dernière fois que nous sommes allés à sa recherche, nous nous sommes fait prendre en fouillant un peu partout. Aucun de vous n'est vraiment préparé à naviguer dans ce royaume sans guide, et je sais que vous ne voulez pas écouter mes conseils. Notre hôte, qu'elle soit réticente ou non, connaît ce monde bien mieux que nous tous, y compris Omen.

— Qu'est-ce que tu suggères, alors ?

Je haussai les épaules.

— Elle a proposé de se renseigner. Elle est motivée pour nous voir partir. Nous devrions la laisser prendre la tête de l'enquête, et nous pouvons veiller à ce qu'elle ne subisse aucun préjudice en nous suivant. D'une pierre deux coups, comme disent les mortels.

— Que veulent les oiseaux à une pierre ? demanda Snap.

— C'est plutôt ce que la pierre veut aux oiseaux. Je tendis la main et fis tourner le couteau que Thorn avait laissé sur la table. Il se mit à osciller pour pointer sa lame vers lui. Alors, tu es d'accord pour dire que mon approche est logique, même si elle vient de moi ?

Thorn me jeta un de ses longs regards de souffrance. J'avais eu l'occasion de m'entraîner à les ignorer. Mais il semblait qu'il ne parvenait pas à trouver d'argument réel.

— Ta proposition semble raisonnable, dit-il au bout d'un moment. Nous verrons où ses relations peuvent nous mener.

— Excellent. Je me redressai et passai devant Snap en direction du hall, attentif à tout nouveau tremblement de mes muscles. Je n'avais aucune envie que Thorn détecte ma faiblesse actuelle.

Son regard pivota pour me suivre.

— Où vas-tu ? Elle a dit de rester dans la cuisine.

Je lui souris gentiment.

— Et comme tu le sais, je ne suis pas très doué pour suivre des ordres que je n'ai jamais acceptés. Je vais voir si je ne peux pas transformer notre passage chez elle en une visite mieux accueillie.

Et si je pouvais satisfaire mes appétits vitaux en même temps, nous serions tous gagnants.

QUATRE

Sorsha

S'attendre à ce que mon nouvel entourage de l'ombre suive toutes mes instructions à la lettre était manifestement trop difficile à espérer. J'avais à peine avalé mon petit déjeuner et ouvert mon ordinateur portable pour me mettre au travail qu'on frappa à la porte. Me retenant de soupirer, je me levai pour aller ouvrir. Y avait-il la moindre chance qu'ils passent juste pour me dire qu'ils avaient changé d'avis et qu'ils allaient décoller maintenant ?

Non. J'ouvris la porte en douceur pour découvrir Ruse, tout en décontraction, avec ses yeux langoureux aux paupières lourdes. De près, je ne pus m'empêcher de remarquer que le thème du chocolat s'étendait à son odeur. Une odeur douce-amère de cacao pur, mélangé à du caramel, emplissait mon nez – et me mettait l'eau à la bouche malgré moi.

Il n'était pas aussi grand que l'imposant Thorn, mais il avait tout de même une bonne vingtaine de centimètres de plus que moi. Lorsqu'il me regarda, ses lèvres se plissèrent en un sourire qui fit naître une fossette sur l'une de ses pommettes hautes. Je n'aurais pas été surprise d'apprendre que ce sourire avait fait fondre la culotte de milliers de femmes à travers le monde.

— Je suis désolé que notre première conversation se soit si mal passée, dit-il sur ce ton doux, mais légèrement taquin. Si Thorn s'était appelé « Prick[1] », cela aurait été beaucoup plus approprié. Je me suis dit qu'il fallait que je fasse une tentative de présentation. Je n'arrive pas à croire que nous n'ayons même pas appris ton nom. Alors...

Il fit un geste élégant d'une main et s'inclina à demi de façon ludique.

« Ruse, du royaume des ombres, dit-il lorsqu'il se fut redressé. C'est un plaisir de te rencontrer. Et tu es ?

— Sorsha, du royaume des mortels, répondis-je, perplexe. Je ne pouvais pas lui répondre que c'était un plaisir.

— Sorsha, répéta-t-il, goûtant les syllabes comme s'il s'agissait d'un mets rare. La richesse qu'il leur donnait me donna des frissons dans le dos. Je crois que tu es la première personne de ce nom que je rencontre.

Je sentis brusquement gênée et agacée par cette même gêne.

— Ça vient d'un vieux film. Mes parents étaient apparemment aussi obsédés par les films des années 1980, comme Luna. C'est tout ce que tu voulais – connaître mon nom ?

— Eh bien, non, je dois admettre que j'ai une arrière-pensée. Il m'adressa à nouveau ce sourire, encore plus narquois cette fois, et bon sang si ma culotte ne fondit pas un tout petit peu…

Posant sa main sur le chambranle de la porte, il se pencha dans la pièce comme pour indiquer que cette partie de la conversation n'était pas destinée aux oreilles de ceux qui se trouvaient au bout du couloir.

« J'ai un petit problème. Malheureusement, je dois te demander de l'aide alors que tu t'es déjà surpassée, mais je peux te promettre que ce sera très agréable pour toi aussi. »

Je croisai les bras et haussai les sourcils comme il l'avait fait lorsque j'avais rencontré le trio pour la première fois.

— Ah oui ? Et en quoi consiste exactement cette faveur ?

— Le problème, c'est que notre ancien geôlier ne m'a pas offert le genre de nourriture qui peut réellement me sustenter. J'ai besoin d'une autre sorte de nourriture.

Ses yeux chauds noisette prirent une lueur significative, et je fis le lien.

— Tu es un incube, dis-je en me donnant un coup de pied mental pour ne pas l'avoir compris plus tôt. Ce type respirait la sensualité, après tout. Tu as besoin de faire l'amour pour survivre. Comme un vampire a besoin de sang. D'accord. Mais pourquoi aurait-il… Oh. « Et tu me fais une proposition ? »

Son sourire s'élargit encore.

— Tu as l'esprit vif, n'est-ce pas, mademoiselle Blaze ? Il tendit la main pour tirer doucement sur une mèche de mes cheveux, ce qui aurait pu inspirer le surnom autant que mes adieux à la salle des collections. Cela ne te fera pas de mal de me nourrir. Nous laissons nos compagnes intimes dans un meilleur état que lorsque nous les avons trouvées, pas dans un pire.

Ses doigts effleurèrent presque ma joue. Cette proximité déclencha une attirance bien plus forte que celle provoquée par la beauté céleste de Snap.

Je préférais un suçon qu'une morsure avec des crocs, et pour être tout à fait honnête, je m'étais demandé de temps en temps ce qu'un être surnaturellement sexuel pouvait bien apporter de plus. Mais tout de même…

— Je suis flattée, mais non merci. Nous venons à peine de nous rencontrer. Et ça risque de compliquer les choses encore plus que si tu t'installes dans mon appartement sur un coup de tête. Mais je ne vais pas t'empêcher d'aller rôder. N'hésite pas. Je fis un signe vers la porte d'entrée de l'appartement, derrière lui.

La bouche de Ruse se transforma en une sorte de grimace.

— Compte tenu de ce que mes compagnons et moi avons déjà vécu, je préfère ne pas prendre le risque d'exprimer mes envies dans la rue. Toute maîtresse potentielle que je rencontrerais là-bas serait aussi une geôlière potentielle. Je sais que tu as mes intérêts à cœur.

Je n'étais pas sûre de l'avoir formulé ainsi, mais il n'avait pas tort. Cela ne signifiait pas que je devais être d'accord avec lui, cependant.

— Tu as tenu bon pendant tout ce temps. Tu ne peux pas tenir le coup encore un peu, le temps qu'on règle cette histoire d'Omen ?

Il haussa les épaules, la lueur revenant dans ses yeux.

— Je pourrais, mais je préférerais être au maximum de mes capacités, pour pouvoir contribuer correctement et tout. Est-ce que l'idée est vraiment si répugnante ?

Il était vraiment en train de me taquiner. Je doutais qu'il puisse percevoir grand-chose du fait que j'utilisais ses pouvoirs alors que je portais ma broche, mais certaines *parties* de ma personne réagissaient à son attrait. D'après la chaleur qui montait dans mon cou, je soupçonnais que je commençais à rougir. Dieu seul sait à quel point mes pupilles étaient dilatées en ce moment même, à la vue de ce visage saisissant.

Je n'étais qu'un être humain, après tout. Et cela faisait des mois que je n'avais pas eu de relation avec un objet qui n'était pas alimenté par une batterie, et encore moins avec un maître des arts sensuels.

C'était justement pour cela que je ne devais pas céder à la tentation, n'est-ce pas ? Je ne pouvais pas être totalement sûre que Ruse ait mes intérêts à cœur, et je n'étais pas certaine de garder les idées claires dans le feu de l'action.

Au moins, je devrais prendre un peu de temps pour y réfléchir. Lui et ses amis n'avaient manifestement pas l'intention de partir de sitôt. Peut-être que quelqu'un au Fonds aurait une idée des précautions supplémentaires à prendre avec le type incube de l'humanité de l'ombre.

Vivi aimerait bien savoir ce qui avait provoqué cette interrogation, n'est-ce pas ? J'allais carrément devoir passer cette situation de colocation inattendue sous silence aux yeux de ma meilleure amie. Si le trio s'était retrouvé mêlé à quelque chose de dangereux, ce qui semblait être le cas, je n'avais aucune envie de l'entraîner elle aussi dans le pétrin. Elle n'avait pas conscience de mes croisades nocturnes totalement illégales.

J'ouvris la bouche pour dire à mon prétendu amant que j'avais besoin de remettre ça à plus tard, au moins jusqu'à demain, et mon regard s'arrêta sur la main qu'il avait posée sur le cadre de la porte. La main qui n'était pas simplement posée là maintenant. Un léger frémissement de ses doigts avait attiré mon attention – un tremblement qu'il avait dû maîtriser en s'agrippant plus fort au cadre, car sa main s'était calmée, mais ses jointures avaient blanchi.

À la seconde où mon regard se posa là, il retira sa main et la cacha derrière son dos dans une autre pose de séduction. Mais maintenant que j'étais consciente de cette possibilité, cette position semblait un peu plus rigide que ce qui correspondait à son expression désinvolte.

Il avait parlé comme s'il ne s'en sortait pas si mal, mais jusqu'à quel point minimisait-il sa faiblesse ? Il cherchait à me séduire par son charme, pas en ayant ma pitié.

Une soudaine inquiétude rongea mon hésitation. Je n'aimais pas voir un être souffrir. Et cela me causerait bien plus d'ennuis si l'un de mes nouveaux gardes du corps volontaires s'effondrait sous ma surveillance. C'était la principale raison pour laquelle je reconsidérais ma décision : une considération tout à fait pratique.

Oh, allez, votre détermination serait-elle vraiment inébranlable dans ma position ?

Cela ne signifiait pas que j'allais sauter directement dans le lit de ce type, bien sûr. Je tâtai son torse – oh, il avait du muscle sous cette chemise soyeuse.

— Peut-être que je serais ouverte à, disons, un peu de pelotage. Rien de trop intense. Je ne voudrais pas que tu utilises le vaudou sur moi. Peux-tu te nourrir pendant que je porte cette broche ?

Il pencha la tête, considérant le cercle d'argent et de fer entrelacés.

— Un peu d'énergie s'infiltrera – plus une légère collation qu'un repas, mais ça aidera. Et je peux te satisfaire amplement sans qu'aucune influence extra-terrestre ne soit nécessaire. Tout ce que je te demande, c'est de reconsidérer cette histoire d'amulette protectrice une fois que je l'aurai prouvé. Si tu ne veux pas que j'affecte tes émotions, je n'ai aucun problème à rester en dehors.

Il pouvait dire cela autant qu'il voulait, mais cela ne signifiait pas qu'il s'y tiendrait. L'idée qu'il puisse s'immiscer dans mon esprit me plongea dans une panique glaciale. Je l'étouffai, ainsi que le frisson qui l'accompagnait.

— Je garde la broche. C'est la limite de ma confiance pour l'instant. Garde à l'esprit que vous avez fait irruption dans mon appartement sans invitation ni demande, même.

Il baissa la tête en simulant la honte.

— C'est à toi de fixer les limites. Alors… Il me sourit à nouveau, rendant son visage deux fois plus beau qu'il ne l'était déjà. Mon pouls fit des sursauts. Peut-être que ce n'était pas une si bonne idée après tout…

Qu'est-ce que ça pouvait faire ? Je m'étais déjà engagée. Ça ferait une belle histoire à raconter à une soirée un jour. *Je t'ai déjà raconté la fois où j'ai embrassé un incube ?*

Je me suis éloignée de la porte.

— Entre donc.

Ruse entra en sautillant et referma la porte derrière lui. Ses yeux brillaient d'un éclat doré, un peu de sa façade mortelle s'estompant pour révéler la forme de l'ombre qui se cachait derrière.

Il ramena sa main sur mon visage, laissant ses jointures taquiner la ligne de ma mâchoire d'une manière qui laissa mes nerfs fourmiller à leur tour. Il posa son autre main sur ma taille. Nos corps n'étant plus qu'à quelques centimètres l'un de l'autre, la chaleur du sien envahit le mien, déclenchant une nouvelle poussée de désir. Je déglutis, résistant à l'envie de me fondre en lui, et il releva mon menton pour me donner son premier baiser.

Putain de cannoli ! Je pensais avoir été embrassée assez

habilement par le passé, mais le simple frôlement des lèvres de Ruse faisait de l'ombre à toutes ces rencontres passées. Ma bouche picota, la chaleur gonfla dans ma poitrine, et il me rapprocha de lui. La pression parfaite transforma le chatoiement de mes nerfs en étincelles.

Avant que je ne me rende compte que je bougeais, mes doigts s'étaient enroulés sur le devant de sa chemise, le maintenant en place comme si j'avais des raisons de m'inquiéter qu'il aille quelque part. Je lui rendis son baiser, cherchant instinctivement à en faire plus, et il gémit en m'encourageant. Avec un petit changement d'angle et un coup de langue, il sépara mes lèvres.

S'il se nourrissait déjà de l'intimité de cet intermède, je ne le sentais pas. Tout ce que je pouvais sentir, c'était la chaleur bienfaisante et le délicieux enroulement de sa langue autour de la mienne. La main posée sur mon flanc remonta jusqu'à ce que son pouce dessine la courbe de mon sein.

Ce contact fit jaillir des étincelles en moi. Je me plaquai contre lui automatiquement.

Il me caressa la joue une fois de plus, puis emmêla ses doigts dans mes cheveux dans un geste à la fois confiant et sauvage. La passion qui s'éveillait en moi s'étendit davantage, s'accumulant entre mes jambes avec un désir grandissant.

Comment pouvais-je renoncer à tout ce qu'il pouvait offrir maintenant que nous avions commencé ? Comment pourrais-je lui demander d'arrêter ?

Un nouvel éclair de froideur traversa la brume de plaisir qui me consumait. Ces questions étaient exactement la raison pour laquelle je devais arrêter – tout de suite.

Je m'écartai avec un effort insoutenable. Mon visage était tout à fait rouge à présent. En pinçant les lèvres, je sentis ma bouche picoter sous l'effet du baiser. Je me ressaisis suffisamment pour dire :

— Ça suffit. Nous en resterons là.

L'incube ne fit aucun geste pour me persuader du contraire. Il se contenta de m'étudier avec une expression à mi-chemin entre l'amusement et l'approbation. Un peu plus de couleur était apparue sur sa peau auparavant pâle – un signe que ma contribution lui avait donné un « snack » suffisant pour faire la différence ?

— Pour l'instant ? suggéra-t-il, avec un *jusqu'à la prochaine fois* ? Sous-entendu.

Je mouillai mes lèvres sans le vouloir, ce qui provoqua un nouveau frémissement de bonheur dans tout mon corps.

— Nous verrons, dis-je, ignorant toutes les parties de mon corps qui criaient : *Oui, s'il te plaît, avec plusieurs cerises sur le dessus ! Et aussi, voyons ce que tu peux faire avec ces cerises...*

J'avais apprécié cette petite séance de pelotage, mais je préférais m'assurer que je ne regretterais pas ce pari avant de relancer les dés.

---

1. connard

CINQ

Sorsha

L a défense des monstres n'est pas exactement le type de travail que l'on peut annoncer ouvertement. Techniquement, le groupe au sein duquel je faisais presque toutes mes rencontres – et où je récoltais des conseils sur les nouveaux collectionneurs à cibler – s'appelait le Shadowkind Defense Fund (Fonds de défense des ombres). En dehors des quatre murs où se tenaient leurs réunions bihebdomadaires, nous abrégions généralement le premier mot en « SK » ou bien nous appelions simplement le groupe « Le Fonds ».

Ces quatre murs se trouvaient dans une salle de cinéma bon marché qui projetait des films en deuxième partie de soirée. Ce soir-là, la bande originale du dernier Marvel nous parvenait de la salle d'à côté, une orchestration épique ponctuée d'explosions occasionnelles. La petite machine à pop-corn apportée pour notre soirée privée remplissait l'air d'une odeur de beurre salé et de quelque chose d'épicé qui me chatouillait le nez.

Ellen, copropriétaire du théâtre et co-présidente officieuse du Fonds avec sa femme, avait l'habitude d'expérimenter de nouvelles saveurs de pop-corn. Nous, les membres du Fonds, lui servions de cobayes. Alors que je cheminais dans les rangées de sièges rembourrés de velours rouge pour goûter à sa dernière tentative, une petite silhouette bondit pour me rejoindre en balançant ses boucles folles.

— Sorsha ! s'écria ma meilleure amie en me serrant dans ses bras, étreinte que je lui rendis en riant. À voir l'enthousiasme de Vivi chaque fois que je venais, on aurait pu croire que ma présence était rare. En réalité, je manquais rarement une réunion, car les membres du Fonds étaient à peu près les seules personnes auxquelles je pouvais parler sans avoir à mentir sur la majeure partie de ma vie. Et même avec eux, il y avait beaucoup de choses que j'éludais.

Lorsque je m'étais présentée pour la première fois à une réunion du Fonds, alors que j'étais une jeune fille de seize ans beaucoup plus hésitante et récemment traumatisée, Vivi avait immédiatement pris soin de moi et m'avait prise sous son aile. J'avais même fini par vivre avec elle et ses parents pendant un certain temps. De deux ans mon aînée, elle était la plus jeune de la bande, mais elle m'avait semblé terriblement mature et ouverte sur le monde. En un peu plus de dix ans, nous nous étions retrouvées sur un pied d'égalité et nous nous étions rapprochées grâce à nos sens de l'humour inhabituels et à notre amour mutuel pour les vieux films ringards et la cuisine thaïlandaise.

« Ce soir, c'est piment et sucre brun, dit-elle en

désignant d'un signe de tête les sacs de pop-corn déjà remplis à côté de la machine. Cela va te rôtir la langue comme un plat de côtes au miel, puis mettra le feu au barbecue. »

Je n'avais jamais trouvé de paroles de chansons que je ne pouvais massacrer ; Vivi n'avait jamais trouvé de comparaison qu'elle ne pouvait pas étirer jusqu'au point de rupture.

Je lui souris et je pris un Coca dans le mini-frigo pour le mettre dans mon sac.

— Merci pour l'avertissement. Je vois que tu as survécu.

— De justesse, dit-elle d'un ton dramatique, mais ses yeux pétillaient toujours de joie. Elle prit une pose, une main sur la hanche, l'autre en l'air. Que penses-tu de ma nouvelle tenue ?

La tenue d'aujourd'hui se composait d'un débardeur blanc aux reflets nacrés et d'un pantalon blanc coupé à la cheville. Vivi ne portait que du blanc – « C'est ma carte de visite », m'avait-elle dit à l'époque – ce qui, pour être honnête, mettait bien en valeur sa peau brune et lisse et ses cheveux foncés. Elle soulignait ses yeux d'un trait de crayon épais et de mascara, et ses cheveux noirs étaient tressés le long de son cuir chevelu avant de s'épanouir en une multitude de boucles à l'arrière. Ce qui est peut-être le plus étonnant, c'est qu'elle avait réussi à ne jamais faire de bavure ou de tache sur tout ce tissu pâle.

— Tu es incroyable, comme toujours. Tu as quelque chose de spécial à faire tout à l'heure ?

— Je suis censée retrouver un type pour boire un verre. On a parlé un peu en ligne. Je ne sais pas. Difficile de savoir ce que l'on va ressentir pour une personne tant qu'on ne l'a pas vue et sentie, pas vrai ?

Mon esprit revint au parfum de cacao doux-amer de Ruse, et une chaleur que je n'avais pas voulu provoquer surgit de ma poitrine. Je la refoulai au même instant, mais Vivi me connaissait plutôt bien.

« Ho, ho, dit-elle en inclinant la tête d'un air taquin. Qu'est-ce que tu as fait, mademoiselle ? »

Je la repoussai d'un geste.

— Rien, rien. Je pensais juste au passé et tout ça. Je n'avais pas besoin de préciser à quel point le passé était récent. Il était temps de changer de sujet ! Hé, tu as entendu parler de chasseurs qui s'organiseraient davantage ou de gens qui essaieraient de piéger les ombres supérieures ainsi que les petites bêtes ?

Vivi fronça les sourcils.

— Non, je ne crois pas. Peut-être que quelqu'un d'autre, oui. Pourquoi, tu penses que quelque chose comme ça est en train de se produire ?

— Il me semble que c'est possible. C'est quelque chose qu'il faut surveiller. Je cherchai une excuse qui n'éveillerait pas trop la curiosité de Vivi. C'est bientôt l'anniversaire de la mort de Luna, et je crois que ça m'a fait réfléchir.

L'expression de ma meilleure amie s'adoucit immédiatement avec compassion. Elle me donna une légère tape sur le coude.

— Ça doit être dur. Mais ça fait longtemps, et on n'a pas vu d'autres incidents de ce genre, alors je ne pense pas qu'il y ait un modèle. Il s'agit juste d'une bande de connards qui ont dû penser qu'il valait mieux faire ce genre d'action après que les choses eurent mal tourné.

— C'est vrai.

Il se pouvait aussi que ce qui était arrivé au trio qui s'était introduit dans mon appartement et à leur « patron » soit un incident isolé, et non l'élément d'une opération plus vaste.

— Ça ne peut pas faire de mal de demander, si ça te rassure. Allons-y. Elle me fit signe de retourner à l'avant de la salle où plusieurs autres membres du Fonds étaient éparpillés sur les sièges pliants, grignotant du pop-corn et bavardant. L'écran de projection clignotait brièvement tandis qu'Ellen et Huyen devaient bidouiller le rapport visuel hebdomadaire, qu'elles partageraient une fois la réunion réellement entamée.

Nous avions à peine parcouru la moitié de l'allée que l'une des silhouettes installées se leva d'un coup sec et se dirigea vers nous. Je ralentis le pas.

— Voilà encore la pluie,[1] murmurai-je à Vivi, mais je n'avais pas le cœur à la plaisanterie.

— Salut, dit Leland en nous rejoignant, la voix légère, mais froide, l'expression carrément glaciale. Les muscles de sa forte carrure, qu'un culturiste aurait enviés, se tendirent sous son polo. Je me forçai à sourire, mais son regard ne se posa sur moi qu'une seconde avant de se porter sur Vivi et d'y rester.

Depuis que nous avions rompu notre arrangement d'amis et plus si affinités, en insistant sur les affinités, des mois auparavant – ou plutôt, depuis que je l'avais rompue après qu'il eut commencé à me reprocher de ne pas le dorloter comme une vraie petite amie – il s'était transformé en glaçon en ma présence. D'une manière ou d'une autre, il ne pouvait s'empêcher de me mettre cette glace sous le nez au moins une fois par réunion. Pensait-il que j'allais me jeter dans ses bras avec des sanglots de regret grâce à ses démonstrations de froideur ?

Ce n'était pas le cas, car honnêtement, même la relation occasionnelle que j'avais perdue ne me manquait pas tant que ça. J'avais toujours trouvé Leland agréable à regarder, ce visage doux et cette coupe de cheveux d'écolier associés à son physique de dur à cuire, mais pour ce qui était de la personnalité ? Nous nous étions bien entendus tant que nous ne discutions que de l'endroit où nous allions nous retrouver un soir donné. Sinon, nous n'avions pas grand-chose à nous dire. Le fait qu'il ait apparemment voulu plus m'avait déconcertée.

Mais cela me piquait encore de ne pas avoir perçu les signes assez tôt pour éviter de le blesser et d'avoir réussi à le décevoir si profondément alors que nous semblions être sur la même longueur d'onde… Ce n'était pas la première fois. Quel que soit le type de relation dans laquelle je me retrouvais, il s'avérait toujours que je ne donnais pas assez.

J'avais fait de mon mieux pour montrer que je n'étais pas rancunière et que je voulais coexister pacifiquement, alors j'ignorai la rebuffade intentionnelle en gardant le sourire.

— Salut. On dirait que la réunion de ce soir va être chargée.

Il répondit par un grognement sans plus, fit un signe de tête à Vivi et se colla aux sièges pour nous laisser passer. En faisant cela, son pied dut s'accrocher à la base du fauteuil le plus proche. Je ne vis pas ce qui se passa, mais l'instant d'après il s'étalait à quatre pattes avec un « Ooof ! » audible, les fesses en l'air.

Alors que Leland se relevait, l'un des anciens membres qui s'était approché de la machine à pop-corn s'esclaffa.

— Fais gaffe, petit !

Leland se brossa avec une vivacité qui témoignait de son embarras et se dépêcha de continuer d'avancer en laissant les fauteuils de côté.

Vivi fronça le nez et se pencha pour parler à voix basse.

— Peut-être que s'il faisait plus attention où il marche plutôt qu'à te faire la gueule…

— À un moment donné, il faut qu'il pardonne et qu'il oublie, répondis-je.

J'espérais bien que ça serait le cas. Pour l'instant, je pouvais me contenter de lui laisser l'espace dont il avait besoin. C'était une grande pièce, avec beaucoup de fauteuils pour tout le monde.

Me débarrassant de la morosité de cet échange, je continuai vers les autres visages familiers – et bien plus accueillants – rassemblés près de l'écran. Sous le regard de Vivi, je formulai soigneusement mes questions sur le comportement des nouveaux chasseurs, mais je n'obtins que des hochements de tête et des expressions dubitatives. Si un effort plus important que d'habitude pour confiner les ombres était en cours, la nouvelle n'était pas encore parvenue à notre groupe.

Ce qui signifiait que soit ce n'était pas le cas… soit les personnes impliquées couvraient incroyablement bien leurs traces.

— Bon, tout le monde, dit Ellen en sortant avec Huyen de la cabine de projection. Voyons ce que nous pouvons faire aujourd'hui. Nous avons eu un incident en début de semaine qui devrait nous rappeler à tous pourquoi aucun des êtres qui traversent notre monde ne mérite d'être laissé entre les mains de personnes qui ne les voient que comme des objets de collection surnaturels. Un membre du Fonds de défense de Los Angeles s'est joint à un groupe d'ombres supérieures du côté des mortels pour fermer un réseau de chasseurs, et voici sur quoi ils sont tombés.

Elle appuya sur un bouton et une vidéo commença à être diffusée sur l'écran. Elle avait manifestement été prise avec une caméra portative, probablement un téléphone, et la main qui la tenait tremblait.

L'enregistrement pivota pour prendre connaissance d'une petite pièce peu éclairée. Quelques douzaines de cages étaient empilées contre un mur. De l'autre côté, plusieurs formes à fourrure ou à écailles s'étalaient sur une table en acier, leurs os dépassant de leur chair comme des boutons fantomatiques.

— Oh mon Dieu, marmonna le vidéaste, visiblement horrifié.

Mon propre estomac se retourna à cette vue. Certains collectionneurs étaient trop nerveux ou trop pointilleux pour avoir affaire à des ombres vivantes. Pour eux, les chasseurs découpaient leur butin pour fournir des squelettes polis ou des coquilles de taxidermie.

Deux ventes pour une prise. Certains chasseurs préféraient même ce genre d'opérations.

Nous, les mortels, ne pouvions pas faire grand-chose pour démanteler ces réseaux de chasseurs – ou les chasseurs indépendants et leurs clients – directement, surtout s'il s'agissait d'une opération à grande échelle comme celle de la vidéo. Ils avaient au moins un sorcier dans leur équipe : l'un des rares êtres humains à maîtriser l'art d'invoquer les ombres hors de leur propre royaume et de plier leurs pouvoirs à sa volonté de sorcier. Leur magie aurait détourné toutes les forces de l'ordre que nous aurions pu essayer de leur imposer.

Ceux d'entre nous qui faisaient partie du Fonds avaient tous appris à connaître l'humanité de l'ombre de diverses manières personnelles, auxquelles nous n'aurions pas pu convaincre le grand public de croire. Peut-être que si les ombres supérieures avaient voulu montrer leurs pouvoirs et prouver leur existence, nous aurions pu faire davantage de progrès… mais il était compréhensible qu'elles aient beaucoup plus d'avantages à garder leur vraie nature secrète.

Le mieux que nous ayons pu faire avait été d'interférer avec la chasse et la collecte par des moyens détournés, de rassembler de l'argent pour acheter et relâcher les créatures capturées lorsque nous en avions l'occasion, et d'informer les ombres supérieures qui avaient élu domicile dans notre monde des activités que nous avions découvertes afin qu'elles puissent intervenir si elles estimaient que le jeu en valait la chandelle. Au moins, cette bande de gens avait pris des mesures avant que les responsables de l'établissement ne puissent tourmenter d'autres êtres involontaires.

Une ambiance solennelle s'installa dans la salle lorsque la vidéo prit fin. Un tableau s'afficha ensuite à l'écran, montrant nos derniers efforts de collecte de fonds – ce qui n'était pas une mauvaise semaine, si l'on considérait que nous devions garder le secret sur l'objet de la collecte.

— L'une des vieilles maisons de Walnut Hill a brûlé à moitié la nuit dernière, déclara quelqu'un alors que l'écran s'éteignait. Nous avons vu des signes indiquant que le propriétaire était un collectionneur. C'est le troisième incendie de l'année, et on ne sait toujours pas qui remercier ?

Je me mordis la langue. Je n'avais absolument rien à dire à ce sujet.

Si je voulais continuer mes interventions de justicière, il valait mieux que personne ne sache que j'en étais responsable. Les autres membres du Fonds pourraient plaisanter en approuvant, mais s'ils savaient que l'un des leurs commettait les crimes, je serais expulsée en deux secondes pour avoir « franchi trop de limites ». J'avais déjà vu cela arriver à un type qui s'était aventuré trop loin sur le terrain du justicier peu de temps après mon adhésion.

— S'il s'agit d'une ombre supérieure qui prend les choses en main, comme nous en avons déjà discuté, il est compréhensible qu'elle n'en fasse pas la publicité, dit Huyen.

Un homme au fond tapa dans ses mains.

— Je propose de les laisser faire. Ils peuvent contrôler à leur manière ce qui arrive aux leurs.

Le fait d'avoir été élevée par un être de l'ombre supérieur pendant treize ans environ faisait de moi un être honorifique, n'est-ce pas ? C'était mon histoire, et je m'y tenais. Tante Luna n'avait pas mérité ce que ces salauds lui avaient fait, et il n'était pas question que je laisse un autre être de l'ombre souffrir alors que je pouvais l'empêcher par tous les moyens nécessaires.

Vivi me jeta un coup d'œil et dut déceler quelque chose dans mon expression.

— Tu t'inquiètes toujours ?

Je haussai les épaules.

— Si personne n'a rien entendu, c'est qu'il n'y a rien à entendre.

— On peut toujours étendre le filet un peu plus loin. Je pensais passer chez Jade vendredi soir. Tu veux venir ? Ça fait un moment qu'on ne s'est pas lâchées de toute façon.

Oui, Jade serait l'endroit idéal pour creuser un peu plus loin – et, avec un peu de chance, résoudre mes problèmes de colocation avec un monstre non invité. Je souris.

— Tu as raison, faisons ça.

____

1. Here comes the rain again, de Eurythmics

SIX

Sorsha

Le pop-corn ne suffit pas à rassasier une fille, qu'il soit épicé ou non. Alors que je montais les escaliers qui menaient à mon appartement en passant devant le magasin de tissus, mon estomac se plaignit de la longueur du retard que j'avais pris pour l'heure du dîner. Il était vraiment temps de manger.

J'introduisis ma clé dans la serrure en me chantant à moi-même :

— Quand le repas est en vue, je vais courir toute la nuit, je vais courir pour mâcher…[1]

Je poussai la porte, m'attendant à ce que mes nouveaux colocataires de l'ombre m'attendent sur le seuil en remuant la queue pour me voir rentrer. Au lieu de cela, le hall était vide, l'appartement totalement silencieux, aucun mouvement même dans ce que je pouvais voir de la cuisine.

Pendant une fraction de seconde, mon moral s'éleva avec l'espoir que le trio avait changé d'avis sur le projet « On s'accroche à Sorsha » et qu'il était parti poursuivre ses efforts de sauvetage de son côté. Juste une fraction de seconde, parce qu'un instant plus tard, trois formes distinctes sortirent de l'ombre projetée par la porte d'entrée, comme des peintures à l'aquarelle se condensant en une image plus nette.

Pickle sortit en trombe de ma chambre, aperçut les ombres beaucoup plus grandes et eut un mouvement de recul avant de s'élancer jusqu'à moi. J'aurais été surprise qu'il ne s'enfuie pas directement dans le royaume des ombres, sauf qu'il s'était tellement attaché à moi qu'il s'en tenait toujours à sa forme physique ces derniers temps. Je n'étais même pas sûre qu'il se souvienne comment disparaître dans les ténèbres.

Je le pris dans mes bras pour l'installer sur son épaule préférée et je regardai mes invités obstinés.

— Vous avez décidé que vous préfériez vous cacher ?

Thorn arborait l'expression maussade qui semblait venir si naturellement sur son visage à beauté sauvage. Il redressa ses larges épaules comme si sa forme n'était pas assez intimidante de près.

— Il est plus facile et plus discret pour nous de voyager dans l'ombre.

Les yeux vert mousse de Snap s'illuminèrent d'un éclat de néon.

— C'est un endroit fascinant, dit-il en faisant un mouvement hésitant de sa langue qui, oui, j'en étais sûre maintenant, était légèrement fourchue au bout. Tant de fauteuils – et pourquoi les sièges basculent-ils ?

Des fauteuils qui basculent… ? Je me crispai, les griffes

de Pickle m'entaillant la clavicule alors qu'il se faisait l'écho de ma réaction.

— Vous m'avez suivie au cinéma ?

Thorn me lança un regard noir.

— Nous ne pourrions guère assurer ta protection si nous restions dans l'appartement quand tu n'y es plus, Milady.

Je l'avais bien entendu cette fois-là.

— Milady ?

— Excuse l'archaïsme, dit Ruse avec son habituel sourire amusé. Notre ami n'a pas passé beaucoup de temps du côté des mortels depuis le Moyen Âge.

Thorn avait dit cela avec une telle raideur que j'eus l'impression qu'il n'appréciait pas cet honneur, même si je ne l'avais pas exigé.

— Eh bien, je ne suis pas votre Milady, lui dis-je. Et je vous ai dit que je n'avais pas besoin de votre protection. Vous ne pouvez pas poursuivre les gens sans qu'ils le sachent…

Sauf qu'ils le pouvaient, parce qu'ils étaient des ombres et que c'est comme ça qu'ils travaillaient. Même maintenant, face à mon irritation, Thorn et Snap ne semblaient que plus ou moins perplexes. J'avais l'impression que Ruse comprenait mes protestations, mais cela ne signifiait pas qu'il sympathisait. Son sourire en coin suggérait le contraire.

— Nous n'avons pas interféré avec tes activités, dit Thorn. J'aimerais cependant savoir ce que cette assemblée de mortels a à voir avec l'humanité de l'ombre.

— Et comment ces images ont-elles été placées sur ce mur ? ajouta Snap. Si grandes et… en mouvements !

Il inspira comme s'il voulait s'exclamer davantage,

mais Thorn le toisa d'un regard ferme. Snap se tut en inclinant sa tête divine en signe d'excuse.

Soudain, j'étais deux fois plus ennuyée qu'avant. Qui avait mis M. Muscle à la tête de l'un d'entre nous ? Si leur « patron » les avait fait venir tous les trois, alors il ne faisait aucun doute que le dieu soleil ici présent était tout aussi capable que les autres, si tant est que le royaume des mortels l'étonne. Je préférais répondre aux questions émerveillées de Snap plutôt que d'écouter les demandes d'informations de Thorn.

— Tu aurais dû t'en rendre compte si tu avais été un peu plus attentif, dis-je au grand gaillard en le frôlant pour me diriger vers la cuisine. Ils n'allaient pas m'empêcher d'aller chercher le dîner que j'attendais avec impatience, même si mon enthousiasme avait diminué. Le Fonds est une organisation de mortels qui connaissent l'existence des ombres et font ce qu'ils peuvent pour aider les créatures qui ont eu de gros problèmes ici. Celui qui a arrêté votre patron est l'un des plus susceptibles d'avoir entendu parler de quelque chose.

Je pris un repas surgelé dans le congélateur et le mis dans le micro-ondes. Je n'avais vraiment pas envie d'une longue séance de cuisine à cet instant.

Le trio m'avait suivie dans la cuisine, Thorn en tête. Il croisa ses gros bras sur sa poitrine.

— Ils n'ont pas l'air d'avoir transmis d'informations susceptibles de nous orienter.

— C'est vrai, convins-je. Parce que soit ton ami Omen s'est fait attraper par des chasseurs réguliers, mais particulièrement ambitieux et c'est une coïncidence qu'il ait parlé de théories conspirationnistes avant, soit les conspirateurs restent très discrets sur leur complot. J'ai d'autres personnes auprès de qui vérifier, toutefois.

— Tu as dit à la femme en blanc que tu l'accompagnerais à un endroit appelé Jade ?

Doux lapins et lièvres, jusqu'où avait-il écouté ? Je serrai les dents en prenant ma fourchette. Le micro-ondes sonna, pas trop tôt.

— Jade's. Comme dans Jade's Fountain. C'est un bar tenu par une personne de ton espèce, avec d'autres personnes de l'ombre comme clients fréquents, ainsi que divers mortels, dont la plupart n'ont aucune idée. Elle n'aime pas s'impliquer dans les conflits interroyaumes, mais elle transmettra ses observations si elle ne pense pas qu'elles lui reviendront en pleine figure – ou bien elle pourra m'indiquer quelqu'un d'autre qui est au courant.

Thorn n'avait pas l'air convaincu.

— Tu es sûre que c'est la voie la plus fructueuse que tu puisses emprunter ? Parler n'a rien donné jusqu'à présent.

Je résistai à l'envie de lui écraser mon plat de pad thaï fraîchement réchauffé sur la figure. Mais aussi satisfaisant que cela puisse être brièvement, cela aurait été un gâchis de nourriture.

— C'est la meilleure stratégie à laquelle je puisse penser. Si vous voulez vous occuper en attendant, pourquoi ne pas me montrer demain l'endroit où Omen s'est fait prendre en embuscade et peut-être y trouverons-nous quelque chose ?

Je pourrais peut-être faire avancer ces trois-là avant même d'arriver chez Jade, et je pourrais y passer mon temps à discuter avec Vivi au lieu de chercher des indices.

— Je doute fort que nos agresseurs aient laissé des documents d'identification évidents derrière eux, dit Thorn. Son regard s'assombrit.

Bien sûr, il était du genre à s'offusquer à la moindre

allusion qu'il ait pu manquer quelque chose. Je haussai les épaules.

— Eh bien, peut-être que je trouverai quelque chose que vous n'avez pas trouvé. Si vous avez d'autres pistes à explorer, allez-y. Maintenant, je vais aller dîner. Seule.

Comme je n'avais aucune chance d'avoir de l'intimité dans la cuisine, je retournai dans le couloir. Mais mes « protecteurs » ne comprirent pas l'allusion. Ils me suivirent comme s'ils étaient reliés à moi par une force magnétique.

Je fis demi-tour sur moi-même lorsque je t'atteignis la porte de ma chambre, sur le point de les engueuler. Avant que je n'en aie eu l'occasion, Thorn poursuivit son interrogatoire.

— Ce jeune homme à qui vous avez parlé juste avant que les images sur le mur ne commencent – il m'a donné l'impression d'être hostile. Y a-t-il une chance qu'il ait quelque chose contre l'humanité de l'ombre en fait ?

Pourrais-je le poignarder avec ma fourchette ? J'en avais beaucoup des fourchettes. Bien sûr, qui pouvait dire si l'engagement de ce type à assurer ma sécurité tiendrait le coup en cas d'agression directe ? Je me contentai de serrer le manche plus fort et de lui lancer mon plus beau regard mortel.

— L'hostilité de Leland n'a rien à voir avec ses sentiments à ton égard, seulement au mien. Crois-moi, si j'avais pensé qu'il était important, je l'aurais précisé. Il n'y a rien d'autre qui vaille la peine d'être mentionné, alors pourquoi n'iriez-vous pas tous faire une descente dans ma cuisine et me laisser un peu de répit ?

Le visage de Thorn se crispa, mais il inclina la tête.

— Si c'est ce que tu veux. Nous veillerons à ce que ton espace de vie reste sécurisé pendant que tu dînes.

Je ne pus m'empêcher de rouler des yeux, mais il avait déjà tourné le dos. Snap s'éclipsa à son tour, l'air encore confus, ce qui m'inspira un sentiment de culpabilité.

Ruse avait reculé d'un pas, mais il restait dans le couloir, la tête penchée.

— Tu mérites bien mieux que cet imbécile, tu sais, dit-il. Il ne se souciait pas le moins du monde de ton bien-être ou de ton plaisir, mais seulement de ce qu'il estimait ne pas pouvoir obtenir.

Mes nerfs se mirent en boule.

— Je t'ai dit de ne pas t'approcher de mon…

Il leva les mains en faisant un sourire plus doux que d'habitude.

— Je n'ai pas eu besoin d'une conscience mystique pour percevoir ton malaise, dit-il. Mes sens ordinaires fonctionnent très bien. Et tu n'as jamais dit que je ne devais pas voir ce que je pouvais faire des émotions des autres. Les siennes n'étaient pas du tout subtiles. Je te garantis que je pourrais t'amener à des sommets qu'il n'aurait même pas pris la peine d'essayer.

Le timbre séduisant de sa voix me fit frissonner, réveillant le souvenir de notre court intermède du matin. Mais il ne chercha pas à me convaincre, il se contenta de me montrer sa fossette et s'en retourna suivre les autres.

Le dédain qu'il avait manifesté à l'égard de Leland me fit comprendre que quelque chose s'était déclenché dans ma tête.

— Tu l'as fait trébucher, n'est-ce pas ? Au cinéma ? dis-je me souvenant de la façon dont Leland s'était étalé d'un coup. Il n'avait jamais été particulièrement maladroit – et il marchait sur les ombres des fauteuils. Il n'aurait pas été difficile pour un être de l'ombre de déployer juste assez de force physique pour faire tomber un mortel. Ruse me jeta un coup d'œil avec un sourire plus effronté.

— Je me suis dit qu'il l'avait bien cherché.

Il avait agi en mon nom – parce que la façon dont Leland m'avait traitée et pensé à moi l'avait réellement dérangé ? Si cela n'avait été qu'un stratagème pour gagner mon affection, il en aurait parlé lui-même. J'aurais très bien pu ne jamais m'en rendre compte.

L'incube continuait son chemin.

— Attends, dis-je avant qu'il n'atteigne la cuisine.

Il s'arrêta et se retourna, levant un sourcil interrogatif. Je n'avais pas l'habitude de rester sans voix devant les ombres ou n'importe qui d'autre, mais pour une fois, j'avais la bouche sèche. Je m'efforçai de mettre de l'ordre dans le désordre des émotions et des impulsions qui me traversaient.

Ruse en avait besoin. Peut-être que moi aussi. Pourquoi devrais-je me soucier de ce que Leland ou n'importe quel autre type avant lui avait pensé ? Si on m'offrait des sommets, ça ne me dérangerait pas de m'envoyer en l'air. Je ne savais pas grand-chose de l'incube, mais j'étais à peu près sûre qu'il ne me voulait aucun mal.

Et quand aurais-je à nouveau une telle chance ? Demain, ils pourraient trouver la piste dont ils avaient besoin et renoncer à tout ce projet de protection.

— Tu penses que tu peux faire beaucoup mieux ? dis-je. Voyons ça.

Une lueur de satisfaction s'alluma dans les yeux noisette de Ruse. Il revint vers moi. À mon geste, Pickle sauta sur la bibliothèque située juste à l'entrée de la chambre et se cacha dans la grotte en feutrine d'un lit pour chat qui trônait sur l'étagère supérieure, remplie de chiffons qu'il avait déchiquetés. Je levai le menton pour croiser le regard de l'incube en signe de défi.

— Je suis ravi que tu aies changé d'avis, dit Ruse, tout en douceur et en charme, mais je crus déceler une pointe de soulagement dans son expression. La « collation » de tout à l'heure n'avait fait que retarder un peu sa faim. Bien sûr, si je devais lui donner quelque chose de plus que cela, nous avions une négociation à mener.

Je m'avançai dans la pièce pour que Ruse puisse entrer après moi et posai mon repas sur le meuble-lavabo. Il pouvait attendre un peu plus longtemps avec cette autre faim qui s'agitait en moi. Je tripotai le tissu de mon chemisier par-dessus la broche que j'avais remise sur mon maillot de corps. L'incube ne pourrait peut-être pas la voir, mais la présence de ces métaux piquerait ses sens.

« Ce sera encore plus agréable avec les effets spéciaux, dit-il. Mais si tu n'es pas à l'aise avec le fait que j'use de mon influence, je peux me retenir sans ta broche protectrice. Mes compétences ne mériteraient pas qu'on s'en vante si je ne savais pas comment exercer mon métier avec les mêmes pièces que n'importe quel mortel peut utiliser à bon escient. »

Mes mains se posèrent sur l'ourlet du chemisier.

— Tu peux te nourrir, quelle que soit la manière dont cela fonctionne, mais je ne veux pas que tu regardes ce qui se passe dans ma tête – ou dans mon cœur – ou que tu crées des sentiments avec tes pouvoirs. Une lueur de panique glacée traversa ma poitrine. Pas même un tout petit peu. Est-ce que c'est clair ?

— Comme du cristal, dit Ruse avec un sourire presque étincelant. Nous pouvons faire en sorte que tout tourne autour de toi, mademoiselle Blaze. Mon désir le plus important sera parfaitement comblé par ton plaisir.

Mon corps frémit d'impatience. La chaleur qui montait déjà en moi l'emportait sur la froideur de mes inquiétudes. Pourquoi devrais-je laisser des événements d'il y a des décennies dicter ce dont je devais profiter maintenant ?

J'attrapai mon chemisier et le remontai sur ma tête. Après l'avoir jeté sur le montant du lit, je voulus attraper mon maillot de corps, mais Ruse me toucha la main pour m'arrêter.

— Tu permets ? dit-il, si bas que les mots m'envahirent comme une caresse. J'hésitai, puis je laissai mes bras retomber le long du corps.

Il se pencha vers moi et embrassa ma bouche avec le plus délicat des baisers, comme le frôlement d'une aile de papillon. Cela n'aurait pas dû m'affecter outre mesure, et pourtant cela déclencha un fourmillement sur mes lèvres et un désir plus vif que je ne me souvenais avoir jamais ressenti auparavant. En même temps, il remonta le coton fin de mon maillot de corps, effleurant ma peau et frôlant mes mamelons à travers mon soutien-gorge sans rembourrage, juste assez fermement pour provoquer une secousse de plaisir dans ma poitrine.

Il se recula une seconde pour écarter l'objet, et malgré tous mes efforts, un gémissement de protestation contre la perte de contact s'échappa de ma gorge. Ruse sourit largement en me regardant.

« Tu es charmante », dit-il.

Je me mis à glousser.

— Je pense que nous avons dépassé le stade où tu as besoin de me séduire.

— Je fais simplement une observation franche.

Il passa son bras autour de ma taille et m'embrassa à nouveau. J'en avais la tête qui tournait, mais je n'avais pas l'intention d'être la seule à être nue ici. Alors que je me noyais dans la douceur sombre de ses lèvres, je trouvai le moyen de m'attaquer aux boutons de sa chemise. Lorsque j'atteignis le col, il l'enleva pour moi sans relâcher ma bouche.

Sainte Mère des Miracles, son torse était aussi stupéfiant que son visage, tout en muscles minces et sculptés sous une peau onctueuse sur laquelle je ne pouvais pas résister à l'envie de passer mes doigts. Sa caresse était aussi bonne qu'elle en avait l'air, ferme et lisse. Les flammes du désir qui s'allumaient entre nous déclenchèrent une nouvelle vague de chaleur dans mon corps.

Ruse m'embrassa à nouveau, cette fois si fort que j'en eus la tête qui tourna. Puis il rapprocha son visage du mien, me mordilla le lobe de l'oreille et murmura :

« Il y a un autre pouvoir que tu pourrais apprécier que j'emploie. Si tu veux, je peux m'assurer qu'aucun son ne sorte de cette pièce pendant que nous sommes... occupés. »

Hmm, ouais, ça avait l'air d'être une bonne idée.

— Je t'en prie, réussis-je à dire en dépit des battements de mon cœur.

Il fit un petit mouvement avec sa main, puis la posa à l'arrière de mon soutien-gorge. Alors que les bonnets glissaient de mes seins, il baissa la tête pour embrasser ma mâchoire, puis mon cou avec une attention particulière.

Ses lèvres trouvèrent chaque point parfait pour faire naître la félicité dans mes nerfs. Ses mains caressèrent mes seins, ses pouces pivotant sur mes deux mamelons à la fois, et un souffle frémissant s'échappa de ma bouche qui me rendit brusquement heureuse qu'il m'ait proposé ses talents d'insonorisation tout à l'heure.

Mes mains se posèrent d'elles-mêmes sur la tête de

l'incube. Tandis qu'il faisait glisser sa bouche le long de ma poitrine, mes doigts s'enroulèrent dans les épaisses vagues de ses cheveux et effleurèrent ces petites cornes qui pointaient de chaque côté. Leur surface incurvée était aussi dure que l'os et légèrement texturée au toucher, mais chaude comme la peau. Je les saisis instinctivement.

Ruse poussa un grognement encourageant et me souleva. Pendant une seconde, je m'envolai vraiment dans ses bras, du milieu de la pièce au milieu de mon lit.

L'incube se pencha sur moi, le regard attentif. Ses yeux brillaient d'un éclat doré. La teinte brillante ne dura qu'une seconde avant qu'il ne cligne des yeux, comme s'il voulait délibérément les ramener à leur couleur noisette propre aux mortels.

Je fis glisser mes doigts le long de ses cornes, puis dans ses cheveux.

— Tu n'as pas à les cacher. Je sais ce que tu es. Laisse apparaître ta forme normale si tu le souhaites.

Ruse me sourit ironiquement.

— Il vaut mieux ne pas le faire tant que tu n'es pas emportée par la sensation que j'assure d'habitude. C'est assez… intense.

Je l'étudiai.

— D'habitude, tu as besoin d'emporter les femmes par magie avant qu'elles ne tombent sur un lit avec toi ?

Il pencha la tête, taquinant de sa bouche le creux de ma mâchoire, de mon lobe d'oreille, à ma joue.

— Non, murmura-t-il entre les baisers alléchants. Il se trouve que je ne poursuis que les femmes qui sont de tout cœur intéressées par l'expérience générale. La honte et les regrets gâchent le repas. Mais certains aspects sont mieux acceptés par l'esprit mortel lorsque je peux mettre tous mes pouvoirs à contribution.

J'étais sur le point d'argumenter que je pouvais très bien gérer l'intensité sans vaudou, merci, lorsqu'il réclama à nouveau ma bouche. La pression de ses lèvres était déjà suffisamment intense en soi. Pourquoi discuter alors que je pouvais simplement en profiter ?

Il me caressa les seins tandis que sa langue se mêlait à la mienne, alternant douceur et force au bon moment. Ma peau était presque en train de chanter lorsqu'il glissa vers le bas pour aspirer un mamelon dans sa bouche brûlante, et mes nerfs auraient aussi bien pu jouer une symphonie. Le seul son que je réussis à produire fut un gémissement sans paroles.

Ses doigts habiles ne tardèrent pas à s'emparer de la fermeture Éclair de mon jean. Tandis que ses lèvres et sa langue extirpaient chaque particule de bonheur de ma poitrine, les sensations devenant de plus en plus excitantes et profondes avec le frôlement de ses dents, il m'enleva mon pantalon. Une main revint pour qu'il puisse s'occuper de mes deux seins en même temps, avec encore plus d'effet, et l'autre glissa sur ma culotte avec une caresse si légère que je ne pus empêcher mes hanches de se cambrer pour en demander plus.

« Patience » dit Ruse, la vibration de sa voix amenant mon mamelon à pointer davantage. Je m'agrippai à ses cheveux. Alors qu'il étendait ses attentions torturantes sur ma poitrine, j'émis toutes sortes de sons que je n'aurais jamais pensé qu'un homme puisse me pousser à produire. Mais ce n'était pas un homme, pas vraiment.

À ce moment-là, j'aurais préféré un amant de l'ombre à un amant mortel entre tous.

Alors que j'étais sur le point de le supplier, l'incube descendit encore plus bas le long de mon corps, et je compris ce qu'il avait voulu dire en disant que cette rencontre ne concernait que moi. Il passa ses doigts autour de l'élastique de ma culotte pour la faire descendre, puis son souffle vint chatouiller délicieusement mes plis. Chaque parcelle de mon corps frémissait d'impatience. J'eus du mal à me retenir d'attirer son visage vers moi.

Il ne prolongea pas le tourment béat trop longtemps. Le bout de sa langue effleura mon clitoris sous le bon angle. Mes hanches tressaillirent et il les maintint pendant qu'il plaquait toute sa bouche sur moi.

Lèvres, langue et juste ce qu'il faut de dents, de ce bouton sensible jusqu'à mes lèvres et de nouveau jusqu'en haut. La vague de plaisir qui me traversa fit sortir un gémissement plus profond de mes poumons. Juste comme ça, j'étais foutue. Ma tête se renversa en arrière, mes yeux s'écarquillèrent. J'aurais juré avoir vu des étoiles filantes pendant que je jouissais.

Ruse n'en avait pas fini avec moi. Il gloussa contre mon sexe et passa sa langue sur moi. Je frémis et gémis, m'agrippant à nouveau à ses cornes, et il me pénétra d'un coup de langue habile. Les ondulations de la réplique orgasmique se transformèrent en une nouvelle poussée, se précipitant à travers moi plus haut et plus vite, tandis qu'il mettait aussi sa main à contribution. Le plaisir augmentait à chaque poussée de ses doigts et à chaque pression de ses lèvres, jusqu'à ce que je m'élance à sa rencontre avec abandon.

La deuxième vague de jouissance me traversa des orteils à la tête avant de s'écraser sous une pluie d'extase. Je me mis à crier, à la limite du sanglot. Je ne savais pas si je méritais cette félicité ou si je m'étais gâchée pour n'importe quel homme normal après cela, mais à ce moment-là, je n'aurais pas échangé cette expérience pour un million de dollars.

Ruse se souleva au-dessus de moi. La rougeur de ses joues et la lueur de satisfaction dans ses yeux me disaient qu'il avait obtenu tout ce qu'il attendait de cette rencontre, même s'il n'avait pas pris son pied. Il se pencha pour me donner un dernier baiser sur la joue.

« C'était parfait. Je ne te priverai pas de ton dîner. Adieu, jusqu'aux aventures de demain ».

Il fit une dernière caresse avec ses doigts le long de mon flanc, remit sa chemise et partit en claquant doucement la porte derrière lui. Mon regard s'attarda là un instant de plus.

Qui l'aurait cru ? Une fois tout cela terminé, il se pourrait bien qu'un de ces intrus me manque, juste un peu.

---

1. When the feeling's right I'm gonna run all night, I'm gonna run to you. Bryan Adams

SEPT

Sorsha

Même à midi, sous un soleil d'été radieux, nous ne croisâmes que quelques promeneurs de chiens sur l'étroit sentier que le trio me fit emprunter dans le plus grand parc de la ville. Lorsque Thorn s'arrêta, nous étions complètement seuls dans une zone d'arbres plus dense. Aucun son ne nous parvenait, à l'exception du gazouillis des oiseaux.

Il nous montra le sentier qui descendait une pente abrupte devant nous et passait sous un large pont en béton. Une vigne s'accrochait à la surface rugueuse du ciment. Le drapé de ses feuilles assombrissait encore plus l'ouverture du passage.

Bienvenue dans la jungle, me suis-je dit. Malgré la clarté du jour, cet endroit semblait presque lugubre.

— Y a-t-il un troll à qui nous allons devoir payer un droit de passage ?

Ruse gloussa, mais Thorn se contenta de froncer les sourcils.

— Pas de trolls. Seulement des mortels ennemis, du moins à certaines occasions.

Ce type n'avait aucun humour sur les monstres. Je jetai un coup d'œil autour de moi.

— C'est ici que les chasseurs – ou qui que ce soit d'autre – ont attrapé votre gars ?

Il acquiesça, en pressant ses paumes l'une contre l'autre. Pour cacher ses articulations inhabituelles alors que nous étions dehors, là où les mortels qui n'étaient pas au courant pouvaient le voir, il avait enfilé une paire de mitaines en cuir, du même brun fauve que sa peau et suffisamment fin pour ne pas trop attirer l'attention. Le fait d'avoir les mains couvertes, même partiellement, semblait l'irriter.

— Omen avait remarqué quelque chose d'inhabituel dans cette zone. Il y a une faille entre les royaumes non loin d'ici, et les ombres passent souvent par là. Nous étions… en train de patrouiller, à la recherche de preuves. Il nous a dit de toujours rester dans l'ombre, sauf si nous devions interagir physiquement avec un objet. Il s'est éclipsé un instant juste sous le pont et ils lui sont tombés dessus de tous les côtés en un instant.

— Vous n'aviez pas remarqué qu'ils étaient là ?

Ruse désigna les arbres de part et d'autre du chemin. Il portait une casquette de base-ball pour cacher ses cornes, mais ce couvre-chef sportif ne diminuait en rien son allure charmante et espiègle.

— Nous étions plus loin, à l'écart du sentier, dit-il. Je n'ai pas vu ce qui se passait avant qu'ils ne soient déjà sur lui. Je suppose qu'ils attendaient en haut du pont, cachés derrière le mur.

Snap marqua une pause, sa posture se crispant tandis qu'il observait la structure. Il avait l'air de se réjouir de tout ce qu'il rencontrait dans le royaume des mortels, mais cette attaque avait dû vraiment le secouer.

— Je pourrais tester le pont, dit-il, la voix plus grave que d'habitude. Par-dessus et par-dessous. Même avec le temps écoulé, si je suis minutieux, je pourrais peut-être encore goûter quelque chose qui émanerait d'eux.

Il continua à descendre la pente sans attendre notre accord. Je jetai un coup d'œil à Ruse.

— Goûter quelque chose ?

L'incube m'adressa un sourire qui me chauffa les reins malgré la situation. Il avait bien dissimulé la faiblesse dont il souffrait auparavant, mais j'avais remarqué qu'il avait plus de ressort depuis notre rencontre de la nuit dernière.

— Tu verras, dit-il. Allons-y. Nous nous sommes enfuis après avoir entendu l'attaque – voyons ce que nous pouvons reconstituer de la scène.

— Si nous étions intervenus dès le premier instant au lieu de nous retenir… gronda Thorn, alors que nous suivions tous les trois Snap.

— Nous en avons déjà parlé, dit Ruse. Même toi, tu t'es retenu parce qu'Omen nous avait spécifiquement ordonné de ne pas mener de batailles que nous n'étions pas sûrs de pouvoir gagner, et tu voyais bien que nos chances étaient minces. Ces crétins étaient manifestement prêts à combattre – et à capturer – les ombres, et ils étaient au moins deux fois plus nombreux que nous. Ils nous auraient tous emmenés, peut-être vers un destin pire que ces cages ridicules.

Thorn grimaça.

— Plus de deux fois. Ils étaient dix. Mais autrefois, j'aurais pu m'en débarrasser tout seul. Peut-être que je pourrais encore le faire. C'est pour ça qu'Omen m'a fait venir.

— Tu as vu avec quelle rapidité leurs techniques ont maîtrisé Omen – et il peut se battre quand il le faut. Je te rappelle encore une fois que tu suivais ses ordres. Ruse afficha un autre sourire, cette fois-ci à l'attention de son compagnon plus costaud. Alors vraiment, si c'est la faute de quelqu'un qu'Omen a été capturé, c'est bien de la sienne.

Thorn émit un rire inarticulé, mais il cessa de discuter. Avant qu'il ne puisse se plaindre de quoi que ce soit d'autre, je fis un signe de la main en direction de l'arche du pont.

— Qu'as-tu vu exactement quand tu es arrivé ici ?

Thorn pencha la tête sur le côté en observant la scène. Ses yeux, si sombres que je pouvais à peine distinguer les pupilles à l'intérieur des iris, devinrent distants tandis qu'il se remémorait ses souvenirs. La brise agitait ses cheveux pâles comme la lune.

Quand il ne parlait pas ou n'était pas carrément renfrogné, il faisait vraiment plaisir à voir. Les cicatrices qui marbraient sa peau bronzée – l'une tranchant l'arête de son nez, une autre coupant en deux l'une de ses pommettes dures, diverses entailles marquant son front et les bords de sa mâchoire – ne faisaient qu'ajouter à son allure de guerrier vaillant.

— Ils étaient dix, dit-il. Ils portaient tous une sorte de cotte de mailles d'argent et de fer sur tout le torse et des casques sur la tête. Quand Omen s'est attaqué à eux, ça l'a brûlé. Il a tout de même réussi à en abattre un, qui lui a transpercé la gorge juste sous le menton, là.

Il m'indiqua un endroit juste à côté de la base du pont. Il ne restait aucune trace visible de l'escarmouche, mais cela faisait des semaines, peut-être des mois, et ces gens étaient manifestement habiles à faire disparaître les preuves.

— Ils n'avaient pas que des armures, a ajouté Ruse. Des armes aussi. Des filets – pas les petits filets qu'ils utilisent pour les créatures mineures, mais des filets conçus pour transporter des poissons en bateau, avec des barbelés en argent et en fer partout. Et ces sortes de fouets qui balancent des jets de lumière. Je n'en avais jamais vu auparavant. Ils ont attrapé Omen dans les filets avant qu'il n'ait eu le temps de s'échapper dans les ombres.

Même les puissants hommes de l'ombre avaient du mal à utiliser leurs pouvoirs s'ils étaient enchaînés par du fer et de l'argent. Quant au reste… Alors que Thorn acquiesçait en écoutant le récit de Ruse et en grognant, un frisson me parcourut la peau. J'avais déjà vu des fouets lumineux. Un souvenir d'il y a bien longtemps remonta à la surface : des ordres marmonnés, le cri de tante Luna, et l'arc de lumière brûlante qui s'abattait sur elle pour la maintenir en place.

Cela ne voulait pas forcément dire quelque chose. S'il existait de nouvelles armes capables de mettre hors d'état de nuire les ombres supérieures, quiconque souhaitant les capturer ou les tuer les utiliserait, sans qu'aucun lien avec un autre groupe ne soit sous-entendu. Je m'apprêtais tout de même à leur demander plus de détails lorsque Snap se pencha par-dessus la rambarde du pont au-dessus de nous.

— Je crois que j'ai quelque chose sur cette soirée, ici, je le jure sur le cul d'une licorne. Il baissa la tête et fit passer sa langue sur le béton. Elle sortit d'entre ses lèvres plus loin qu'aucune langue humaine n'aurait pu le faire, et il aspira l'air avec un sifflement de serpent.

— Euhm, dis-je, les mots me manquant momentanément.

Ruse souriait maintenant.

— Je t'avais dit que tu verrais quelque chose. Omen l'a embarqué pour une bonne raison. L'un des principaux talents de son espèce est de capter les impressions du passé de n'importe quel objet qu'il rencontre.

En « goûtant », c'est vrai. Je n'avais jamais entendu parler de ce talent chez les ombres. Il ne devait pas y en avoir beaucoup comme lui.

L'idée de lécher ce ciment crasseux me fit grimacer, mais cela ne semblait pas gêner Snap.

— Oui, dit-il d'un air rêveur. Au moins l'un d'entre eux était accroupi ici – son pied a heurté cet endroit lorsqu'ils ont tous sauté. Une chaussure en cuir, un peu trop serrée. Une poussée rapide.

— Et probablement que personne d'autre n'a touché cet endroit précis depuis lors, dit Ruse. C'est pourquoi Snap peut encore percevoir quelque chose d'aussi ancien. Les impressions les plus récentes finissent par prendre le dessus sur les choses plus anciennes.

Le regard de Snap se recentra sur nous. Une note d'excuse apparut dans sa voix.

— C'est tout ce que j'ai pu trouver sur l'embuscade. Ça ne nous aidera pas à trouver Omen, il me semble.

— La bataille s'est déroulée au sol, dit Thorn. Vois si tu peux en découvrir davantage en dessous.

Snap sauta pour nous rejoindre, atterrissant sur ses pieds avec plus de légèreté qu'on ne l'aurait cru pour un homme de cette taille. Il jeta un coup d'œil dans l'obscurité plus épaisse qui régnait sous le pont. Je me surpris à le regarder fixement tandis que sa langue sortait d'entre ses lèvres pour tester un pan de mur, puis un autre.

— Il ne peut pas tomber malade en faisant ça, n'est-ce pas ? demandai-je à Ruse. Dieu seul savait quels microbes avaient élu domicile là-dessous.

Ruse gloussa.

— Aussi marqué que cela puisse paraître, il n'entre pas en contact avec la surface, il ne fait que goûter les énergies qui s'y accrochent. Pour autant que je sache, elle ne peut faire de mal à personne, elle.

Cela ne me semblait pas si mal, mais je ne pouvais pas dire que j'étais entièrement offensée de toute façon. Il y avait aussi une certaine dose de fascination dans tout ça. Surtout quand Snap reprit son ton rêveur.

— L'un d'eux s'est cogné l'épaule ici dans la lutte, à un endroit où l'armure ne couvrait pas ses vêtements. Sa chemise était déchirée. Un morceau est tombé. C'est peut-être encore…

Il fit traîner son pied dans les feuilles, brindilles et autres débris naturels qui s'étaient accumulés au bord du passage. Avec une exclamation victorieuse, il repêcha un petit bout de tissu. Alors qu'il le tenait à hauteur de son visage, il sortit à nouveau sa langue, pas assez près pour faire remuer le morceau de tissu dans le mouvement. Il inspira profondément.

« Du coton. Du sang provenant d'une coupure en dessous des griffes d'Omen. Celui qui le porte l'a acheté – je peux voir le magasin – All Military Surplus.

J'avais déjà visité cet endroit une ou deux fois, un grand magasin de type entrepôt dans la partie industrielle de la ville.

— Cela ne réduit pas beaucoup les possibilités. Il doit y avoir des milliers de personnes dans la ville qui ont fait leurs achats là-bas.

Le visage de Snap se décomposa. Il avait l'air si

découragé que je dus ajouter : « C'est quand même incroyable que tu puisses dire tout ça ».

— Je peux goûter davantage lorsqu'il y a une association émotionnelle plus forte. Il ne tenait pas beaucoup à cette chemise.

— Tu fais de ton mieux, le rassura Ruse. Quoi qu'il en soit, cette information pourrait s'avérer utile d'une manière que nous ne pouvons pas encore anticiper.

— Je vais voir si je peux en trouver d'autres. Snap se retourna et s'aventura plus loin dans le passage.

Je me tournai vers les autres.

— Vous souvenez-vous d'autre chose à propos des gens qui ont monté l'embuscade – des détails permettant de les identifier ?

L'incube étendit les mains.

— Malheureusement, mes compétences sont assez limitées. Je n'ai pas réussi à les cerner en détail – rien d'autre que l'agressivité et la peur qu'on pouvait attendre.

Thorn étudia à nouveau notre environnement, comme s'il cherchait quelque chose pour rafraîchir sa mémoire.

— Leurs visages étaient en grande partie couverts. D'après leurs mouvements, ils étaient parfaitement entraînés au combat. Quelques-uns d'entre eux portaient des dagues en argent, et l'un d'eux avait – je ne sais pas trop comment l'appeler – une sorte de bâton en métal qui lançait des éclats électriques à une extrémité.

— Une sorte de taser ?

— Je ne connais pas ce mot. Il plissa le front. Il y avait une sorte de symbole dessus, n'est-ce pas ? Je ne l'ai vu qu'une seconde, il était en grande partie recouvert par la main du combattant. Mais les épées ont attiré mon attention.

Un autre frisson, plus vif, me parcourut.

— Un symbole avec des épées ?

— Oui. Comme une étoile à cinq branches, mais les deux pointes les plus horizontales étaient dessinées comme les lames d'une épée avec une simple poignée articulée au centre.

Il ramassa un bâton sur le bord du chemin et en enfonça l'extrémité dans une motte de terre claire. En plusieurs traits, il esquissa une image si familière qu'elle me retourna l'estomac.

L'étoile avec les pointes d'épée. Les chasseurs qui étaient venus chercher Luna – j'avais aperçu ce symbole sur l'un des cercles métalliques qu'ils portaient autour de la tête. Et je n'avais jamais trouvé la moindre référence à ce symbole depuis, malgré toutes les recherches que j'avais effectuées au cours des premières années qui avaient suivi sa mort.

J'avais renoncé à obtenir justice pour elle, si ce n'était de manière détournée pour me venger des chasseurs et des collectionneurs en général. Mais les gens qui étaient venus la chercher n'étaient pas qu'un groupe de chasseurs particulièrement vicieux, après tout. Le symbole les reliait aux combattants entraînés qui étaient venus chercher le chef du trio, onze ans plus tard.

Pour autant que ses compagnons le sachent, ils n'avaient fait que capturer Omen, ils ne l'avaient pas massacré. Peut-être n'avaient-ils pas non plus tenté de tuer Luna. Que faisaient-ils avec les ombres supérieures – et qu'avaient-ils fait d'autre pendant la décennie qui s'était écoulée ?

Mes trois chiots perdus pourraient être la clé pour obtenir des réponses, et pour répondre à plus de questions que je n'avais jamais eu l'idée de poser jusqu'à présent.

Mon cœur se mit à battre plus vite.

— Après qu'ils l'aient capturé, vous ne les avez pas suivis pour voir où ils l'emmenaient ?

Thorn laissa échapper un soupir.

— Aussi loin que nous le pouvions. Nous pouvons nous déplacer rapidement dans les ombres, mais pas assez vite pour suivre le rythme de vos véhicules mécanisés.

— Ils sont partis dans un gros camion, précisa Ruse. Pas de logos ou quoi que ce soit d'utile dessus.

Snap émergea de l'autre côté du passage sous le pont. Sa langue se dirigea vers un point à l'angle, et il murmura pour lui-même :

— L'un d'entre eux s'est brièvement appuyé ici. Il respirait difficilement. Mais il était content. Très content et un peu soulagé. Ils ont dû lier Omen à ce moment-là. Il marqua une pause en tirant à nouveau la langue, et un léger sourire traversa son visage. Il a dit quelque chose, doucement, à un homme à côté de lui. « Ramenons-le à Merry Den ».

Ses deux compagnons s'approchèrent.

— Tu as entendu ça ? dit Ruse.

— Oui. Le son est faible, mais il était si impatient que les mots sont restés. C'est bon ?

Thorn donna une tape sur l'épaule de Snap, avec tant de force dans son enthousiasme que le plus mince des gars rayonna et grimaça à la fois.

— Un nom, c'est excellent ! Le nom de l'endroit où ils l'emmenaient. Il me regarda. Tu connais un « Merry Den » ?

Les salauds qui étaient venus chasser n'avaient plus aucune chance. Je frottai mes mains l'une contre l'autre et une vague d'allégresse envahit ma poitrine.

— Non, mais tu ferais mieux de croire que je peux le trouver.

HUIT

Sorsha

É tant donné que nous ne savions pas du tout à qui nous avions affaire, si ce n'est qu'ils étaient redoutables, la discrétion semblait de mise. Je ne posai pas d'autres questions jusqu'à ce que nous soyons rentrés dans mon appartement et que la porte se soit refermée derrière moi.

— Le symbole que tu as vu sur l'arme de l'homme, dis-je à Thorn. L'étoile avec les pointes d'épée. L'avez-vous déjà vu ailleurs ? L'un d'entre vous ? Je lançai un regard vers les deux autres ombres.

Snap secoua la tête, un léger pli se formant sur son front. Bien sûr, vu la façon dont il réagissait à la plupart des choses dans le royaume des mortels, je ne pensais pas qu'il avait vu grand-chose de ce côté-ci du fossé avant cette récente visite. Ruse contempla la question quelques secondes de plus avant de répondre par la négative.

— Je ne me souviens d'aucune fois, dit Thorn. Pourquoi ? Penses-tu qu'il soit particulièrement important, Milady ? L'as-tu déjà vu, toi ? Alors qu'il étudiait mon expression, ses yeux presque noirs s'assombrirent encore plus.

Ma poitrine se serra. Je n'étais pas sûre de vouloir leur parler de cette partie de ma vie. Je n'avais jamais donné beaucoup de détails à Vivi et aux autres membres du Fonds, même si c'était vers eux que j'avais couru – ceux vers qui tante Luna m'avait dit de courir après l'avoir perdue. Ma gardienne de l'ombre et moi avions gardé tant de secrets pendant si longtemps qu'il était difficile de se défaire de cette habitude.

Mais même si je ne pouvais guère qualifier ces trois-là d'amis, et qu'ils étaient des monstres selon certaines définitions du mot, ils avaient partagé avec moi tout ce qu'ils avaient pu sur leur propre catastrophe. Je les avais vus dans leur état le plus vulnérable, épinglés par des projecteurs dans des cages géantes. Ce n'était pas comme si le fait de partager cette histoire pouvait me faire du mal, si ce n'était la douleur que me procurait le souvenir de ces moments.

Ce que je savais n'allait cependant pas nous aider beaucoup en soi. Avant de me lancer dans des recherches plus lointaines, je devais voir si je pouvais déterrer quelque chose d'autre du passé qui pourrait guider cette recherche.

— Je pense que oui, dis-je. Une seule fois, il y a longtemps. Mais tout ce que je peux vous dire avec certitude à propos des gens qui l'avaient, c'est qu'ils étaient après une ombre supérieure, tout comme votre groupe. Je ne sais pas pourquoi, ni même ce qu'ils voulaient faire d'elle. Mais peut-être…

Je jetai un coup d'œil à Snap. Depuis que j'avais vu son talent à l'œuvre, l'idée qu'il pourrait l'utiliser d'autres façons me trottait dans la tête.

« Serais-tu d'accord pour tester quelques objets que j'ai ici avec ton pouvoir et voir ce que tu peux en tirer ? »

Il s'illumina à cette suggestion.

— Bien sûr, dit-il. Je pouvais maintenant voir à quel point il parlait prudemment pour que sa langue fourchue soit à peine visible. L'une des premières choses que les ombres supérieures semblent apprendre, c'est à dissimuler leur vraie nature aux mortels. Que veux-tu que j'examine ?

— Je vais chercher les objets. Pourquoi ne pas vous asseoir dans le salon ?

Nous serions moins à l'étroit que dans ma chambre, d'autant que les deux autres voulaient sans doute regarder.

Il inclina la tête en signe d'assentiment, ses boucles dorées se bousculant les unes les autres, et il passa la porte d'un bond. On aurait pu croire que je lui avais offert une année de bananes mûres, et non que je lui avais demandé de travailler.

Je me réfugiai dans ma chambre pour fouiller dans le fond de l'étagère de mon placard. D'après ce que le trio avait indiqué, la capacité de Snap ne captait que les impressions les plus récentes. Pour qu'il ait une chance réelle de glaner quelque chose sur la vie de Luna, je devais lui donner des objets que je n'avais pas beaucoup manipulés au cours des onze dernières années. J'attrapai un carton Amazon que je n'avais pas encore eu le temps de jeter et je pris une paire de baskets scintillantes et un chouchou violet pour les mettre à l'intérieur afin de ne pas avoir à les toucher trop en les transportant.

Mon attention s'arrêta sur une petite boîte nacrée

nichée dans un coin de l'étagère. Il n'y avait aucune raison pratique pour que Snap teste cela…

J'hésitai, une boule se formant dans ma gorge. Puis, sans me laisser abattre, je la glissai dans l'une des poches de mon pantalon cargo. Si je changeais d'avis sur le moment, je n'aurais pas à le sortir du tout.

Dans le salon, Snap s'était assis sur le canapé à carreaux, donnant l'impression d'être un chiot impatient. Ruse se laissa tomber dans le fauteuil à pois pas du tout assorti qui se trouvait à côté du canapé. Thorn s'adossa au mur près de la porte, les bras croisés. Je posai mon carton sur la table basse bancale en face de Snap et je me tournai vers le présentoir à CD à côté de ma petite télé. J'étais presque sûre qu'au moins un de ces…

Ah ah, celui-là serait parfait. Je fis glisser le boîtier, en touchant le moins possible sa surface, et je l'ajoutai au contenu du carton.

— L'ordre dans lequel tu vas procéder n'a pas d'importance, dis-je. Vois si tu peux trouver quelque chose sur quelqu'un d'autre que moi les ayant utilisés. Il n'y aura peut-être rien, mais… ça vaut le coup d'essayer.

Le visage de dieu de Snap prit une telle détermination que sa magnificence fit palpiter mon pouls malgré ma nervosité.

— Je ferai de mon mieux. Il prit d'abord le chouchou, le regardant avec curiosité avant de l'approcher de sa bouche.

La dévotion de Luna pour la culture des années 1980 avait inclus non seulement la musique, mais toute forme d'art et de mode. Je l'avais rarement vue sans ses vagues auburn clair relevées par un de ses élastiques. Le violet avait été mélangé à mes vêtements dans le sac de secours. Je ne l'avais trouvé que des jours après avoir fui.

Je ne savais pas si elle l'avait utilisé souvent, mais moi, jamais.

La langue de Snap s'échappa de ses lèvres et ses yeux vert mousse s'embuèrent. Je me tenais à côté de la table basse, essayant d'adopter une position détendue, mais mes épaules se raidissaient malgré tous mes efforts.

Je lui avais dit de chercher des impressions qui ne m'impliquaient pas, mais cela ne voulait pas dire qu'il n'en trouverait pas d'autres. Quand j'avais sorti ce truc de mon sac il y a onze ans et que j'avais réalisé ce que c'était, j'avais braillé pendant une bonne demi-heure.

Le risque qu'il voie cela valait bien l'embarras, s'il sentait aussi quelque chose qui pourrait nous dire qui en avait après ma tutrice – et ce qu'ils avaient l'intention de lui faire.

Snap inspira et s'arrêta. Les coins de sa bouche se plissèrent. Il déplaça le chouchou dans sa main et goûta à nouveau à son énergie. Un fourmillement se glissa sous ma peau.

Puis ses yeux s'écarquillèrent. Sa voix était aussi rêveuse qu'elle l'avait été sur le pont.

— Une créature de l'ombre a porté ceci. Des cheveux jaune-orange. Une sorte d'énergie légère – elle était fae. Elle avait fixé une fleur dans ses cheveux avec ceci : un iris. *Le violet va avec le violet, je peux au moins associer ça.*

Sa voix ne ressemblait en rien à la voix aiguë de soprano de Luna, mais il avait la bonne cadence mélodique. Un frisson me parcourut le dos. J'étais à la fois ravie et peinée. Je ne m'attendais pas à ce qu'on m'offre un écho du passé aussi puissant. Qu'est-ce que je n'aurais pas donné pour entendre vraiment sa voix – pour qu'elle soit encore avec moi. Que penserait-elle de la femme que j'avais fini par devenir ?

Thorn remua, sa mâchoire se contractant comme s'il voulait dire quelque chose, mais il se retint pendant que l'autre homme de l'ombre poursuivait son inspection. Finalement, Snap reposa le chouchou. Quand il me regarda, je vis plus que des excuses dans son regard.

La boule dans ma gorge revint. Tout ce qu'il avait pu glaner d'autre devait avoir un rapport avec moi. Ce n'était pas surprenant après tout ce temps.

Il n'était peut-être pas au courant de beaucoup de choses chez les mortels, mais il était assez perspicace – et assez gentil – pour garder pour lui les moments privés qu'il avait découverts, sans autre signe que ce soupçon de chagrin compatissant.

— Je n'ai rien trouvé d'autres la concernant, dit-il. C'est elle que tu espérais que j'atteigne ?

J'acquiesçai sans mot dire, pas du tout certaine de produire un son clair. Thorn se racla impérieusement la gorge avant que Snap ne puisse attraper l'objet suivant.

— Qui était cette fae ? Penses-tu qu'elle a été capturée par le même groupe que celui qui a enlevé Omen ?

J'inspirai lentement, m'assurant que je me maîtrisais, avant de croiser son regard exigeant. S'en tenir aux faits, faire court, et il n'était pas nécessaire de se laisser emporter par l'émotion. Tout cela remontait à plus d'une décennie de toute façon.

— Mes parents sont morts quand j'avais trois ans. Ils étaient impliqués dans le même genre d'activités que le Fonds, c'est-à-dire qu'ils aidaient les hommes de l'ombre. L'une d'entre elles était une femme fae nommée Luna. Je ne me souviens pas de grand-chose de cette époque, mais je sais qu'ils étaient restés très amis avec elle. Elle venait souvent à la maison, jouait avec moi… Elle était avec moi quand mes parents ont été attaqués, et elle m'a emmenée loin de là.

Ce jour-là s'était réduit à quelques fragments dans mes souvenirs : la chasse aux lucioles dans le jardin, leur lueur et le battement de leurs ailes contre mes mains, un cri provenant de la porte du fond, la voix rauque de ma mère criant « Luna, vas-y ! ». Les bras maigres de Luna autour de moi alors qu'elle avait bondi à une vitesse surnaturelle pour m'emporter par-dessus la clôture et s'échapper.

« Luna n'aimait pas parler de ce qui s'était passé, mais d'après ce que j'ai compris, des chasseurs ont découvert que mes parents s'étaient mêlés de leurs affaires et les ont poursuivis pour se venger. Après cela, elle m'a élevée. Nous avons beaucoup bougé parce qu'elle était toujours nerveuse, mais personne ne nous a dérangés pendant longtemps… Quand j'ai eu seize ans, elle a su que des gens arrivaient – nous avons attrapé les affaires que nous avions emballées pour nous enfuir – mais ils avaient déjà atteint la maison. »

— Ils l'ont capturée comme ils l'ont fait pour Omen, ajouta Thorn.

Je secouai la tête.

— Je ne sais pas ce qu'ils prévoyaient. Sur le moment, j'ai pensé qu'ils essayaient de la tuer parce qu'elle était une ombre qui se faisait passer pour une humaine. Ils l'ont attaquée avec ces fouets de lumière, comme tu l'as dit, et l'un d'eux portait le symbole de l'étoile sur ses vêtements… Ils avaient presque réussi à l'attacher quand elle a dû décider qu'elle préférait mourir selon ses propres termes plutôt que les leurs, et les distraire pour que j'aie plus de chances de m'échapper.

Le savoir me fit ressentir un sentiment de culpabilité. Je

déglutis difficilement et réussis à continuer. « Avec sa magie… Elle a éclaté, comme un feu d'artifice. »

C'était d'une beauté stupéfiante et horrifiante à la fois. J'avais été tellement abasourdie que je m'étais figée sur place. Heureusement, la dernière action de Luna avait aussi littéralement assommé ses agresseurs, qui avaient trébuché, hébétés, suffisamment longtemps pour que je me souvienne qu'il fallait que je me tire de là si je voulais que son sacrifice ait une quelconque utilité.

Peut-être qu'ils voulaient seulement la capturer, ajoutai-je. Si ce sont les mêmes qui ont tendu une embuscade à votre patron. Bon sang, s'ils sont impliqués dans des opérations illicites à plus grande échelle depuis plus longtemps, il se peut que ce soient leurs opérations que mes parents aient perturbées – ils pourraient être ceux qui les ont assassinés aussi.

— Es-tu sûre que tes parents sont vraiment morts ? demande Ruse, d'une voix douce et prudente.

— Oui, c'est vrai. Luna ne m'aurait pas éloignée d'eux. Et mon père au moins… Ils lui ont coupé la tête.

Je n'avais plus aucun souvenir visuel de ce moment, seulement la notion que je l'avais vu, le bruit sourd quand il avait heurté le sol après avoir été jeté par la fenêtre. Après m'être réveillée presque chaque nuit pendant des semaines en sanglotant hystériquement à cause des cauchemars de ce moment-là. Luna avait utilisé une partie de sa magie pour effacer l'image même de mon esprit. *Je ne veux pas tout prendre*, m'avait-elle dit. *Tu dois te rappeler pourquoi il est important que nous restions prudentes. Mais le tout serait trop.*

Mes trois invités restèrent silencieux à la suite de ce commentaire. Le poids de leur hésitation emplit la pièce. Je fis un geste vague, comme si je pouvais balayer leur réaction d'un revers de main.

« S'il s'agit des mêmes personnes, je serai d'autant plus heureuse de vous aider à les retrouver. Je voulais juste voir si des traces de Luna sur ses affaires pouvaient être utiles. »

Snap s'appuya sur mes paroles pour continuer.

— Laisse-moi essayer les autres, alors. Il prit le boîtier du CD et le fit pivoter dans ses mains.

Luna m'avait inculqué beaucoup de ses goûts, mais je n'avais jamais été capable d'apprécier Def Leppard. Chaque fois qu'elle mettait cet album quand j'étais enfant, je gémissais jusqu'à ce qu'elle cède et arrête la musique. Je soupçonnais qu'elle ne les aimait qu'à cause de leur nom – elle avait aussi un faible pour les gros chats.

Pourtant, bien sûr, elle l'avait gardé dans l'assortiment de « musique essentielle » qui restait dans mon sac de voyage d'urgence. Une de ses vingt meilleures chansons, apparemment.

Snap examina l'étui avec le même soin que le chouchou et fronça les sourcils.

— J'entends un petit rire et la sensation qu'elle l'ouvre à quelques endroits, mais rien de plus.

— Ce n'est pas grave. Je savais qu'il ne fallait pas se faire trop d'illusions.

Il avait laissé les baskets pour la fin. Je ne savais pas si je devais mettre plus ou moins d'espoir en elles.

Luna les avait adorées, elle les appelait ses « chaussures de poussière de fée »... mais je les avais aussi portées pendant le moment le plus traumatisant de ma vie de quasi-adulte. À seize ans, avec l'esprit rebelle typique des adolescents, je n'avais pas laissé mes chaussures à un endroit où je pourrais facilement les attraper la nuit où nous devrions fuir. J'avais commencé à trouver ridicule que Luna insiste sur tant de précautions. Au lieu d'attendre que je fouille les piles de vêtements dans ma chambre, Luna m'avait jeté cette paire de chaussures en partant vers la porte.

Elles étaient trop petites pour moi d'au moins une taille, peut-être deux. Mon souvenir de la fuite de la maison qu'elle louait était ponctué par le pincement de mes orteils serrés, devenus plus vif à chaque pas.

Sans doute Snap avait-il goûté le premier à cette impression de fragilité. Il me jeta un nouveau coup d'œil, son visage divin hanté par une brève tristesse, puis poursuivit ses investigations. Je résistai à l'envie de m'agiter.

— Ce ne sont que des fragments, dit-il au bout d'un moment. Je pense que c'est parce que cela fait si longtemps – je suis désolé – elle était très heureuse quand elle les portait. Et… j'ai l'impression que quelqu'un lui manquait, quelqu'un qui était fae comme elle, peut-être ? Avait-elle des amis de l'ombre ? Quelqu'un d'autre qui aurait pu être enlevé ?

— Je ne sais pas. J'avais un peu honte de n'avoir jamais eu l'idée de m'interroger sur la vie sociale ou l'absence de vie sociale de Luna. Sauf quand j'étais à l'école, elle était toujours avec moi, et nous ne rendions visite à personne. Nous ne sommes jamais restées dans une ville plus de deux ans pour nous faire des amis proches.

Mais peut-être y avait-il quelqu'un qu'elle avait laissé derrière elle dans l'une de ces villes – ou bien dans le royaume des ombres – et dont elle ne m'avait jamais parlé. Un autre sacrifice qu'elle avait fait, sans que je le sache.

— Cette piste d'investigation ne semble pas très fructueuse, déclara Thorn d'un ton bourru. Il se dirigea vers la fenêtre pour observer la rue, comme s'il pensait qu'il y trouverait une meilleure inspiration.

— Ce n'était pas une mauvaise idée, dit Ruse d'un ton plus encourageant. Quand on a si peu d'éléments pour avancer, on ne peut pas laisser une pierre non retournée. Il m'adressa un sourire avant de se lever.

Alors que l'incube s'éclipsait de la pièce, Snap rangea les chaussures. Il soupira, tout cet enthousiasme pour la contribution s'étant évanoui, et se leva. Mon estomac se tordit, mais au moins, il avait montré qu'il pouvait être respectueux de mes traumatismes passés. Thorn ne semblait pas y prêter attention de toute façon – et qu'est-ce que j'en avais à faire de ce qu'il pensait, ce grand grincheux ?

Je touchai le bras de Snap.

— Il y a autre chose, qui n'a rien à voir avec Luna. Juste, moi… C'est encore plus improbable, mais tout ce que tu en tireras qui ne m'implique pas serait ce que j'ai de plus.

Je sortis la boîte à bibelots avec son revêtement en nacre. Snap la prit avec des doigts hésitants. Il l'examina, puis mon visage.

— Ce n'était pas celui de la fae, hasarda-t-il. Il appartenait à tes parents ?

— Oui, dis-je. C'est la seule chose que j'ai qui leur appartienne. Ils l'avaient donnée à Luna pour qu'elle la garde pour moi, juste au cas où.

Il y avait une lettre à l'intérieur, une lettre que j'avais lue tant de fois que je ne pouvais pas imaginer qu'elle contiendrait des traces qui n'étaient pas les miennes. Me disant que si je la lisais, c'est qu'ils n'étaient plus avec moi et qu'ils en étaient désolés, mais qu'ils espéraient que je sois en sécurité avec Luna. Que ce qui était le plus important pour eux, c'était que je puisse vivre ma vie aussi pleinement que possible.

Ils savaient que les chasseurs pourraient riposter. Ils y étaient préparés. Mais pas moi. Je me souvenais du cri de ma mère et du son de la mort de mon père plus clairement que de n'importe quoi d'autre à leur sujet.

Snap baissa la tête, si bas que c'était presque une révérence.

— J'apprécie que tu me fasses confiance. Je m'en occuperai avec soin.

Il commença son test encore plus lentement qu'auparavant, sa langue allant et venant, son souffle aspiré et expulsé. Je mis les mains dans mes poches en attendant. Enfin, il posa la boîte.

— Tu as raison. Il n'y a pas grand-chose. Mais ils avaient beaucoup d'affinités avec cet objet, si bien qu'un peu d'émotion s'y est accrochée, même après tant d'années. Ils étaient très tristes à l'idée que tu puisses avoir besoin de le recevoir. Ils avaient peur de perdre le temps qu'ils avaient passé avec toi, mais pas le cours qu'ils avaient suivi. Ils étaient fiers de cela, de prendre des risques... Il prit une autre lampée, comme pour clarifier cette pensée. J'ai l'impression qu'ils pensaient qu'ils ne t'auraient pas eue dans leur vie s'ils n'avaient pas pris ces risques.

— Peut-être qu'ils se sont rencontrés grâce au Fonds, grâce au travail qu'ils faisaient pour les ombres ?

— C'est logique.

Il me tendit la boîte. Nos mains se frôlèrent lorsque je la pris, et il me fit un sourire si doux, mais si lumineux que j'en perdis le souffle, comme le premier matin où il avait comparé mes cheveux à la pêche.

— La seule chose dont je sois sûr, c'est qu'ils t'aimaient plus que n'importe qui d'autre dans tous les royaumes.

J'avalai soudain de travers.

— Pour tout cela. Je ferai tout ce que je peux pour retrouver ceux qui ont enlevé votre patron.

— Je sais que tu le feras. Il toucha de nouveau mes cheveux, juste un instant, toujours en souriant. Je l'ai pensé quand tu t'es introduite dans ma cage, mais je le pense encore plus maintenant. Tu es destinée à faire de bonnes choses, Peach.

Puis il s'éloigna, me laissant me demander pourquoi j'avais eu tant besoin d'entendre quelqu'un me dire cela.

NEUF

Thorn

Si je n'étais pas redevable des efforts de notre libératrice, j'aurais pu me plaindre de bien des choses à l'égard de cette mortelle. La façon dont elle faisait claquer les extrémités des bâtons qu'elle appelait « baguettes » contre les parois de l'une des boîtes dans lesquelles notre dîner était arrivé. Le grincement des pieds de la chaise de la cuisine lorsqu'elle y basculait périodiquement son poids. Les petits rires qu'elle s'adressait à elle-même tandis qu'elle poussait son « ordinateur portable » à produire des informations qui, apparemment, étaient plus amusantes qu'utiles à notre quête.

Elle disait beaucoup de blagues, celle-là. Ici, dans sa maison, sur le pont, dans cette grande pièce remplie de chaises rembourrées où elle se réunissait avec le reste de ses amis du « Fonds ». Et toujours en chantant ses chansons idiotes. Comme si la vie d'Omen ne dépendait pas de la rapidité avec laquelle nous pouvions déchiffrer ce qui lui était arrivé. Comme si tant d'autres vies ne dépendaient pas de ce que nous découvririons.

Mais aucune de ces choses ne valait la peine d'être exprimée, pas alors que je savais que sans elle, je serais toujours enfermé dans une cage. Je n'appréciais peut-être pas son attitude, mais je veillerais à ce qu'aucun mal ne lui soit fait sous ma surveillance. Si cela me démangeait de ne pas être en train d'arpenter les rues à la recherche de notre chef, je n'avais qu'à me rappeler que la mortelle avait découvert bien plus de liens au cours de la journée écoulée que nous n'en avions réunis au cours des nombreuses semaines précédentes. Le fait que la plupart de ces semaines aient été passées en captivité n'avait fait qu'aggraver cet échec.

Omen comptait sur nous. Il comptait sur moi, en particulier, pour défendre notre groupe et maîtriser tous les ennemis que nous rencontrerions. Peu importait ce que disait l'incube – il était fait pour cajoler et apaiser. J'avais échoué, encore une fois, et si je ne corrigeais pas rapidement cet échec, cela pourrait se transformer en un désastre encore plus grand que la fois précédente.

— Ah ah ! s'exclama la dame en agitant la main de façon un peu folle devant l'écran lumineux de son appareil. Il y a un marché aux puces dans une ville près d'ici qui s'appelle Merry Den Market.

Je n'imaginais pas qu'il y ait une grande demande de la part des mortels pour acheter des puces, mais elle semblait satisfaite de sa découverte. Je m'installai dans le fauteuil que j'avais pris en face d'elle.

— Tu penses que les personnes que nous recherchons pourraient détenir Omen là-bas ?

— Je ne sais pas. Une fine ride se forma sur son front pâle tandis qu'elle tapotait l'une de ses baguettes contre ses lèvres. Ça ne ressemble pas au genre d'endroit où les chasseurs ou toute autre personne intéressée par les ombres opéreraient… mais on ne peut pas toujours se fier aux apparences. Cela pourrait en faire une couverture parfaite. C'est fermé, mais on peut aller voir demain. Je ne pourrai pas passer chez Jade avant la soirée de toute façon.

Ruse se redressa du chambranle de la porte contre lequel il se prélassait.

— Un petit voyage en voiture. J'ai hâte d'y être.

Depuis que nous avions terminé notre repas, Snap tournait autour du salon de la mortelle en interrogeant l'incube sur tous les objets qu'il rencontrait. Maintenant, le dévoreur sortait la tête, les yeux écarquillés d'impatience.

— Un voyage en voiture ? Ça veut dire qu'on va prendre un de ces… engins ?

La dame grimaça.

— Je n'en ai pas. Ce n'est pas vraiment nécessaire quand on vit en ville et qu'on peut s'enfuir plus furtivement à pied. En fait, je n'ai même jamais eu mon permis. Elle semblait vaguement embarrassée par cet aveu, comme s'il y avait un quelconque honneur à brûler de l'essence à travers une carcasse métallique pour faire tourner des roues.

— Je suppose que c'est trop espérer qu'on puisse prendre des chevaux ? dis-je.

Sa bouche tressaillit, parce qu'apparemment, elle trouvait aussi cette remarque amusante.

— Désolée, mais non. On dirait qu'il y a un bus qui devrait nous déposer juste devant, cependant.

— Si jamais nous trouvons une voiture, je peux me

débrouiller pour conduire, proposa Ruse. Je pourrais même être en mesure d'aider à chercher un véhicule.

Elle lui jeta un regard sceptique, tout en continuant à sourire.

— Tu veux dire que tu séduirais quelqu'un pour qu'il nous donne la sienne ?

Il écarta les mains avec un sourire.

— Je préfère penser que c'est pour leur rappeler la générosité potentielle de leur nature.

Je remuai à nouveau sur mon siège, réprimant mon irritation. L'incube ne prenait jamais rien au sérieux non plus. Sa capacité à lire et à manipuler les émotions aurait été utile si nous étions allés plus loin dans nos investigations avec Omen, mais il n'était d'aucune utilité dans une bataille.

— Voyons si je peux trouver d'autres résultats prometteurs, au cas où le marché aux puces ne serait pas ce que nous cherchons, dit la dame en reportant son attention sur l'ordinateur.

Snap était toujours en train de jeter un coup d'œil dans la cuisine.

— C'est quoi un bus ? demanda-t-il.

Ruse lui fit signe de retourner dans le salon, et le suivit.

— Laisse Sorsha opérer sa magie informatique. Je vais t'expliquer.

— L'ordinateur fonctionne avec de la magie ?

L'incube gloussa avant que leurs voix ne se dissipent avec la fermeture de la porte. Le sourire de la dame devint ironique.

— Parfois, c'est ce qu'il semble. Y compris l'élément imprévisible. Oh, salut, Pickle.

Elle fit claquer sa langue et la petite créature verte qui semblait la suivre partout dans l'appartement grimpa sur ses genoux, puis sur son épaule. Elle sortit un dernier morceau de poulet en sauce du carton et le lui offrit. Il l'engloutit en remuant sa longue gorge et en faisant vibrer sa poitrine avec satisfaction.

En le regardant, je me rendis compte que je n'arrivais pas à tenir ma langue au sujet de cette plainte qui me rongeait.

— Tu nous as libérés de nos cages, nous et les êtres inférieurs de cette prison, dis-je. Pourquoi gardes-tu cette créature sous tes ordres ?

Elle tendit la main pour gratter le dessous du menton du petit être de l'ombre.

— Sous mes ordres ? Tu n'as pas fait attention si tu penses que Pickle m'écoute plus souvent qu'il ne le veut.

— Il est confiné ici, n'est-ce pas ? Tu ne le laisses pas sortir.

Je ne l'avais jamais vu autrement que plonger dans l'ombre, mais je ne voyais pas comment elle aurait pu forcer sa présence physique.

La mortelle fixa son regard sur moi, en clignant les yeux d'un air perplexe.

— Il reste parce qu'il le veut. C'est un bon boulot – de la nourriture et des câlins pour faire un travail très médiocre en tant que dragon de garde.

Pensait-elle que cela rendait acceptable le fait qu'elle le possède ?

— Le « collectionneur » qui nous avait emprisonnés nous nourrissait lui aussi…

Elle serra le poing de sa main libre posée sur la table.

— Tu me compares à ces salauds ? Tu plaisantes ?

Toute trace d'humour avait quitté sa voix. Je l'avais clairement offensée. Ce n'était que justice, car le fait de la voir se promener avec son animal de compagnie m'offensait au moins autant.

— Tu es la bienvenue pour m'expliquer en quoi c'est différent, dis-je.

Sa mâchoire se crispa. Pendant une seconde, je crus voir poindre une colère aussi rouge feu que sa chevelure. Puis elle sembla se maîtriser. Elle caressa le flanc de la créature.

— Je n'ai pas besoin de me justifier auprès de toi, dit-elle, d'un ton plus froid qu'enflammé. Je te rends toutes sortes de services. Mais puisque tu en parles, Pickle ne peut pas survivre seul. Le chasseur qui l'a vendu ou le collectionneur qui l'a acheté lui a coupé les ailes, si bien qu'il peut à peine voler, et il n'a pas été conçu pour se déplacer en marchant – si tant est que l'on puisse appeler ce dandinement « marcher ». Quelqu'un dans le royaume des ombres pourrait-il s'assurer qu'il a toute la nourriture dont il a besoin et qu'il ne tombe pas à nouveau dans le piège d'un chasseur en passant par une faille ?

J'avais remarqué que la créature n'utilisait presque pas ses ailes, mais je devais admettre que j'avais supposé qu'il s'agissait d'une paresse due à sa captivité, et non d'un handicap. Quant à sa question… je serrai les dents avant de répondre :

— Non, je ne pense pas qu'il y en ait.

— Exactement. Je n'avais pas l'intention de prendre un animal de compagnie, encore moins un que je devrais cacher à toute personne ordinaire qui viendrait à l'appartement, mais il était là dans l'une des maisons auxquelles j'ai mis le feu il y a quelques années, et il ne pouvait manifestement pas prendre soin de lui-même, alors je n'allais simplement pas l'abandonner.

Elle brandit ses baguettes sous mon nez. « Tu devrais te

réjouir que je n'aie pas l'habitude de jeter les ombres sur le trottoir, sinon imagine ce que tu pourrais devenir. Si tu veux en vouloir à quelqu'un, fais-le à ces connards qui pensaient que mutiler le corps de Pickle était une façon raisonnable de traiter un autre être vivant. »

Elle était manifestement en colère contre eux. Sa voix était restée blanche, mais une pointe d'aigreur s'était glissée dans son ton, et l'éclat de ses yeux cuivrés. Je n'étais pas sûr d'envier un mortel qui l'aurait affrontée. Imaginez ce qu'elle aurait pu faire avec une épée.

Peut-être que, sous les plaisanteries et la frivolité, elle se souciait beaucoup des autres.

— Mes excuses, dis-je, avec une raideur que je n'arrivais pas à atténuer. Je n'aurais pas dû tirer de telles conclusions. Tu as été très généreuse avec nous, et il semble que tu le sois aussi avec ton petit compagnon vert.

Sorsha me regarda encore un moment, comme pour confirmer que j'étais sincère. Puis elle se détendit dans son fauteuil. Maintenant que je reconnaissais leur lien comme une protection plutôt qu'une incarcération, il était impossible de ne pas voir l'affection avec laquelle elle inclina sa joue vers la créature pour répondre à son mordillement.

Non, je n'avais pas été juste du tout. Je m'efforçai d'accepter le malaise que cette prise de conscience provoquait, puis je me penchai en avant. Si elle pouvait me surprendre autant, j'avais envie de découvrir ce que j'avais pu manquer.

— Parle-moi de ce « marché aux puces », veux-tu, Milady ?

DIX

Sorsha

Lorsque nous descendîmes du bus à l'entrée du marché aux puces, Thorn tira sur ses mitaines, comme s'il les apprécierait mieux en les ajustant pour la centième fois. Je vérifiai que la casquette de Ruse cachait bien ses cornes. S'apercevant que je le regardais, il en inclina le bord vers moi pour me saluer joyeusement.

— Tous les traits monstrueux sont bien cachés, dit-il en souriant.

Nous nous étions tous les quatre un peu disputés à propos du fait qu'ils m'accompagnent. Le trio avait promis de garder sa nature secrète, mais étant donné l'attitude désinvolte de Ruse et l'inexpérience des autres dans la vie moderne, je n'étais pas convaincue qu'ils s'y tiendraient. J'avais fait de mon mieux pour souligner à quel point la plupart de mes concitoyens du XXIe siècle étaient mal préparés à l'idée d'avoir des êtres surnaturels parmi eux.

Je pointai un doigt vers lui, pas loin de l'agiter.

— Je te surveillerai.

D'une certaine manière, Snap avait à la fois la tâche la plus facile et la plus difficile. Dissimuler sa langue n'exigeait aucun choix de mode étrange, mais d'un autre côté, cela signifiait aussi qu'il devait contenir au moins un peu son enthousiasme – et s'abstenir d'utiliser son pouvoir. À en juger par la façon dont il regardait autour de nous lorsque nous avons franchi l'auvent qui ombrageait la moitié extérieure du marché, il aurait aimé tester un grand nombre d'objets qui nous entouraient.

« N'oubliez pas, dis-je à voix basse au trio. Nous sommes à la recherche de tout signe du monde des ombres ou du symbole de l'épée à l'étoile. Essayez de rester concentrés. »

Ruse leva le pouce. Thorn fronça les sourcils, comme s'il n'appréciait pas le rappel à l'ordre, et avança légèrement devant nous.

Je dus donner un petit coup de coude à Snap pour qu'il se remette en route. Il pencha la tête à un angle curieux, observant un stand dédié à l'électronique usagée et une table remplie de bougies parfumées. Plus loin, des balanciers oscillaient sur des horloges en bois sculptées de façon sophistiquée. Il ne put s'empêcher de s'arrêter pour suivre le rythme de l'un d'entre eux pendant quelques secondes.

Alors que je l'entraînais dans l'allée bondée, il se pencha vers moi. Son souffle chaud me chatouillant l'oreille.

— Il y a tellement de choses ici et chaque tableau est tellement différent des autres ! Est-ce qu'ils sont vraiment tous à vendre ? Qu'est-ce que c'étaient que ces objets avec des chiffres et un tic-tac ?

— Des horloges, dis-je en balayant du regard les acheteurs et les étals autour de nous. Elles servent à donner l'heure. Et oui, à peu près tout ce qu'il y a ici est en vente – ils vendraient probablement même les tables si quelqu'un y mettait de l'argent.

— Pour donner l'heure, répéta Snap perplexe.

— Genre, combien de temps s'est écoulé dans la journée. Il nous a fallu une heure pour venir ici en bus.

— Ah ! Ce serait bien de garder une trace. Il jeta un coup d'œil par-dessus son épaule vers le stand, si avidement que je m'attendais à ce qu'il y retourne et en prenne une pour lui. Je supposais que les hommes de l'ombre ne s'inquiétaient pas beaucoup du passage des heures, des jours ou même des années, pendant qu'ils vaquaient à leurs occupations dans leur propre royaume. D'après la description qu'en avait faite tante Luna lorsque je l'avais harcelée pour obtenir des informations, les choses là-bas ne fonctionnaient pas de la même manière que chez les mortels.

Le mieux que je puisse dire, c'est que c'est comme une vaste caverne obscure, dont on ne peut jamais atteindre les murs ou le fond, avait-elle dit. Tu sais qui et quoi sont autour de toi, mais tout semble quelque peu… plat. On pourrait presque dire que c'est comme un rêve, une interaction et une autre se fondant l'une dans l'autre sans trop de logique.

Cela te manque-t-il ? lui avais-je demandé, et elle avait répondu en riant : *pas tant que je peux être ici avec toi.* Mais après ce que Snap avait glané dans ses chaussures à paillettes, je n'étais pas sûre que ce soit vrai. Aussi plat et aléatoire que soit le royaume des ombres, comment ne pas regretter l'endroit où l'on est né ?

Elle aurait adoré ce marché. Quand j'étais enfant, elle me traînait dans les vide-greniers, les bazars d'église et autres lieux du même genre : tous ces endroits où l'on ne sait jamais sur quoi on peut tomber et que l'on peut acheter pour pas grand-chose – non pas qu'elle n'ait jamais utilisé de l'argent réel quand sa magie illusoire pouvait transformer quelques feuilles de papier vierges en paiement. Il se peut même qu'elle ait acheté ses chaussures en poussière de fée dans l'un de ces endroits.

À l'adolescence, je n'avais vu que de la camelote. Cela faisait des années que je n'étais pas allée dans un marché comme celui-ci. Jusqu'à présent, je n'avais rien repéré qui puisse me faire penser que d'autres ombres que les trois qui m'accompagnaient étaient passées par là.

Les doigts fins de Snap serrèrent doucement mon avant-bras.

— C'est pour quoi faire ? murmura-t-il, les yeux presque ronds.

Il fixait un porte-vélos et – si l'on peut croire – de monocycles dans le coin du marché que nous venions d'atteindre. L'homme derrière l'étalage fit signe à un enfant qui me semblait être le sien, qui sauta sur un petit monocycle et montra ses talents, pédalant d'avant en arrière en balançant le corps sur le siège. Les yeux de Snap réussirent on ne sait comment à s'écarquiller davantage.

— La plupart des gens ne s'en servent plus. En tout cas, pas ceux qui n'ont qu'une roue. Ceux à deux roues servent à se déplacer, comme les bus et les voitures, mais ils ne vont pas aussi vite.

— Pourquoi les utiliser alors ? dit Snap alors que je le faisais avancer.

— La vitesse ne fait pas tout. Il n'y a pas besoin de carburant pour les faire rouler, ce qui permet d'économiser de l'argent, et c'est un bon exercice pour rester en forme.

Et comme il n'y a pas besoin de permis, il y a moins de tracas et de paperasse.

— De paperasse ? Son ton perplexe était revenu.

Je lui donnai un joyeux coup de coude.

— Crois-moi, tu n'as pas envie d'en savoir plus. Allez, Thorn et Ruse nous ont perdus.

Les deux autres n'avaient que trois stands d'avance sur nous, mais Snap prit l'avertissement très au sérieux. Il se faufila entre les autres clients pour les rejoindre, plus vite que moi. Puis il s'arrêta, face à un étal proposant des piles de pots de miel étincelants.

La femme derrière la table lui tendit une petite cuillère en plastique.

— Vous voulez goûter ?

Snap accepta la proposition comme s'il n'en croyait pas sa chance. Il plongea soigneusement la cuillère dans sa bouche pour que sa langue fourchue reste cachée. Oh, Seigneur.

Si j'avais cru voir son visage s'illuminer de joie auparavant, ce n'était rien comparé à l'expression que je voyais maintenant. Ses yeux étincelaient. Il me jeta un coup d'œil, non seulement pour se délecter de la douceur, mais aussi pour la partager, et mon cœur se mit à battre la chamade.

Oh, mon Dieu, en effet. Cette sensation n'était pas seulement l'admiration que j'avais ressentie en voyant toute sa beauté. Non, le picotement vertigineux qui m'avait traversée avait au moins autant de désir charnel. Qu'est-ce que ce serait que de goûter ce miel sur ces lèvres divines ? D'expérimenter son empressement divin de toutes sortes d'autres manières ?

Je repoussai le vertige et les questions aussi vite qu'ils étaient venus. Ce n'était pas le moment. Mais lorsque je détournai mon regard de Snap, je vis que Ruse m'observait avec un sourire complice.

Je le rattrapai et lui donnai un léger coup de poing.

— Tais-toi.

— Je n'ai rien dit, dit l'incube, tout innocent en dehors de ce satané sourire en coin.

— Tu le pensais très fort.

Ruse passa son bras autour de ma taille comme si nous étions une sorte de couple. Le glissement de sa main dans mon dos me fit frissonner à nouveau.

— Il n'y a pas de quoi avoir honte, dit-il dans un souffle. Ce garçon a quelque chose de spécial. Si j'étais de ce bord, je chercherais aussi à le mettre dans mon lit.

Je résistai à l'envie de lui donner un coup de pied pour faire suite au coup de poing.

— Tu as raté le « tais-toi » dans la phrase ? Et si Snap avait entendu ? Est-ce qu'il saurait de quoi nous parlions ? Je ne peux que m'imaginer essayer de répondre à ce genre de questions.

Pour autant que j'aie pu le déterminer, le sexe n'existait pas vraiment dans le royaume des ombres. Les hommes de l'ombre émergeaient du néant, ou de je ne sais quoi, plutôt que de naître. Les incubes devaient s'aventurer dans le royaume des mortels pour assouvir leur faim. Je n'avais jamais rien vu de tel qu'un désir charnel dans le comportement de Snap. Il n'avait probablement aucune idée que ce genre de plaisir était possible.

À quel point aurait-il l'air extatique lorsqu'il le découvrirait ?

Non, non, je n'allais pas suivre ce chemin de pensée pour le moment. Mais je me permis de sourire lorsque Snap nous rejoignit, s'exclamant devant la cuillerée de miel. Son sens de l'émerveillement était peut-être en train de s'installer.

Peut-être qu'il n'y avait pas que de la camelote dans les endroits comme celui-ci. Je ne devais pas laisser mon ancien cynisme d'adolescente teinter la façon dont je voyais les choses maintenant. Il y avait une sorte de magie dans les trésors possibles sur lesquels vous pouviez tomber – encore plus lorsque tout était nouveau pour vous.

J'avais passé la majeure partie de ma vie à m'occuper de créatures paranormales issues d'un autre monde. J'avais un dragon miniature comme animal de compagnie. Par tous les saints, j'aurais dû vraiment me délecter un peu plus de cette magie, entre les moments difficiles.

Thorn s'était enfoncé dans la foule. Il revint sur ses pas juste devant la porte du marché couvert.

— Tu as repéré quelque chose ? demandai-je.

Son expression était un peu plus grave que d'habitude. J'apprenais à lire la gamme d'émotions de Thorn, du vaguement mal à l'aise (son expression la plus joyeuse) au « l'apocalypse est proche » (son expression la plus sévère, je le supposais dans l'espoir de ne jamais la voir).

— Aucun des signes que nous recherchions, déclara-t-il. Mais j'ai l'impression qu'un homme a commencé à nous suivre, à quelques pas derrière nous.

Je me retins de jeter un coup d'œil en arrière. Laisser entendre que nous avions remarqué une filature potentielle était une erreur d'amateur.

— Tu en es sûr ? Tout le monde avance dans la même direction le long des stands.

Le froncement de sourcils de Thorn s'accentua encore un peu plus.

— Mon instinct est bien aiguisé. Je vais observer de plus près.

Il était parti avant que je puisse dire quoi que ce soit d'autre. Je jetai un coup d'œil à Ruse.

— Tu penses qu'on devrait sortir d'ici ?

L'incube haussa les épaules.

— Ce n'est pas comme si quelqu'un qui nous traquait avait pu se rendre compte de ce que nous cherchons, puisque nous n'en avons pas encore trouvé la moindre trace. Je n'ai perçu aucune mauvaise intention à notre égard de la part de ceux que nous avons approchés. Et nos déguisements sont bien en place. Il repositionna sa casquette. Je pense que tout va bien. Continuons à avancer et voyons ce qu'ils feront ensuite.

C'était un plan assez raisonnable. D'autant plus que pendant que nous étions distraits, Snap s'était déjà avancé dans le vaste bâtiment qui contenait l'autre moitié du marché. Je me dépêchai de le rejoindre avant qu'il ne soit tellement submergé par l'étonnement qu'il en oublie de baisser le ton à des niveaux raisonnablement acceptables.

D'une certaine façon, il était tout aussi fasciné par les vieilles vestes en cuir que par les illustrations des boîtiers de jeux vidéo rétro. Mais nous le fîmes avancer, en étudiant les stands ainsi que les murs et le plafond du bâtiment qui les entouraient. Nous avions parcouru deux des quatre allées lorsque Thorn revint.

— As-tu suffisamment défendu notre honneur ? lui demanda Ruse.

Thorn lui jeta un coup d'œil, mais sans grande conviction.

— Celui que je croyais nous suivre a pris une autre direction et il est parti.

— Ah. Alors soit il est très mauvais en filature, soit il ne s'intéressait pas à nous en fait.

— J'ai peut-être mal interprété la situation, admit Thorn. Mais je pense qu'il est tout aussi probable que quelqu'un d'autre nous surveille, et que j'ai simplement attribué cette conscience à la mauvaise cible.

Je balayai la foule du regard.

— Tu as l'impression que nous sommes suivis maintenant ?

Il marqua une pause, son regard parcourant le marché de la même manière.

— Je n'en suis pas certain. Pas assez pour en déterminer la source, en tout cas.

Ruse lui tapota le bras.

— Cela, mon ami, s'appelle de la paranoïa.

La remarque lui valut un coup d'œil menaçant. Avant qu'ils ne se disputent vraiment, je leur donnai un coup de coude.

— On va perdre Snap à ce rythme. Continuons de parcourir le marché.

Mes attentes étaient déjà faibles. Lorsque nous sortîmes par la porte arrière du bâtiment du marché, elles avaient atteint leur niveau le plus bas. Même la bonne humeur de Snap s'estompa quand il vit nos têtes.

— Ce n'était pas le bon endroit ? demanda-t-il.

C'est lui qui nous avait donné le nom. Je ne pouvais pas me résoudre à annuler complètement l'utilité de ce qu'il avait ressenti.

— Il se peut que la bande de l'épée à l'étoile ne l'ait utilisé qu'une seule fois pour remettre Omen à quelqu'un d'autre ou pour obtenir un autre véhicule pour le transporter. Il ne semble pas que quelqu'un ayant des liens avec les ombres vienne régulièrement ici.

— Je vais... commença Thorn, puis il sembla se

reprendre. Il fronça les sourcils, son regard se posa sur moi et s'éloigna à nouveau. Je m'efforcerai de faire venir un ou deux hommes de l'ombre qui accepteront d'inspecter cet endroit dans les prochains jours pour confirmer cela.

Je me doutais bien qu'il allait dire qu'il garderait un œil sur le marché, mais je me souvins qu'il s'était engagé à veiller sur moi. Il était difficile de discuter avec lui sur ce point alors qu'il ne l'avait pas dit ouvertement.

— Tu ferais mieux de me laisser faire le beau parleur, dit Ruse. C'est mon job ici, après tout. Je suis sûr que je peux trouver un candidat de bonne volonté. Alors que nous nous dirigions vers l'arrêt de bus, il glissa la main dans sa poche. Et notre expédition n'a pas été totalement infructueuse. Pour la dame.

Il tendit la main avec une petite révérence, son ton se moquant manifestement de la courtoisie formelle de Thorn. Une chaîne en or avec un pendentif pendait à ses doigts : un pendentif en forme de dragon enroulé, dont le seul œil visible était un rubis étincelant.

« Étant donné le choix de ton animal de compagnie, j'ai pensé que tu l'apprécierais », dit-il en souriant.

C'était un geste suffisamment charmant pour que ma poitrine tressaille, mais aussi tout à fait inacceptable. J'admirai le collier un instant de plus, puis replaçai le pendentif dans sa paume.

— Tu l'as volé, n'est-ce pas ?

— Je l'ai libéré de son présentoir.

Je levai les yeux au ciel.

— Les objets volés ne font pas de bons cadeaux, pour ton information. Tu ne peux pas te contenter de prendre tout ce que tu veux.

De bonnes manières qu'aucun être de l'ombre n'était en mesure de connaître.

— Tu as volé de jolies babioles à notre collectionneur, me fit-il remarquer.

Je n'avais pas réalisé qu'il l'avait remarqué. Cela ne changea rien à ma réponse.

— Ce n'est pas la même chose. Le collectionneur avait des couilles en or, et il utilisait son argent de façon horrible. Les gens qui s'installent sur ce marché – la plupart d'entre eux arrivent à peine à joindre les deux bouts. Et même s'ils s'en sortent bien, ils ne méritent pas d'être volés. Reprends-le.

Ruse laissa échapper un petit soupir, mais ses yeux brillaient toujours de bonne humeur.

— Comme la dame l'exige.

Il se dirigea vers les arbres qui bordaient le trottoir et s'éclipsa dans l'ombre.

Snap avait relevé la tête.

— Les mortels peuvent-ils vraiment avoir des couilles en…

— Ce n'est qu'une expression, dis-je abruptement. Ne t'inquiète pas pour ça.

Surtout alors qu'on avait tant d'autres choses sur lesquelles s'inquiéter. Je ne pouvais pas m'empêcher d'étudier la rue autour de nous, au cas où un espion imaginaire de Thorn nous aurait suivis jusqu'ici.

Personne ne semblait faire attention à nous, à part une adolescente qui reluqua ouvertement Thorn et Snap en passant devant nous. Je ne pouvais guère la blâmer pour cela.

Bon, notre prochain plan d'action était déjà décidé. J'expirai, implorant silencieusement le destin pour qu'aujourd'hui ne soit pas du temps perdu.

— Il nous reste le bar ce soir. Jade est un meilleur plan que le marché de toute façon.

ONZE

Sorsha

Je n'aurais pas qualifié Jades' Fountain de très chic, mais il y régnait une atmosphère pour laquelle il fallait mieux s'habiller pour ne pas se faire remarquer. Inventif mais sophistiqué, c'était probablement la meilleure description. Je ne me pomponne pas très souvent, mais au fil des ans, j'avais trouvé quelques robes convenables pour mes soirées en ville avec Vivi.

Pour cette soirée, j'enfilai une robe vert forêt qui mettait en valeur mes cheveux et mes clavicules avec son encolure carrée. L'élément géométrique était répété dans la boucle noire de la large ceinture de la robe et dans le motif découpé dans les quelques centimètres inférieurs de la robe, au genou. Des bribes de mes cuisses dans leurs collants noirs soyeux apparaissaient à travers ces judas lorsque je me tournai devant le miroir de ma chambre.

Entre la tenue et le maquillage que j'avais appliqué avec soin, en respectant la limite entre l'éclat et l'exagération, j'avais l'air beaucoup plus sophistiquée que je ne l'étais en général. Luna aurait aimé, même si les couleurs n'étaient pas aussi vives que celles qu'elle adorait. J'ajustai les manches trois-quarts, me remontant le moral en murmurant : « Les coutures soignées sont faites pour plaire. Qui suis-je pour ne pas être d'accord ? »
1

Apparemment, ce n'était pas seulement à la clientèle de Jade que cet accoutrement plairait. Au moment où je sortis de la chambre, Ruse émit un sifflement approbateur depuis la porte du salon où il se tenait.

— Non pas que j'aie eu à me plaindre avant, mais vous vous êtes fait belle, mademoiselle Blaze.

Je posai la main sur ma poitrine en simulant une pâmoison, bien que l'appréciation dans sa voix m'ait également donné un frémissement de plaisir.

— Calme-toi, mon cœur.

L'incube se rapprocha. Je pus presque sentir ses yeux se poser sur moi comme le souffle d'une caresse.

— Je pense qu'il est beaucoup plus amusant d'en accélérer le rythme. J'espère que tu seras prête à t'amuser tout en travaillant dur. Tu le mérites.

— Pas au bar, lui rappelai-je d'un doigt pointé. Tu ne bouges pas d'ici.

J'avais insisté pour que mon entourage me laisse naviguer seule dans cette partie de l'enquête. Ils pouvaient peut-être passer pour des mortels auprès des gens qui n'étaient pas au courant, mais il y aurait forcément au moins quelques ombres – dont Jade elle-même, bien sûr – qui profiteraient d'une soirée au bar.

Et Vivi. Si elle apprenait l'existence de mes nouveaux

colocataires, je ne la tiendrais jamais à l'écart de la situation périlleuse dans laquelle j'étais tombée.

Ruse fit un clin d'œil.

— Je n'aurai plus qu'à t'attendre, alors.

Thorn sortit de la cuisine, où il semblait avoir déclaré que l'unique chaise était son domaine officiel, pour voir ce qui se passait. Son regard me survola et se porta sur l'incube.

— Elle ne sort pas pour faire la fête ou inviter à des relations intimes, répliqua-t-il. Il s'agit de trouver et de sauver des hommes.

Ruse roula des yeux.

— Pardonnez-moi, mon seigneur, d'avoir osé distraire la jeune fille de sa quête. Je vais devoir en trouver une autre à qui accorder mon affection. Il retourna dans le salon et prit le mannequin de Pickle dans ses bras.

« Vous êtes absolument exquise ce soir, ma chérie, dit-il. Personne ne peut se comparer à vous. Voulez-vous bien m'accorder cette danse ? »

Je portai la main à ma bouche pour étouffer un fou rire. L'incube fit plonger la silhouette sans tête et sans bras, emplissant sa voix d'une passion exagérée. « Comment puis-je vous résister ? Et pourtant, comment puis-je vous embrasser alors que vous n'avez pas de bouche ? Mon cœur se brise ! »

Mon gloussement se transforma en un véritable rire. L'air renfrogné de Thorn s'accentua.

— Tu es ridicule, dit-il à Ruse, avant de se tourner à nouveau vers moi. Et toi, tu as l'air de t'être apprêtée pour attirer l'attention.

Mon amusement s'estompa. Je croisai les bras sur ma poitrine.

— Je ne vois pas en quoi ce que je porte pourrait être

un problème, mais tu devrais peut-être te rappeler que je sais beaucoup mieux que toi dans quoi je mets les pieds. C'est ainsi que l'on s'habille chez Jade. Les gens me feront plus confiance si j'ai l'air d'être à ma place plutôt que d'avoir l'air d'une novice désemparée.

Thorn laissa échapper un grognement à peine conciliant. Il dirigea son regard vers Ruse avant de le ramener sur moi.

— Je suppose que c'est mieux que celui-ci ne soit pas là pour te détourner de ta tâche, alors.

Quelque chose dans son ton m'interpella. Il ne l'avait pas dit avec autant de mots ou n'avait pas donné d'indication jusqu'à présent qu'il savait ce que Ruse et moi avions fait dans l'intimité de ma chambre, mais il savait ce qu'était un incube. Il n'aurait pas été difficile pour lui de le deviner. J'étais brusquement certaine d'avoir entendu, sous cette déclaration, une désapprobation de nos diversions antérieures.

Comme s'il y avait quelque chose de mal à ce que je prenne un peu de plaisir avec la compagnie que j'avais été forcée d'accepter. Alors que je courais la ville et au-delà en essayant de résoudre le mystère pour eux, en plus de cela.

Je laissai mes lèvres se recourber en un sourire en coin que j'entendais rivaliser avec celui de Ruse.

— Je devrais peut-être t'emmener. Un peu d'entraînement pour te détendre ne te ferait pas de mal. Te comporter constamment comme si tu venais d'enterrer ton meilleur ami ne nous aidera pas à trouver votre patron plus rapidement, tu sais.

Là, j'eus droit à un coup de gueule de Thorn.

— Tu as un problème avec mon comportement, Milady ? demanda-t-il avec raideur.

— Oui, en fait. Compte tenu de tous les services que tu

me demandes, tu pourrais au moins faire comme si tu étais un peu content de mon aide.

— Et ce serait comment pour toi « content » ?

J'agitai mon bras dans sa direction.

— Laisser sortir de ta bouche quelques mots qui ne soient pas des critiques ou des ordres. Convaincre ton visage d'être un peu moins solennel qu'une pierre tombale. Ce ne sont que quelques options.

Thorn se redressa encore plus, ce qui, avec sa taille considérable, signifiait que sa tête frôlait presque le haut du cadre de la porte. Même Ruse, qui avait remis le mannequin en place, se crispa à cette vue. Snap jeta un coup d'œil hors du salon et s'éclipsa rapidement pour retourner vers la télévision dont il s'était entiché.

— Je ne voulais pas te déranger, dit Thorn, la voix encore plus grave et plus rocailleuse que d'habitude. Il fit un signe vers le salon. Je ne suis pas du genre à bavarder comme ces deux-là. Je dis ce qu'il faut pour mener à bien les affaires importantes. Et en ce moment, les affaires auxquelles nous sommes confrontés ne me donnent aucune raison d'être heureux. Celui qui m'a lancé dans cette quête est perdu, j'ai été arraché à mes tentatives de le localiser pendant si longtemps que la piste s'est refroidie, et à tout moment, je risque de perdre aussi l'un d'entre vous...

Il s'arrêta brusquement, le visage crispé, comme s'il en avait dit plus qu'il n'en avait l'intention. J'avais certainement entendu plus que ce qu'il avait réellement dit cette fois-ci, mais ce n'était pas de la dérision. La douleur et la peur étaient palpables.

Il se reprochait ce qui était arrivé à Omen. Il se sentait responsable de ses compagnons – et de moi – et il ne faisait aucun doute qu'il s'en voudrait encore une fois si nous étions blessés.

J'aurais pu vous dire ces choses déjà, comme des faits, mais je n'avais pas saisi à quel point il ressentait cette honte et cet engagement jusqu'à maintenant. Ce n'était pas simplement une idée abstraite de loyauté qu'il suivait à la lettre. Il était vraiment inquiet – de savoir si nous trouverions Omen, et aussi de ce qui pourrait m'arriver au bar ce soir, à Ruse et à Snap si nous n'élucidions pas ce mystère à temps.

Mon propre agacement se calma. J'avais encore envie de pousser le gars à bout et de le taquiner pour qu'il se mette à sourire, mais je pouvais accepter que cela n'arrive pas. Et pourquoi cela devrait-il se produire ? Je n'avais pas eu envie de plaisanter, de bavarder ou de faire quoi que ce soit d'autre que de m'énerver lorsque j'avais perdu Luna.

— Si tu te laissais aller à montrer un peu plus d'émotions de temps en temps, ce serait plus facile de supporter la sinistrose, dis-je, sans mordre. J'admire ton dévouement. C'est assez impressionnant que tu t'efforces autant de nous maintenir tous en sécurité. Peut-être que nous avons tous été un peu sur les nerfs pour de bonnes raisons.

Il se détendit un peu.

— Peut-être.

— Eh bien, tout ce que je peux dire, c'est que cela fait vingt-sept ans de plus que toi que je cherche à assurer ma sécurité, alors j'espère que tu peux croire que je suis l'autorité en la matière. Et je peux très bien poser quelques questions au bar de Jade sans problèmes. Je fis un geste vers mes vêtements et je ne pus m'empêcher d'arquer un sourcil. Je promets de ne pas rester dehors après le couvre-feu.

Ruse étouffa ce qui ressemblait à un ricanement. Thorn soupira, mais inclina la tête. Et je tendis la main vers la porte d'entrée avec une soudaine poussée de nervosité.

J'étais allée chez Jade des dizaines de fois. Je n'y avais jamais rencontré de véritables problèmes. Mais alors que je me dirigeais vers la cage d'escalier, je n'arrivais pas à me débarrasser de l'angoisse que Thorn avait raison de s'inquiéter, et que tout le reste était sur le point de mal tourner.

---

1. Paroles modifiées de : Sweet dreams. Eurythmics

DOUZE

Sorsha

Vous n'avez jamais vu un bar comme celui de Jade, c'est certain. Et pas seulement à cause de la clientèle des ombres – ou des humains, qui étaient des êtres uniques en leur genre.

Jade avait pris le nom de « fontaine » très au sérieux – et littéralement. L'eau filtrée coulait en cascade sur tout le mur du fond, devant des briques de granit étincelantes de mica. L'eau était tout à fait potable et Jade encourageait les clients à remplir leurs gobelets à cet endroit pour s'hydrater entre les cocktails et les shots. Elle avait également installé une petite piscine au centre de l'espace, encadrée par des carreaux de granit assortis et des bancs incurvés en pierre calcaire. Les gens s'en servaient à la fois comme fontaine à souhait et, lorsqu'ils avaient assez bu, pour y patauger.

Ce genre de caractéristiques attirait un public plutôt inhabituel, mais cela jouait en faveur de Jade. Cela l'aidait à se fondre dans la masse, elle et les clients non humains, qui avaient leurs propres particularités, même s'ils s'étaient bien adaptés à la vie des mortels.

Lorsque je franchis la porte d'entrée, seule la moitié des tables en pierre calcaire disposées à intervalles aléatoires sur le reste de l'étage étaient occupées. Le murmure de la cascade filtrait à travers les discussions animées, et le goût amer de la bière et des spiritueux se mêlait parfaitement à la senteur minérale de l'air. J'en aspirai une profonde bouffée, la laissant me débarrasser de ma tension la plus vive. Il était difficile de se sentir aussi stressée chez Jade.

Mon regard ne s'arrêta pas sur une explosion de boucles compactes ou une tenue d'une blancheur étonnante, Vivi n'était donc pas encore arrivée. Malgré sa rigueur vestimentaire, elle n'était pas très douée pour arriver à l'heure.

Ce n'était pas grave. En fait, j'y comptais bien. Je voulais avoir l'occasion de discuter avec Jade en tête à tête.

Elle était peut-être la propriétaire de l'établissement, mais elle avait une approche pratique. Tous les soirs, sauf le samedi, le jour le plus chargé, elle était la seule barmaid. En ce moment même, elle était en train de s'occuper de l'addition d'un couple qui avait dû s'arrêter pour boire un verre avant de partir vers d'autres exploits nocturnes. Ses cheveux vert foncé, presque de la même couleur que ma robe, pendaient en boucles soignées à mi-chemin de son dos mince.

La plupart des gens pensaient probablement qu'elle avait choisi cette couleur en fonction de son nom, mais je soupçonnais que c'était l'inverse. Si quelqu'un le lui demandait, elle l'attribuait à une teinture spéciale que son styliste lui avait préparée, mais il se trouve que je savais que ses cheveux avaient poussé ainsi. C'était la seule caractéristique de créature de l'ombre qu'elle ne pouvait pas cacher sous sa forme mortelle. Dans cette compagnie, personne n'y prêtait attention. La couleur s'harmonisait avec sa peau lisse, du même brun profond que la tequila qu'elle était en train de verser.

Je m'assis sur le tabouret situé à l'extrémité du comptoir rutilant, qui semblait avoir été taillé dans une immense plaque de quartz. Ce siège était un peu à l'écart des autres, et il était empreint d'une influence surnaturelle qui aurait découragé tout mortel ne portant pas une broche comme la mienne de l'occuper. Il était entendu que si l'on voulait parler à Jade de sujets liés aux ombres, il fallait s'y asseoir et attendre qu'elle soit prête.

Il ne fallut que quelques minutes avant qu'elle ne s'approche, m'adressant un sourire en coin.

— Sorsha. Ça fait longtemps. Tu as l'air en forme. Quoi de neuf dans ta partie du monde ?

— Pas grand-chose, mais j'espérais te faire part de quelque chose. Je désignai le présentoir de boissons sur le mur derrière elle. « Whisky Coca, s'il te plaît ». Seul un radin demandait des informations sans d'abord offrir sa protection.

Jade mélangea la boisson avec une efficacité gracieuse et la fit glisser sur le comptoir jusqu'à moi. J'en bus une gorgée et j'appréciai le goût aigre-doux jusqu'à mon estomac. Elle ne lésinait pas sur la qualité de ses ingrédients, ce qui faisait aussi partie de la popularité de l'endroit.

Elle appuya son coude sur le comptoir.

— Qu'est-ce qui te préoccupe ?

Parler avec elle des affaires du Fonds ou de quoi que ce

soit d'autre nécessitait d'être prudente. Jade était peut-être une ombre, et j'étais sûre qu'elle se souciait au moins un peu du bien-être de son peuple, mais comme la plupart des ombres supérieures que j'avais rencontrées et qui étaient passées au royaume des mortels, sa propre survie et celles de ses amis immédiats étaient bien plus importantes sur sa liste de priorités que toute pensée pour le bien commun. Si elle pouvait me donner un coup de main sans conséquences, elle le ferait volontiers, mais si le sujet lui paraissait un tant soit peu risqué, elle se tairait.

— On m'a dit qu'il y avait peut-être quelque chose qui valait la peine d'être vérifié dans un endroit appelé « Merry Den », dis-je, en baissant la voix suffisamment pour que le brouhaha croissant de la salle de bar puisse la couvrir. C'est peut-être juste un surnom, pas quelque chose d'officiel. Tu as une idée de ce que c'est ou de l'endroit où je pourrais trouver ça ?

Jade fronça les sourcils. Elle tapota contre ses lèvres la baguette en verre qui lui servait à mélanger les cocktails.

— Cela ne me dit rien du tout, dit-elle d'un ton qui semblait sincèrement désolé. Si l'occasion se présente, je peux appeler le Fonds ?

— Il s'agit plutôt d'une affaire privée. Appelle-moi directement.

— Pas de problème.

Je mordillai ma lèvre inférieure, essayant de trouver comment formuler la question suivante en termes non menaçants.

— Est-ce qu'il y a eu du nouveau dans les conversations entre les gens en général, à propos d'un comportement inhabituel de la part des chasseurs ou quelque chose comme ça ?

Ses yeux bleu pâle devinrent encore plus distants, puis

elle cligna des paupières, un éclair d'inspiration traversant son visage.

— Tu sais, j'ai entendu dire – et si quelqu'un le demande, ce n'est pas moi qui l'ai mentionné – qu'il y avait eu des publicités qui offraient aux collectionneurs de grosses sommes d'argent s'ils avaient un être de l'ombre particulièrement puissant dans leur réserve. On aurait dit qu'un mégacollectionneur essayait de créer l'ultime zoo. Elle eut un petit frisson.

C'est en parlant d'une éventuelle transaction pour acheter des ombres que j'avais attiré l'attention sur le type qui avait mis mon trio en cage. À la manière dont les pièces que j'avais vues avaient été dénommées, j'avais supposé que le collectionneur était l'acheteur, mais peut-être avait-il envisagé de vendre un ou plusieurs de ses trophées. Une ombre supérieure est aussi « puissante » que possible. Je pourrais peut-être demander à mes contacts du marché noir de retracer l'autre bout de cette conversation.

— Merci, dis-je. Ça pourrait être exactement ce dont j'ai besoin.

— Exactement besoin pour quoi ? La voix claire arriva suivie d'un bras mince passé en travers de mes épaules. Vivi se pencha à côté de moi et adressa un sourire à Jade. Salut, Jade. On dirait que vous discutez bien toutes les deux. Quelque chose d'intéressant est arrivé, Sorsh ?

Je croisai le regard de Jade pendant une seconde et j'esquissai un mouvement de la bouche que j'espérais qu'elle reconnaîtrait comme une demande de silence au sujet de mes questions.

— Rien d'important, dis-je. Mais je suis contente d'avoir vérifié. Je bus une gorgée de mon whisky coca. Qu'est-ce que tu prends ? Le premier est pour moi.

— Voilà une offre que je ne peux pas refuser.

Ma meilleure amie rit et tambourina sur le comptoir.

— Un Cosmo, s'il te plaît, avec un supplément citron vert.

Alors que Jade s'apprêtait à préparer la boisson, Vivi pencha sa tête près de la mienne.

— Allez, quoi, on dirait qu'elle a dit quelque chose qui valait la peine d'être approfondi. Y a-t-il un grand méchant chasseur que nous pourrions dénoncer aux gangs – si l'un d'entre eux est d'accord ? Une vente aux enchères illicite à laquelle nous pourrions participer ?

Je secouai la tête, la repoussant aussi légèrement que possible. Il fallait que je lui dise quelque chose, mais d'une manière qui ne l'inviterait pas à se joindre à nous. Se contenter d'une parcelle de vérité me semblait être la meilleure tactique.

— Rien pour le Fonds. C'était juste une information qui pourrait m'aider à en savoir un peu plus sur la vie de Luna en général.

— Oh, eh ! Je meurs d'envie d'en savoir plus sur elle. Une femme de l'ombre qui recueille une enfant mortelle et l'élève pendant des années, ce n'est pas une histoire comme les autres.

Ma gorge se serra. C'était en partie à cause de cette attitude que je ne me sentais pas tout à fait à l'aise pour parler des détails que j'avais sur Luna avec ma meilleure amie. Pour Vivi, c'était une histoire fantastique. Pour moi, c'était la seule vie que j'avais connue.

L'enfance de Vivi n'avait pas été tout à fait normale non plus, puisqu'elle avait grandi avec ses deux parents déjà membres du Fonds et qui l'avaient fait entrer dans ce monde. Mais ses deux parents humains à elle vivaient encore, profitant d'une retraite étonnamment ordinaire en Floride depuis deux ans, et elle n'avait jamais eu de contact avec les ombres supérieures, si ce n'est brièvement.

D'une certaine manière, elle espérait probablement que mon histoire bizarre apporterait un peu de piment à sa vie, de la même manière que j'avais été attirée par sa relative normalité.

— J'aimerais me pencher sur cette question de mon côté, au moins pour commencer, dis-je, aussi gentiment que possible. C'est assez personnel, et comme je ne sais pas exactement sur quoi je vais tomber…

— Oh, bien sûr. Vivi me tapota sur l'épaule en empoignant le verre que Jade lui tendait, mais elle ne réussit pas à réprimer sa grimace face à ma rebuffade. La culpabilité me tordit l'estomac, sachant que je faisais plus que la repousser – je mentais carrément. Même si elle ne pouvait pas comprendre totalement d'où je venais, c'était une bonne amie. Et lorsque j'étais arrivée au Fonds, j'avais eu besoin d'elle plus que tout.

— Comment s'est passé ton rencart ? demandai-je en passant à un sujet plus sûr.

Vivi fit la grimace avant de siroter son verre.

— C'était comme regarder la peinture sécher pendant que sa pelouse poussait. Pourquoi sont-ils tous aussi *ennuyeux* quand je les rencontre en vrai ?

— Peut-être parce que tu as une vie plus inhabituelle que ce que la plupart des gens imaginent possible ?

— Je n'en demande pas tant. Elle soupira. Et ce n'est pas comme si les choses que nous faisons étaient si excitantes la plupart du temps. Collecter des fonds et transmettre des informations anonymes, c'est tellement excitant ! Tu sais, mes parents ont fait des casses dans les clubs de chasseurs et tout ça quand ils étaient jeunes.

Le coin de mes lèvres se releva.

— Je suis presque sûre qu'ils ne l'ont fait qu'une seule fois, mais ils aiment beaucoup raconter cette histoire. J'ai dû l'entendre une centaine de fois quand je logeais chez toi.

— Peut-être bien. Mais sérieusement. Je vais avoir trente ans dans quelques mois, et je n'ai jamais réussi à faire quelque chose comme ça. Elle posa son coude à côté du mien de manière amicale. Tu te souviens de tous les plans que nous avions imaginés à l'époque – des missions de sauvetage épiques pour libérer les hommes de l'ombre, saboter les chasseurs à gauche et à droite ?

Il serait difficile d'oublier ces longues nuits passées dans la chambre de Vivi, à discuter jusqu'à ce que l'un de ses parents frappe à la porte et nous dise de dormir. Elle avait été ma première véritable amie, la première personne avec qui j'avais parlé ouvertement de ma vie, à part Luna.

— Comment on voulait s'appeler déjà ? demandai-je. « Les Vengeurs de l'Ombre ? » Nous étions trop âgées pour voir dans ce nom autre chose qu'une plaisanterie, mais le noyau de l'idée, sortir et nous battre littéralement pour la justice – cette rébellion enthousiaste de nos versions adolescentes résonnait en moi comme un écho du passé.

J'y avais veillé du mieux que j'avais pu, sans elle.

Vivi éclata de rire.

— Oui, c'est ça. Comme des sortes de superhéros. Puis son humeur s'assombrit. On devait aussi retrouver les gens qui avaient pris Luna. Tu sais, je suis vraiment désolée que le Fonds ne les ait jamais attrapés. On aurait pu penser qu'on était capables de faire au moins ça.

Le regret dans ses yeux me serra la gorge. Vivi ne comprenait peut-être pas totalement ce que Luna représentait pour moi, mais elle savait à quel point sa perte m'avait ébranlée, et elle avait vraiment voulu réparer les dégâts par tous les moyens possibles. J'hésitai à lui dire que j'étais probablement sur la piste de ces méchants en ce moment même. Ce serait bien de partager mes espoirs et mes inquiétudes avec elle.

Pendant que je réfléchissais à cette idée, un type portant un haut-de-forme violet heurta Vivi en passant devant elle. Elle tressaillit et se pencha contre le comptoir.

« Hé, attention avec ce verre ! » dit-elle en jetant un coup d'œil par-dessus son épaule pour s'assurer que sa bière n'avait pas taché sa combinaison ivoire. Ma bouche resta fermement close.

Si je disais quoi que ce soit à Vivi, elle voudrait tout savoir – et pourrait-elle supporter de se retrouver dans un vrai pétrin ? Il s'agissait peut-être des mêmes personnes qui avaient non seulement tendu une embuscade à Omen et Luna, mais aussi massacré mes parents. Ce serait égoïste de ma part de l'impliquer. Pour une fois, je pouvais protéger la personne qui comptait le plus pour moi.

Je levai mon verre, optant pour la distraction plutôt que pour la confession.

— Assez parlé du passé, buvons ! Il est temps d'aller sur la piste de danse.

Quelques clients se dandinaient déjà au son de la musique dans l'espace ouvert près de la piscine. Lorsque Vivi et moi eûmes avalé nos cocktails, je fis glisser un billet de vingt à Jade, lui dis de garder la monnaie, et me dirigeai vers eux.

Vivi me prit la main et me fit tourner autour d'elle en riant. Les larges jambes de sa combinaison se balançaient autour de ses mollets. Je concentrai la moitié de mon attention à la suivre et l'autre moitié à scruter les clients du bar autour de nous.

Jade n'était pas le seul être ici qui pouvait avoir des

informations à partager – et une créature de l'ombre qui n'aurait pas été aussi liée à cet endroit pourrait être prête à en dire davantage. Le plus difficile était d'identifier les vrais monstres parmi les mortels qui se faisaient passer pour tels.

Je considérai puis écartai un type avec des yeux de chat jaunes – des lentilles de contact, j'en étais presque sûre – et une femme avec une queue de loup épinglée à l'arrière de sa jupe qui était manifestement fausse en y regardant de plus près. Mon regard s'arrêta sur une femme plus âgée dont la nuque était parsemée d'écailles scintillantes, visibles uniquement lorsque ses cheveux s'écartaient au gré des mouvements de sa tête. Elle aurait pu les faire passer pour un tatouage, mais s'il s'était agi de ça, je me serais attendue à ce qu'elle le montre davantage.

Avant que je puisse trouver une excuse pour quitter Vivi et m'approcher de sa table, quatre nouvelles silhouettes franchirent ensemble la porte d'entrée du bar. Et par « franchirent », je veux dire qu'elles avaient l'air d'un escadron militaire.

Un picotement d'appréhension me parcourut le dos tandis que je regardais le quatuor, vêtu de pantalons et de vestes de costume décontractées, se disperser dans le bar. Chacun d'entre eux s'arrêta auprès d'un client proche, mais d'après l'expression des autres, ils ne les connaissaient pas. J'eus l'impression que les quatre posaient autant de questions que j'aurais voulu en poser.

Il n'y avait aucune raison de penser que leur arrivée avait quelque chose à voir avec moi. La clientèle d'ici pouvait être mêlée à toutes sortes d'affaires inhabituelles. Mais l'avertissement de Thorn selon lequel nous avions été suivis au marché me revint en mémoire avec une certaine nervosité. D'une seconde à l'autre, un de ces types allait venir par ici et me repérer. Qu'est-ce qu'ils feraient alors ?

Il semblait plus sage de ne pas rester dans les parages pour le savoir. Au moins, je pouvais me glisser à l'avant du bar et les observer à ma guise – voir s'ils se concentraient sur quelqu'un d'autre, et si ce n'était pas le cas, où ils allaient après avoir fini leur ronde.

Je jetai un œil à mon téléphone, prétendant avoir reçu un texto, et je fronçai le nez sous les yeux de Vivi.

— Il faut que j'y aille. Désolée de partir si tôt.

— Hé, on s'est quand même bien amusées, dit Vivi, mais la curiosité brillait toujours dans ses yeux. Tu as besoin d'aide ?

— Non, ça va. Je vais juste m'éclipser par l'arrière pour éviter la foule.

— On se reparle bientôt, alors. Et tu sais que si tu as besoin de moi, je suis à ta disposition. Elle fit un baiser aérien sur ma joue.

— Idem.

Le coin de mes lèvres se releva. « Idem ». C'était notre façon de dire « Je t'aime » depuis que nous avions regardé le film *Ghost* ensemble, il y a bien longtemps.

Je lui fis un petit signe de la main et je filai vers la porte de derrière aussi vite que je pouvais le faire sans attirer les regards de l'escadron des BCBG.

TREIZE

Snap

L'endroit que Sorsha avait appelé « bar » ne ressemblait en rien aux longues pièces de métal droites pour lesquelles j'avais utilisé ce mot par le passé. Même vus de l'ombre, les images légèrement déformées, les sons et les odeurs estompés, c'était bien plus intéressant. Assez intéressant pour que je ne puisse pas me résoudre à demander à Thorn si c'était vraiment une bonne idée de nous glisser dans ces ombres.

Sorsha avait insisté sur le fait qu'il n'était pas prudent de l'accompagner. J'aurais pensé qu'elle aurait dû le savoir, puisqu'elle était déjà venue et pas nous. Mais Ruse en savait beaucoup sur le royaume des mortels et Thorn sur le danger, et ni l'un ni l'autre ne semblait craindre que nous ayons des ennuis ici. Je pouvais suivre leur exemple.

D'autant plus que cela me permettait de découvrir de nouveaux aspects de la vie des mortels.

Je me glissai dans l'obscurité, sous une table vide, pour approcher ma tête d'un verre que l'un des mortels avait laissé là, une trace de liquide ambré entourant sa base. Je ne pouvais rien goûter en restant dans l'ombre, ni directement ni avec mes sens profonds, mais l'odeur aigrelette me chatouilla le nez.

— Pourquoi boivent-ils ces liquides ? demandai-je à Ruse, cette présence langoureuse à mes côtés. Ça sent presque comme les plantes pourries.

Le ricanement de l'incube m'arriva de loin.

— D'une certaine manière, c'est ce que c'est. C'est ce qu'on appelle la fermentation. Cela fait ressortir des qualités intéressantes qui aident les mortels à se détendre et à trouver du courage.

Je jetai un coup d'œil aux gens réunis dans la pièce autour de nous.

— Est-ce qu'ils se préparent à une bataille ? Le monde de Sorsha ne semblait pas être le genre d'endroit où des masses de guerriers s'affrontaient régulièrement, malgré les allusions que Thorn aimait à faire sur ses aventures passées dans ce royaume.

Ruse rit à nouveau.

— Seulement des batailles avec leur propre amour-propre et l'opinion des autres à leur égard. Les mortels viennent dans des établissements comme celui-ci pour s'amuser avec des amis et pour trouver des partenaires potentiels. Généralement à court terme, mais pour une raison ou une autre, beaucoup d'entre eux sont beaucoup plus anxieux à ce sujet qu'ils ne le sont à l'idée de se marier.

Des partenaires. Comme ce couple là-bas, deux hommes aux bras enlacés qui se balançaient au rythme de la musique à quelques pas de l'endroit où dansaient

Sorsha et son amie. On pouvait dire qu'ils formaient un couple et pas Sorsha et son amie à cause de leur proximité… et aussi d'une sorte d'énergie autour d'eux que je pouvais goûter sans même utiliser ma langue.

Parfois, Ruse et Sorsha généraient ce genre d'énergie entre eux. Mais pas toujours. Je ne comprenais pas bien en quoi cela consistait, si ce n'est qu'ils semblaient y prendre plaisir, ce qui était peut-être une raison suffisante pour en avoir envie. Comme manger de la nourriture dont je n'ai pas besoin, mais qui a un goût délicieux.

Décidaient-ils de créer l'énergie ou cela se produisait-il tout seul ? Que ressentait-on lorsqu'on la recevait ? Je ne pensais pas l'avoir déjà rencontrée en moi.

J'aurais pu poser la question, mais en me tournant vers Ruse, j'aperçus une autre ombre, non pas dans l'ombre comme nous, mais assise à l'une des tables de pierre avec un verre à elle. Sa peau était couverte d'écailles. D'après cela et sa posture, je pensai que c'était une sorte de métamorphe reptilien.

— Il y a d'autres espèces ici, dis-je en faisant un signe de tête vers elle. Devrions-nous l'éviter ? Nous savions déjà que l'être qui distribuait les boissons derrière le comptoir brillant était l'une des nôtres, mais elle restait de l'autre côté de la grande plaque de cristal sculptée.

Thorn se rapprocha de moi, sa présence s'imposant aussi bien dans l'ombre que sur le plan physique.

— Sorsha m'a dit que nos semblables venaient souvent ici. Pourquoi penseraient-ils qu'il est étrange que nous soyons ici aussi ? C'était une excuse pour nous tenir à l'écart.

— Elle aurait dû savoir qu'il ne fallait pas s'attendre à ce que nous obéissions à cet ordre, acquiesça Ruse avec un claquement de langue taquin.

Pourquoi ne voulait-elle pas qu'on voie le bar ? J'avais peut-être posé trop de questions au marché, plus tôt dans la journée. Il y avait tellement de choses à découvrir que je ne comprenais pas, mais que je voulais connaître.

Comme le jeune homme qui lançait des pièces de monnaie dans le cercle d'eau à notre gauche. Je le regardai, puis regardai les pièces, les disques métalliques scintillant sous l'effet des petites lumières sous-marines.

— C'est de l'argent qu'il jette, n'est-ce pas ? Pourquoi le mettre dans l'eau ? C'est comme ça qu'ils paient les boissons relaxantes ?

— Ils paient les boissons au comptoir, répondit Ruse. Et la plupart du temps avec des billets de banque ou des cartes en plastique. Les pièces de monnaie ne servent pas à grand-chose. Ils les jettent dans l'eau pour s'amuser et pour prétendre qu'elles leur donneront le pouvoir d'obtenir tout ce qu'ils veulent.

Mon regard se porta à nouveau sur les pièces.

— Ça marche ? Jusqu'à présent, je n'avais pas rencontré de mortels capables de faire de la magie, et encore moins à cette échelle.

— Bien sûr que non. Ils aiment juste faire semblant.

Les mortels étaient plutôt étranges sur beaucoup de choses. Avant que je ne puisse m'attarder sur ce point, Thorn s'avança. Je regardai dans la même direction.

Sorsha s'éloignait de son amie aux vêtements et aux cheveux flottants. Elle souriait, mais sa posture était tendue. J'eus un pincement au cœur.

— Où va-t-elle ? Quelque chose ne va pas ?

— Elle a l'air de le penser. Je sentais plus que je ne voyais la force considérable de Thorn. Quatre hommes sont entrés ensemble il y a une minute. Leurs mouvements semblent très déterminés. Elle a peut-être eu affaire à eux dans le passé ou a vu d'autres signes avant-coureurs.

— Elle se dirige vers la porte de derrière, fit remarquer Ruse. Nous ferions mieux de la suivre, tu ne crois pas ?

Thorn jeta un nouveau coup d'œil vers l'avant de la pièce, puis il se tourna vers Sorsha, sautant entre les ombres au besoin. Ruse et moi la suivîmes. Si l'un des nouveaux arrivants tentait de lui faire du mal, nous serions entre eux et elle. C'était une bonne chose que nous soyons venus.

L'incube avait raison à propos de la porte. Sorsha tourna la poignée, se chantonna un petit air et sortit. Nous la suivîmes d'un bond dans l'obscurité épaisse d'une ruelle.

Une combinaison de sensations totalement différentes m'envahit : le léger froid de la nuit, le contraste entre l'espace sombre et étroit dans lequel nous avions débouché et la lueur jaune des réverbères à l'ouverture, quelques immeubles plus loin, et une odeur infecte, définitivement pourrie, qui s'échappait de la poubelle vers laquelle Sorsha s'était précipitée. Il me fallut un moment pour m'adapter à tout ça et pour remarquer la silhouette qui se trouvait déjà dans la ruelle.

L'homme avait l'air tellement débraillé que j'aurais pu le prendre pour un loup-garou en pleine mutation si tout le reste de son corps n'avait pas pué le mortel. Il se tenait plus loin dans la ruelle, mais à la sortie de Sorsha, il se retourna et se dirigea vers elle d'un pas à la fois tremblant et chancelant. Une bouteille de ce liquide à l'odeur aigrelette pendait d'une de ses mains. Il ne me sembla pas ni détendu ni courageux, mais seulement instable. Et il avait l'intention de rattraper notre sauveuse.

— Qu'est-ce qu'il fait... commençai-je à demander,

mais j'aspirai le reste de ma phrase dans un souffle à la lueur du couteau qu'il avait sorti de sa poche.

Il allait lui faire du mal. Nous devions l'arrêter. Ces pensées se bousculèrent dans mon esprit, plus claires que tout, et mon corps se rigidifia. Un froid malsain se figea dans mon estomac, si dense qu'il effaça même le souvenir des friandises que j'avais grignotées au marché et plus tard au dîner.

Je pouvais l'arrêter. Je pouvais – comme l'autre fois – mais refaire ça… Malgré mon envie de protéger la femme qui nous avait sauvés, chaque particule en moi tressaillait à cette pensée, comme giflée par l'horreur.

C'était une bonne chose que je ne sois pas le guerrier d'entre nous. Alors que je me figeai, Thorn s'élança vers eux.

QUATORZE

Sorsha

Je marquai une pause dans le petit couloir qui menait à la porte arrière du bar, juste assez longtemps pour jeter un coup d'œil par-dessus mon épaule. Aucun des types qui avaient déclenché ma sonnette d'alarme ne semblait m'avoir prise pour cible. Pour autant que je puisse en juger, ils circulaient toujours dans la moitié avant du bar, sans regarder ni venir dans ma direction. Bien.

Dans ma tenue de bar, je me sentais dangereusement vulnérable. La broche épinglée à mon soutien-gorge me protégeait peut-être des pouvoirs des hommes de l'ombre, mais elle ne faisait rien du tout contre les moyens de combat humains. Après les cours d'arts martiaux mixtes que Luna avait insisté que je prenne au début de mon adolescence – *parce qu'on ne sait jamais si on peut rencontrer un ennemi qui préfère la force brute à la magie,* m'avait-elle dit

– je pouvais me débrouiller, mais à quatre contre une, je n'avais pas beaucoup de chance.

« Oh, girls just wanna have guh-uns »[1], chantai-je sous cape en me glissant dans la ruelle, sans savoir comment tirer avec une arme à feu de toute façon.

La ruelle était sombre et lugubre, et un sans-abri traînait devant l'immeuble voisin, buvant une bouteille de vodka que je pouvais sentir à un mètre de distance. Heureusement, il ne fallait qu'une petite foulée pour rejoindre les lumières de la rue. Une fois que j'aurais observé de l'extérieur, là où personne ne s'attendrait à me trouver, je contrôlerais beaucoup mieux la situation.

Je me précipitai vers le trottoir, ce sentiment de contrôle s'installant déjà confortablement dans ma poitrine, et des pas irréguliers raclèrent le trottoir derrière moi. Le type ivre se dirigeait lui aussi dans cette direction. J'accélérai le pas pour rester loin devant lui et sa puanteur, mais il se jeta sur moi à une vitesse à laquelle je ne m'attendais pas.

La bouteille de vodka tomba sur le sol dans un craquement de verre brisé. À la seconde où la main du type se referma sur mon poignet – plus ferme qu'il n'y paraissait compte tenu de son état d'ébriété supposé – mon instinct de combattante se mit en branle. Mon corps pivota et ma jambe se leva dans la plus élémentaire des manœuvres d'autodéfense : un coup de genou dans les couilles.

Je dois dire qu'il avait un point positif : ses parties intimes étaient exactement là où je voulais qu'elles soient. Mon genou toucha son appendice le plus sensible, et l'air s'échappa de sa bouche avec un grognement de douleur. Il trébucha en arrière, s'agitant pour garder l'équilibre. Dans son autre main, un couteau vola dans les airs.

Sainte Mère de la viande hachée, qu'est-ce qu'il avait

prévu de me faire avec ce truc ? Un sans-abri ivre, mon cul ! Ce type avait juste fait semblant en attendant sa proie.

Est-ce qu'il m'attendait en particulier, ou est-ce que j'avais beaucoup de chance ce soir ?

Je n'eus pas l'occasion de lui poser la question. Je basculai mon poids en arrière, les poings levés, prête à lui donner une leçon sur les raisons pour lesquelles on ne tente pas de poignarder des femmes au hasard, et l'air entre nous se fendit d'un grésillement qui me fit dresser les poils sur les bras. Une forme énorme et musclée apparut à mi-chemin du coup de poing.

Le poing de Thorn s'écrasa sur le visage de mon agresseur juste au moment où le type « ivre » s'élançait vers moi. Ses articulations cristallines labourèrent la chair de la joue et du nez du type jusqu'à faire apparaître une lueur d'os. Un cri de douleur venait à peine de s'échapper de la bouche de ce connard quand le guerrier de l'ombre lui brisa littéralement la gorge d'un coup de son autre main. Il transperça le cou du type, réduisant le cri à un gargouillis et à une gerbe de sang.

Mon agresseur s'effondra en tas, le sang s'écoulant autour de lui. Thorn recula en faisant glisser ses phalanges contre sa paume d'un air satisfait, et... Sainte Mère de la magnificence...

Je le regardai fixement, brièvement distraite du carnage. Des taches du sang du type avaient éclaboussé le torse du guerrier... Son torse nu, dont les muscles saillants s'étalaient à la vue de tous. En fait, il était nu de la tête aux pieds.

Lorsque les hommes de l'ombre se déplacent dans leur royaume ou dans les ombres du nôtre, ils abandonnent leur forme physique, y compris les vêtements qu'ils portent. Il semble que Thorn ait été trop concentré sur le saut dans la mêlée pour se souvenir d'apporter plus que l'essentiel de son corps, au mépris de la pudeur. Et, waouh, l'équipement qu'il portait entre les jambes était définitivement à la hauteur du reste de sa forme impressionnante.

Je détournai le regard après un instant d'étonnement, mais cela suffit à Thorn pour s'en apercevoir. Il baissa les yeux sur lui et laissa échapper un petit bruit de consternation. Du coin de l'œil, je vis apparaître sa tunique et son pantalon pour recouvrir toute cette merveille. C'était presque une honte.

Ce qui l'était vraiment, c'était le corps mutilé que je regardais à nouveau, à quelques mètres de moi. Mon estomac se retourna. Je fis un pas de côté pour éviter la mare de sang qui coulait vers moi.

— Qu'est-ce que c'était que ça ? demandai-je, le cœur battant à cause du combat – et peut-être un peu à cause du plaisir des yeux que j'avais eu juste après, malgré mon dégoût pour le reste de la scène. Deux personnages dont j'aurais dû savoir qu'ils étaient de la partie surgirent de l'obscurité. Ruse pencha la tête sur le côté en regardant le mort. Il joignit les mains et les frappa légèrement.

— Excellente frappe. A+ pour la technique. Peut-être un peu exagéré dans la nudité, mais je suis mal placé pour critiquer.

Thorn le regarda avec une torsion de la bouche qui aurait pu sembler un peu embarrassée. Il se tourna vers moi.

— Mes excuses pour ne pas être intervenu plus tôt, Milady. Et pour la… malencontreuse vision lors de mon arrivée.

— Je ne me plains pas de cette partie, dis-je et je lançai un regard vers Ruse qui sourit. Aucun d'entre vous ne devrait être ici, vous étiez censé rester à l'appartement ! Et toi, tu as massacré ce type.

Il n'y avait pas vraiment de meilleur mot pour décrire la chose.

— Il essayait de te faire du mal, dit Thorn, ignorant complètement mon premier point. Il avait une arme. Je l'ai simplement empêché de s'en servir. Il fronça les sourcils, comme s'il était contrarié que je ne l'aie pas encore remercié.

Je suppose que je lui devais de la gratitude en quelque sorte. Tout de même…

— Merci, mais je me débrouillais très bien toute seule. On ne peut pas tuer des gens à droite et à gauche, même s'ils ont l'air d'être de vrais abrutis. À moins que quelqu'un ne soit sur le point de me tuer, tu peux te contenter de lui botter le cul et de le faire fuir. Ou plutôt, me laisser lui botter le cul et le faire fuir.

Thorn plissa le front.

— J'ai hâte de voir si un agresseur en arrivera à te porter un coup mortel. C'était une sorte de mécréant. Qu'avons-nous à faire de sa mort ?

Je le fixai pendant plusieurs secondes en essayant de préparer une réponse que sa vision de membre des ombres comprendrait. De toute évidence, il ne souscrivait pas à l'idée que la vie était sacrée, indépendamment de ce que l'être vivant faisait de cette vie. En vérité, je n'étais pas vraiment triste que ce connard soit mort, même si la vue de son corps meurtri m'horrifiait.

Je n'avais jamais vu personne mourir, sauf tante Luna, et son départ avait été plus étincelant que sanglant.

— De ce côté-ci de la frontière, on ne tue pas n'importe qui quand on est énervé, dis-je enfin. Il y a des lois, et un certain sens de la moralité chez les mortels… Tu n'es peut-être pas d'accord avec ça, mais ce sera plus facile pour nous tous si tu essaies de le respecter au moins un peu.

— Je respecte ce qui nous maintient en vie, toi et nous, dit Thorn. C'est plus important que les lois des mortels ou que tes scrupules à propos de notre présence.

Je résistai à l'envie de répéter que je m'en serais probablement bien sortie, même s'il n'avait pas volé à mon secours. Un type armé d'un couteau contre mes compétences en arts martiaux n'aurait pas dû poser de problème. Bien sûr, qui savait si mon agresseur avait plus qu'un couteau ? Bazar sanglant mis à part, je pouvais peut-être me sentir un peu touchée par le fait que Thorn soit si dévoué à ma sécurité.

Ils l'étaient tous. Snap se posta à côté de Ruse et me regarda d'un air inquiet.

— Tu vas bien, n'est-ce pas ? Il s'est jeté sur toi très rapidement.

— Je vais très bien. Je m'époussetai les bras comme pour le démontrer.

— Si ça peut te rassurer, ce n'était pas une grande perte. Ruse fit un geste vers le corps cabossé. J'ai compris ce qu'il était avant que notre ami au poing levé ne s'occupe de l'affaire. Tu n'étais pas la première femme qu'il attaquait et s'il n'en avait fait qu'à sa tête, tu aurais été plaquée contre le mur pendant qu'il te violentait. Il grimaça en prononçant ces mots, comme si cela le dégoûtait d'exprimer cette possibilité à voix haute.

Cette révélation me donna la chair de poule. Mais la façon dont le type s'en était pris à moi, en prétendant être ivre et tout le reste, n'avait pas ressemblé à une tentative de viol au hasard.

— C'est tout ce que tu as perçu ? demandai-je.

— Je n'ai pas eu beaucoup de temps pour fouiller dans

ses émotions et ses motivations avant que lui et elles ne cessent d'exister.

— Pourquoi es-tu sorti par l'arrière d'abord ? dit Thorn. Tu as vu une raison de te méfier quand tu étais à l'intérieur ?

Oh, merde. J'avais totalement oublié mon objectif initial.

— Quatre hommes sont entrés – ils ne faisaient pas partie de la foule habituelle de chez Jade. J'ai eu l'impression qu'ils cherchaient quelqu'un. Vu ce à quoi vous m'avez mêlée tous les trois et votre idée que nous avons été suivis cet après-midi, j'ai pensé que ce quelqu'un pourrait être moi. J'allais les doubler et les surveiller de l'extérieur, par la fenêtre.

J'hésitai en jetant un coup d'œil au corps, puis je m'avançai dans la rue. Arrivée devant le bar, je me postai devant la fenêtre et jetai un coup d'œil à l'intérieur.

D'ici, je ne pouvais pas distinguer tous les coins du bar, mais il me suffit d'un rapide coup d'œil sur les clients pour déterminer qu'aucun des gars BCBG que j'avais évités n'était en vue. Ce qui signifiait qu'ils n'étaient probablement plus là du tout – il était peu probable qu'ils se soient tous les quatre serrés dans l'un des recoins que je ne pouvais pas voir. Ma mâchoire se crispa.

Mon trio d'ombres s'était rassemblé derrière moi.

« On dirait qu'ils sont partis pendant qu'on s'occupait de l'abruti dans la ruelle, dis-je. Maintenant, il n'y a plus aucun moyen de savoir ce qu'ils faisaient. » J'aurais pu être contente que mes protecteurs non invités se soient joints à moi si Ruse avait pu faire une étude de ces types. « Je ne suis pas sûre qu'ils me cherchaient, c'est juste qu'il valait mieux être prudente. »

Snap jeta un coup d'œil vers le bar.

— Oui, c'est pour cela que nous sommes venus. Pour veiller à ta sécurité.

C'était difficile de lui en vouloir quand il disait ça comme ça, avec sa voix mélodieuse et douce.

Je repris la direction de la ruelle en soupirant.

— OK, on va juste être hyper-prudents tous, jusqu'à ce que l'on comprenne à quel point on a déjà attiré l'attention. Et si on veut être sûrs de ne pas s'attirer davantage d'ennuis, vous feriez bien de nettoyer le bazar que vous avez fait. Je jetai un regard rapide à Thorn. J'espère que tu es aussi doué pour te débarrasser des cadavres que tu l'es pour les faire apparaître.

---

1. Paroles modifiées de « Girls just wanna have fun » de Cyndi Lauper

QUINZE

Sorsha

L orsque nous rentrâmes à mon appartement, il était à peine minuit. Normalement, après une soirée avec Vivi, je serais rentrée agréablement épuisée et prête à m'écrouler dans mon lit. Après les événements de la soirée, le malaise était encore présent dans mes veines. Je ne m'imaginais pas m'endormir de sitôt au pays des rêves.

Le nettoyage lui-même n'avait pas été si horrible que ça. Les êtres mortels vivants ne pouvaient pas voyager dans l'ombre, mais les objets inanimés le pouvaient, et mon agresseur avait définitivement manqué d'animation après l'attaque brutale de Thorn pour me défendre. Pendant que le guerrier avait « donné le corps aux ténèbres », quoi que cela implique, Ruse et Snap avaient apporté quelques seaux d'on ne sait où. D'après l'odeur de chlore, je soupçonnais qu'il s'agissait d'une piscine publique voisine.

L'éclaboussement de l'eau sur la chaussée entraîna avec lui les dernières traces de sang dans un collecteur d'eaux pluviales. Et voilà ! C'était comme si le type n'avait jamais mis les pieds dans la ruelle, et encore moins tenté de m'y planter un couteau dans la gorge.

Cela ne signifiait pas que j'étais totalement à l'aise avec la façon dont Thorn l'avait expédié sans ménagement... ou avec l'attaque et ce qui m'avait propulsée dans la ruelle auparavant. Soit je passais simplement une très mauvaise journée, agrémentée d'un soupçon de paranoïa, soit quelqu'un avait pris connaissance de l'enquête que nous menions. Je ne savais pas ce qui était le plus probable, mais le fait que cette dernière possibilité existe me démangeait.

Luna aurait dit qu'il était temps de fuir. Bon sang, Luna aurait été à la porte avec des sacs de secours à la seconde où ces trois-là se seraient pointés dans la cuisine. Elle était de l'ombre, certes, mais cela signifiait que ses avertissements concernant le reste de son espèce avaient encore plus de poids. *La plupart d'entre eux ne verront en toi qu'un inconvénient ou un dîner,* m'avait-elle dit. *Je ne fais confiance à aucun d'entre eux dont je ne sais pas déjà qu'ils le méritent, alors tu ne devrais pas non plus.*

Mais même si je trouvais leurs méthodes discutables, je pensais que le trio avait prouvé qu'il se souciait de mon bien-être... et je n'avais même plus de sac de secours. Je n'en avais pas eu besoin au cours des onze dernières années – je n'en avais jamais eu besoin, sauf cette nuit-là, lorsque les chasseurs étaient venus chercher Luna. Alors que j'avançais dans le couloir, je me retrouvai à serrer la lanière de mon sac à main, comme si le fait de la tenir pouvait garantir que tout irait bien.

Snap se pencha pour me dévisager, son visage divin si proche que ma peau rougit malgré tout. La chaleur n'atteignit pas mes joues, apparemment, parce qu'il fronça les sourcils avec inquiétude.

— Tu as l'air un peu pâle. Tu devrais manger quelque chose, non ?

Bien sûr, c'était sa réponse au problème. J'envisageai de lui faire remarquer qu'il n'y avait peut-être plus rien à manger dans ma cuisine, après la façon dont tous les trois – et surtout lui – continuaient à la piller, mais je ne voulais pas le culpabiliser.

— Non, ce n'est pas ça, dis-je en m'effondrant sur le canapé. Je suis juste tendue après… tout ça. Si je mets la télé pour regarder un truc sans intérêt et que je m'évade un peu, je commencerai à me détendre. Du moins, je l'espérais.

Ruse fredonnait à part lui en entrant dans la pièce après nous.

— Je pense que nous pouvons faire un peu mieux que cela pour te remonter le moral. Il passa ses doigts sur les étagères près de la télévision et en sortit un boîtier de CD. D'un geste habile, il inséra le disque dans le vieux lecteur qui trônait sur l'une des tables d'appoint.

Les rythmes entraînants d'une chanson des années 1980 sortirent des haut-parleurs. Ruse s'approcha de moi et me tendit la main pour m'aider à me relever.

— Tu as raté un peu de ta soirée de danse – et le bar n'était pas l'endroit idéal pour cela. C'est plutôt cette musique-là qui devrait t'égayer, n'est-ce pas ?

Je le laissai me mettre debout, mais je le regardai d'un air méfiant.

— Tu as regardé dans ma tête ? Je t'avais dit…

Il me fit signe d'arrêter avec un petit rire.

— Mademoiselle Blaze, je n'ai pas besoin de lire dans vos pensées pour connaître vos goûts musicaux. Votre collection de CD parle d'elle-même.

Il n'avait pas tort. Étant donné que les CD n'existaient plus depuis des années, je n'avais que quelques albums en dehors de ceux qui provenaient de la réserve essentielle de Luna. Il avait choisi les Top Dance Hits – elle avait chaque année de 1980 à 1989, mais seul 1986 s'était retrouvé dans le sac de secours. Alors que les Bangles nous encourageaient tous à « marcher comme un Égyptien », je dus admettre qu'elle avait fait le bon choix.

— D'accord, c'est vrai, dis-je en grommelant un peu.

Il me sourit.

— Qui a encore des CD de toute façon ? Es-tu aussi attachée à la technologie du passé qu'à sa musique ?

Même si mon moral s'était élevé avec le rythme, il s'effondra à nouveau à cette question.

— Ils appartenaient à ma tante, c'est-à-dire à la femme de l'ombre qui m'a élevée.

À la lueur dans ses yeux, Ruse reconnaissait avoir trébuché sur un terrain délicat. Il prit ma main dans la sienne et m'attira vers le milieu de la pièce. Son ton s'adoucit, tout en conservant la même qualité d'enjouement.

— C'est donc là que ton obsession a commencé. Tu lui rends hommage en appréciant l'époque autant qu'elle.

J'aimais bien cette façon de voir les choses.

— J'ai grandi en écoutant ces chansons, dis-je pour me défendre. Et elles sont plus entraînantes que beaucoup de trucs récents.

— Je ne vais pas discuter. Tu as juste de la chance que je

sache comment faire fonctionner ce lecteur. Il fit un geste vers l'appareil. Tu as la chance que j'aie passé pas mal de temps dans le royaume des mortels à l'époque où ces machines étaient populaires.

Il avait passé la frontière pour séduire et se nourrir il y avait au moins quelques décennies. En le regardant, je lui aurais donné la trentaine, mais avec les ombres, cela ne voulait pas dire grand-chose.

Je lui lançai un regard acéré.

— Quel âge as-tu exactement ?

— Un gentleman ne le dit jamais. Il me fit un clin d'œil. Disons que lors de l'une de mes premières excursions, j'ai partagé des couennes de porc avec Léonard de Vinci.

Mes sourcils se levèrent d'eux-mêmes.

— Tu as donc plusieurs siècles d'avance sur moi. Je n'aurais jamais pensé que je serais du genre à aimer les hommes aussi âgés.

— J'ai fait en sorte que cela en vaille la peine, n'est-ce pas ? D'ailleurs, l'âge est plus une préoccupation de mortel. Dans le royaume des ombres, nous remarquons à peine que le temps existe. Si tu calculais en fonction de mes visites dans ton monde, ça ne ferait pas plus de quelques années.

Je lui donnai une petite tape de ma main libre.

— Dans ce cas, je suis sortie avec un enfant d'âge préscolaire. C'est tellement mieux.

La chanson suivante commençait à peine. L'incube fit danser ma main au rythme de la musique.

— Qu'est-ce que ça peut faire ? Fais-moi plaisir. Tu ne voudrais pas que je doive me résoudre à danser avec le mannequin, n'est-ce pas ?

En fait, j'aurais plutôt aimé voir ça, mais le rythme

commençait à faire son chemin dans mes membres. Il avait attendu terriblement patiemment.

— Je suppose que je pourrais t'accorder cette danse. Voyons ce que tu sais faire.

Ruse sourit et me fit tourner sur moi-même, le mouvement me coupant le souffle un instant. Lorsqu'il me ramena vers lui, ma main libre se posa sur son torse bien bâti. J'eus du mal à reprendre mon souffle en regardant son visage si séduisant, avec sa fossette sur une joue.

Je me forçai à m'écarter de lui, laissant le rythme porter mes pieds. Il me traversa des orteils à la tête. Mes bras se levèrent en l'air, je me déhanchai et me trémoussai, et Ruse poussa un petit cri d'encouragement alors qu'il se mettait lui aussi à s'agiter en rythme.

Nous nous fîmes face en dansant puis nous mîmes sur le côté pour nous cogner les hanches et nous tournâmes autour de l'autre alors que la chanson s'estompait pour laisser place à la suivante. Je commençais à transpirer, mais l'incube n'avait pas l'air affecté par l'effort. Il saisit à nouveau ma main pour m'attirer plus près et me fit plonger en arrière comme il l'avait fait avec le mannequin plus tôt dans la soirée. J'éclatai de rire.

Snap avait observé la scène de loin, mais quelque chose à cet instant sembla l'inciter à agir. Il s'écarta de la porte et commença à se balancer avec la musique, ses boucles dorées scintillant sous la lumière du plafond. Il ne connaissait aucun des mouvements de danse que j'avais déjà vus, mais son corps suivait le rythme avec une telle fluidité qu'il était difficile de ne pas le regarder. Son style ondulatoire lui venait assez naturellement pour qu'il ait l'air gracieux plutôt que maladroit.

Ruse brandit le poing.

— Maintenant, c'est la fête !

Comme s'il était d'accord, Pickle entra dans la pièce. Le petit dragon sautilla et battit de ses ailes coupées dans une danse qui lui était propre, tout en s'élançant autour de mes pieds. Je le saisis pour l'installer sur son perchoir favori, en gardant ma main près de mon épaule pour le stabiliser pendant que je tournoyais.

Thorn se tenait dans l'embrasure de la porte, comme s'il montait la garde. Son regard nous suivait pendant que nous dansions, mais l'expression typiquement sombre de sa bouche suggérait qu'il n'approuvait pas ce genre de frivolité. Mais ce n'était pas comme si nous avions des pistes à suivre au milieu de la nuit, et franchement, j'avais beaucoup plus de chances de résoudre ce mystère si je n'étais pas empêtrée dans la tension. Une fille doit se laisser aller de temps en temps pour rester saine d'esprit.

Je pivotai, plongeai et tournai autour de Ruse. Pickle dodelinait de la tête en suivant le rythme. Ruse m'attrapa un instant par la taille, penchant la tête pour déposer un baiser rapide dans mon cou, et une chaleur qui n'avait rien à voir avec l'exercice se répandit dans mon corps.

Il me lâcha, et je me tournai vers Snap, imitant ses mouvements aussi bien que possible. J'avais probablement l'air d'une idiote à côté de sa silhouette divine, mais qu'importe. La chaleur continuait de m'envahir – ainsi qu'un picotement bizarre qui s'infiltrait dans mon esprit. J'aurais mis ça sur le compte du désir si cela n'avait pas semblé brouiller mes sens au lieu de les renforcer.

Je secouai la tête pour essayer de m'en défaire, et une vague de vertige m'envahit. Alors que mes pieds se dérobaient, Ruse me rattrapa par-derrière.

« Attention », dit-il de son ton chocolaté, mais mon pouls s'était accéléré pour des raisons qui n'avaient rien à voir avec son sex-appeal.

— Je crois… Ma langue se dérobait aussi. Un frisson me parcourut sous le brouillard. Quelque chose ne tournait pas rond.

La pièce tournait maintenant – ou était-ce moi ? J'appuyai la paume sur ma tête, mais le vertige continuait à m'envahir, le brouillard se refermant sur mes pensées. Mon estomac se tordait comme si je me trouvais dans un bateau en eaux troubles.

Je réussis à dire :

— Je ne me sens pas très bien, puis je m'affalai à quatre pattes.

SEIZE

Sorsha

Le choc de ma chute se répercuta dans mes mains et mes jambes. Mon estomac se souleva et je faillis rendre ce qu'il me restait de whisky coca sur le parquet du salon. Je laissai retomber ma tête.

Des mains me rattrapèrent avant que je ne m'effondre complètement. La musique s'était arrêtée. La voix de Ruse me parvint à travers le brouillard qui avait enveloppé mon esprit.

— Sorsha ? Qu'est-ce qui se passe ?

Puis vint le ton plus doux, mais clair de Snap.

— Il y a quelque chose dans l'air. Je ne peux pas en tirer de grandes impressions, mais je n'aime pas son goût. C'est plus épais à côté – je pense que ça vient du couloir.

Je n'arrivais pas à retrouver ma langue pour donner mon avis. Des pas lourds, que je savais être ceux de Thorn, s'éloignèrent.

Ruse passa sa main dans mes cheveux d'un air apaisant.

— Sorsha, quelque chose t'affecte, une sorte de drogue ? Je devrais être en mesure d'éclaircir en partie ton esprit pour que tu ne sois pas complètement assommée, mais je dois d'abord y entrer. Ta petite broche bloque trop mon pouvoir pour que je puisse t'aider efficacement. Peux-tu l'enlever ?

J'eus le souffle coupé. Ma petite broche, mon badge. Il ne pouvait pas la toucher lui-même – aucun d'entre eux ne le pouvait – du moins pas sans qu'elle leur fasse je ne sais quels dégâts. La seule façon pour lui de l'enlever serait de retirer ma robe et mon soutien-gorge.

Je pouvais le faire, n'est-ce pas ? Il suffisait de se concentrer sur cette unique chose. Déplacer ma main du sol vers ma poitrine. Sous le tissu de ma robe. Enlever la broche. C'était simple.

Cela aurait dû l'être, mais je vacillai quand j'eus levé la main. Même après que Ruse m'eut stabilisée, il fallut quelques tâtonnements avant que mes doigts ne s'accrochent à mon décolleté, et à ce moment-là, j'avais à moitié oublié pourquoi ils étaient là.

Un fracas métallique retentit au loin. Les pas de Thorn revinrent vers nous dans un bruit sourd.

— Il y avait un dispositif à la porte qui propulsait une sorte de gaz en dessous. Je l'ai fait tomber dans les escaliers. Aucun signe de la personne qui l'a placé là… Il s'interrompit. Quelqu'un arrive !

— Faites attention aux armes des ombres, l'avertit Ruse. Sa poigne se resserra sur mon épaule, se préparant peut-être à me déshabiller si je n'y parvenais pas moi-même. La broche, Sorsha. Tu peux le faire.

Bon. Bon. Je propulsai ma main vers mon soutien-gorge. Mes doigts tâtonnèrent l'insigne métallique et attrapèrent les bords. Il y avait un clip juste… là.

Il se détacha du bonnet avec un déclic. Je le jetai au sol d'un geste maladroit et, un instant plus tard, un picotement chaud se répandit sur mon cuir chevelu. La sensation s'infiltra dans mon crâne et dans mon esprit embrumé.

En quelques secondes, le sol sous mes pieds me parut plus solide, les sons autour de moi plus clairs. Je relevai la tête en clignant des yeux. Ruse était accroupi à côté de moi, le regard fixe. Snap se tenait près de la porte, ses yeux passant de nous à l'entrée, où je supposais que Thorn était posté près de la porte.

La porte se referma.

— Ils arrivent, nous dit notre guerrier. Ils sont nombreux, je ne peux pas dire quel type d'armes ils ont. Je peux les prendre sur…

— Non, rétorqua Ruse, la voix éraillée. J'étais suffisamment consciente pour me demander à quel point le vaudou qu'il avait pratiqué sur moi l'avait épuisé. Ce n'était pas une utilisation habituelle de ses pouvoirs d'incube. « Ce doivent être les mêmes qui sont venus pour Omen. Tu sais qu'ils étaient assez préparés pour abattre n'importe lequel d'entre nous. Et Sorsha est toujours dans les vapes. Son ton s'adoucit lorsqu'il reporta son attention sur moi. On va te relever. »

Il n'avait pas réussi à faire disparaître toute la drogue de mon organisme. Mes membres oscillaient encore lorsqu'il m'aida à me relever ; ma vision se dédoubla un instant avant de se stabiliser à nouveau. Mes pensées étaient plus claires, mais elles s'embrouillaient chaque fois que je tournais la tête.

Quelque chose heurta la porte si fort que les gonds

grincèrent. Le bruit fit stopper mon pouls. Ruse me serra le bras.

— Je ne pense pas que vous soyez en état de vous battre, mademoiselle Blaze. Avons-nous d'autres moyens de sortir d'ici que cette porte ?

J'avais les idées assez claires pour répondre à cette question.

— L'escalier de secours. Devant la fenêtre de ma chambre.

— Compris. Nous allons nous y engouffrer.

Il fit un signe de tête à Snap, qui se glissa devant nous. J'attrapai la lanière de mon sac à main que j'avais laissé sur le canapé. Pickle se précipita à mes côtés, sa tête se balançant dans l'air avec anxiété.

Dans le couloir, Thorn s'arc-boutait contre la porte. Elle tremblait à nouveau et ses poings se serrèrent au niveau de sa poitrine. La détermination brillait dans ses yeux sombres, mais lorsqu'il jeta un coup d'œil vers nous, voyant que j'avais failli trébucher alors que Ruse m'aidait à avancer, son expression passa de sévère à effrayée et inversement en un instant.

— Qu'est-ce qu'ils lui ont fait ? demanda-t-il, et il se tourna à nouveau vers la porte comme s'il pouvait frapper les agresseurs de l'autre côté par la seule force de son regard.

— Une sorte de drogue destinée à l'assommer, je pense. Soit ils ont cru que ça marchait aussi sur les ombres, soit ils ne savaient pas que nous serions là. Ruse me poussa vers la chambre. Viens !

— S'ils ne savent pas que nous sommes ici, ils n'ont peut-être pas…

— Venez, insista Ruse. Nous ne pouvons pas savoir ce qu'il en est. Cela vaut-il la peine de risquer de finir tous à nouveau dans des cages – ou morts ? Rappelez-vous qui avait raison la dernière fois que nous avons été surpassés.

Thorn poussa un long juron et pivota vers nous. Au même moment, un dernier coup porté à la porte fit éclater les gonds, mais pas le pêne. Alors qu'elle s'inclinait dans le couloir, Ruse m'entraîna dans l'embrasure de la chambre.

« Ouvre la fenêtre », ordonna-t-il à Snap.

Snap poussa la vitre, qui glissa vers le haut avec un grincement. Mon regard se posa sur le renflement de mon sac à dos qui apparaissait sous le lit, et une vague de panique m'envahit.

— Il y a des preuves là-dedans – s'ils les voient, ils sauront, c'est sûr – je dois…

Ma phrase s'était interrompue tellement de fois que je décidai qu'il valait mieux que j'agisse plutôt que d'essayer de m'expliquer. J'attrapai le sac à dos, le mis en bandoulière, puis je jetai un coup d'œil paniqué dans la pièce.

Qu'est-ce que je pouvais bien avoir d'autre qui dirait aux envahisseurs que je ne m'intéressais pas seulement à Omen, mais que j'avais libéré et détruit les possessions d'au moins une douzaine de grands collectionneurs au cours des dernières années ? Merde, merde, merde.

Si l'on apprenait que j'étais l'allumeuse de feu aux doigts collants qui délivrait les monstres, tous les chasseurs et collectionneurs de l'État, voire du pays, chercheraient à s'en prendre à moi de la même façon qu'ils avaient assassiné mes parents. Je ne pourrais pas non plus me tourner vers le Fonds – ils me renieraient probablement.

La porte claqua jusqu'au sol et des cris retentirent dans le couloir. Thorn laissa échapper un grondement et il y eut un impact qui ressemblait à la rencontre de ses articulations avec la chair, mais son propre grognement de douleur le suivit. Ils avaient quelque chose qui pouvait le blesser.

Je n'eus pas le temps d'élaborer un plan d'action en cinq points mûrement réfléchis. Mon esprit s'accrocha à la stratégie qui m'avait sauvé la mise chaque fois que j'avais eu besoin de couvrir mes traces.

Tandis que Ruse me traînait vers la fenêtre ouverte, une bouffée d'air chaud d'été chassa la fraîcheur de l'air conditionné. Je sortis ma bouteille de kérosène et mon briquet de mon sac à dos. Mon bras tressaillit, projetant le liquide en arc de cercle sur le meuble, la bibliothèque et le lit.

— Thorn ! criai-je et j'allumai le briquet.

Dans un battement de cœur, la flamme sembla sauter de l'objet que je tenais à ma cible avant même que ma main n'ait atteint le meuble. Elle lécha la surface polie avec une bouffée de chaleur plus vive et courut le long de la traînée de kérosène – sur le sol et dans mes draps froissés.

Ruse laissa échapper un ricanement rauque. J'attrapai Pickle, je le fourrai dans mon sac à main aussi profondément qu'il pouvait aller et je me précipitai par la fenêtre à la suite de l'incube. Snap avait déjà disparu quelque part en bas.

D'autres cris, bruits sourds et grognements nous parvinrent de derrière nous. Les flammes sifflaient, s'intensifiaient, et Thorn fonça à travers elles, les poings ensanglantés, une marque noire entaillant sa mâchoire à l'endroit où je devinais qu'il allait ajouter une nouvelle cicatrice à sa collection.

Il se retourna juste avant d'atteindre la fenêtre et expira une énorme bouffée d'air avec la force d'un soufflet de forge. Les flammes s'élevèrent sur le sol, rampant le long des murs jusqu'au plafond. Quelques silhouettes que je ne pouvais que vaguement distinguer à travers les éclairs de lumière et la fumée coagulante s'arrêtèrent d'un coup sur le seuil. Je détournai mon regard et me précipitai vers l'échelle.

Le feu ne les retiendrait qu'un temps. S'ils décidaient qu'ils ne pouvaient pas le traverser, ils se précipiteraient dans les escaliers pour essayer de nous couper la route.

Un cri venant d'en bas m'indiqua que nos agresseurs avaient pris une longueur d'avance. Quelqu'un avait aussi jalonné l'escalier de secours. Je vacillai là où j'avais commencé à descendre l'échelle métallique branlante, et Thorn fit irruption par la fenêtre.

Il se jeta sur moi. Avant que je puisse seulement cligner des yeux, il était tombé de la plate-forme du deuxième étage sur le sol en seulement un souffle et un claquement de pieds contre le trottoir.

La chair s'écrasa. Les os craquèrent. Je dévalai l'échelle aussi vite que mes membres me le permettaient. Ruse me suivit tout aussi rapidement. Thorn émit un bruit étranglé, et il y eut un bruit sourd que j'aurais parié être celui d'un corps plus petit qui s'écrasait contre le mur en contrebas.

À la seconde où mes pieds touchèrent le sol, le guerrier me saisit par le poignet et me tira dans la rue. Il boitait, une déchirure s'étant ouverte sur son pantalon juste sous le genou.

Les hommes de l'ombre ne saignaient pas comme nous, comme Thorn était en train de le démontrer très clairement en ce moment même. Au lieu de voir jaillir du liquide, des volutes de fumée noire s'échappaient de la blessure cachée par le tissu. L'obscurité plus épaisse de la nuit les engloutit.

J'aperçus deux corps, l'un affalé contre le mur, dont la

tête laissait échapper une bouillie de cervelle, l'autre vautré à proximité, le dos tordu dans un angle qui me retourna l'estomac. Les détecteurs de fumée hurlaient au-dessus, des volutes grises s'échappant de la fenêtre ouverte.

Nos agresseurs ne seraient bientôt plus les seuls à s'abattre sur cet endroit. Je courus dans la rue avec les ombres, remerciant le ciel d'avoir porté des chaussures plates avec cette robe.

Sors d'ici, tout de suite, tout de suite, tout de suite. Le cri pressant dans ma tête me propulsait vers l'avant.

Pouvais-je vraiment dépasser ces chasseurs – ou quoi qu'ils soient – dans mon état actuel ?

Nous sprintâmes dans la rue, moi, l'estomac en ébullition, autant à cause de la drogue encore présente dans mon organisme que de la scène macabre que Thorn avait laissée derrière lui. Mon sac à dos cognait contre mon flanc. Puis, devant moi, je repérai un véritable cadeau des dieux : un vélo appuyé contre la clôture d'une maison de l'autre côté de la rue, même pas cadenassé.

Je n'avais peut-être pas le permis de conduire, mais je pouvais certainement pédaler. Je traversai la rue, l'arrachai à la clôture et sautai dessus.

Un glapissement de surprise me parvint aux oreilles – le propriétaire du vélo devait l'avoir en vue – mais je volais déjà sur le trottoir, dans un bruissement de roues. Dans mon brouillard persistant, je n'avais plus qu'une idée en tête : m'éloigner le plus possible des assaillants de mon appartement.

Les bâtiments et les rues défilaient devant moi dans une sorte de flou. Mes cuisses me brûlaient, mais je continuais à pédaler aussi vite que possible, même si mon équilibre vacillait. À cette heure tardive, il n'y avait presque personne dehors. Lorsqu'une série de feux de circulation se présenta devant moi, je virai dans une rue secondaire, puis dans une autre, jusqu'à ce qu'un feu vert parfaitement synchronisé me permette de traverser le carrefour encombré.

J'avais perdu la trace de mes compagnons surnaturels, mais à cette heure-ci, la ville était plus sombre qu'autre chose. Ils n'étaient peut-être pas capables d'atteindre la vitesse d'un camion, mais j'espérais qu'ils suivaient mon vélo par les moyens qu'ils étaient les seuls à pouvoir utiliser. De toute façon, il valait mieux qu'ils se déplacent de façon à ce qu'aucun mortel ne puisse les voir.

De temps en temps, je coupais une ruelle ou un parking, prenant des chemins qu'aucun véhicule plus gros ne pouvait emprunter au cas où j'aurais rencontré des poursuivants moins désirés. Après plusieurs de ces passages et une douleur qui s'était étendue à toutes mes jambes, ma panique se calma un peu. Je pédalai pendant encore au moins dix minutes avant de m'arrêter à l'angle d'un pâté de maisons.

Le dos de ma robe me collait à la peau, humide de sueur. L'air de la nuit me piquait lorsque je l'aspirais dans ma gorge irritée. Ma respiration et mon pouls s'équilibrèrent peu à peu. Dans mon sac à main, Pickle se tortilla et poussa un couinement plaintif.

Je l'avais encore. J'avais mon portefeuille, mon téléphone et d'autres objets essentiels dans mon sac à main – j'avais mon équipement de rat d'hôtel dans mon sac à dos. Tout le reste…

Trois formes émergèrent des ombres autour de moi. Alors que l'adrénaline se dissipait, l'impact de ce que j'avais laissé derrière moi – dans les flammes – me frappa trop fort pour que je reconnaisse le trio.

La collection de CD de Luna. Ses chaussures en poussière de fée et son chouchou. Je me moquais bien de mes propres vêtements – que je pouvais remplacer – mais les quelques fragments de sa vie que j'avais pu conserver…

La boîte nacrée avec la lettre de mes parents. En prendre conscience me fit l'effet d'un coup de poing dans le ventre. Je m'effondrai presque en m'accrochant au guidon.

J'avais remis la boîte sur l'étagère du placard. Je n'y avais même pas pensé, tellement j'étais pressée. Le feu avait dû consumer tout ce qui se trouvait dans cette pièce, si ce n'est l'appartement tout entier. Le seul cadeau que mes parents m'avaient laissé avait totalement disparu, et je n'avais aucun moyen de le remplacer.

J'eus l'impression que mes tripes se nouaient en une masse solide endeuillée. Je n'étais pas prête, je n'étais pas prête pour tout cela. Plus de dix ans dans la même ville, trois ans dans le même appartement, je m'étais laissé aller à la complaisance. Tellement stupide, putain. Luna m'avait appris à faire mieux que ça.

— Sorsha ? dit Snap timidement. Il passa sa main douce sur mon épaule.

J'inspirai brusquement et me forçai à me redresser. La douleur dans mes jambes fatiguées n'était rien comparée au coup de poignard de la perte dans ma poitrine, mais ces trois-là ne comprendraient pas pourquoi je me souciais tant de ces choses-là. Je devais simplement avaler ce chagrin, comme je l'avais fait pour la mort de Luna et les autres pertes survenues depuis…

Alors que je descendais du vélo, Thorn s'approcha. La déchirure subsistait dans son pantalon, mais son mollet avait cessé de laisser échapper sa fumée. C'était bon signe.

Les hommes de l'ombre guérissaient généralement rapidement.

— Tu devrais probablement garder ceci, dit-il en tendant l'une de ses mains robustes. Cela semble plutôt… délicat. Elle n'a pas entièrement survécu aux combats que j'ai déjà dû mener, je m'en excuse.

Il me tendait la boîte que je venais de pleurer. Une fissure traversait le couvercle nacré, et l'un des coins était ébréché, mais elle était là. Entière et non brûlée.

Je la lui arrachai des mains avec beaucoup plus de hâte que de politesse et je l'ouvris. La lettre était encore nichée à l'intérieur, l'écriture de ma mère griffonnée sur le papier. Je refermai la boîte avec la terreur irrationnelle qu'une bourrasque soudaine puisse me voler ce trésor.

Une boule m'envahit la gorge. Je fixai le visage de Thorn.

— Quand l'as-tu prise ? Et la question la plus importante : pourquoi ?

Ses traits rudes ne révélaient rien d'autre que sa sinistrose habituelle.

— J'ai remarqué qu'elle se trouvait dans ton armoire alors que j'entrais dans la chambre. Il semblait, auparavant, qu'elle était importante à tes yeux. J'ai pensé que tu voudrais le sauver des flammes.

Je n'avais pas réalisé qu'il avait été attentif lorsque j'en avais parlé à Snap, encore moins qu'il avait réalisé la profondeur du lien qui m'unissait à ce qui devait lui sembler un objet assez banal. Il avait risqué quelques secondes dans la bataille pour le sauver pour moi. Cela valait bien plus que toutes les têtes qu'il avait fracassées en mon nom.

— Merci, dis-je en déglutissant difficilement. J'aurais

détesté la perdre. Honnêtement, je ne sais pas comment te remercier suffisamment.

Alors que je cherchais sur son visage la compassion dont il avait dû faire preuve, son expression se crispa sous mon regard.

— Ce n'est rien, dit-il brusquement. Certainement rien, comparé à la dette que je dois encore rembourser. Nous ne devrions pas nous attarder ici à découvert plus longtemps, n'est-ce pas ?

Je grimaçais intérieurement à sa froideur brutale. Peut-être que c'était la seule chose à laquelle il avait pensé, à savoir qu'il m'était redevable de l'avoir sorti, lui et les autres, de ces cages. Quels que soient ses sentiments à mon égard, il ne voulait manifestement pas perdre de temps à accepter ma gratitude.

Je glissai la boîte dans une poche fermée de mon sac à dos.

— Tu as raison. Il faut qu'on se cache quelque part pour la nuit. Je suis complètement lessivée, nous pourrons faire le point et élaborer des projets plus ambitieux demain matin.

Ruse pencha la tête vers les immeubles d'habitation à côté de nous.

— Il semble que nous ayons un grand nombre de cachettes possibles. Voyons lesquelles nous pouvons utiliser.

DIX-SEPT

Sorsha

Lorsque nous atteignîmes l'immeuble, je commençai à fouiller dans mon sac à dos pour trouver mes outils de crochetage. Avant même que je ne mette la main dessus, Ruse s'était glissé dans l'ombre d'une plante en pot, de l'autre côté de la porte du hall d'entrée. Il nous l'ouvrit d'un coup de baguette magique.

— Messieurs, madame.

Très bien. Entrer par effraction était bien plus facile quand on avait des pouvoirs surnaturels de son côté. Pendant une seconde, mes compétences semblèrent pâlir en comparaison.

D'un autre côté, je ne pouvais pas être vaincue par un projecteur et quelques pièces de fer et d'argent, alors il était peut-être plus juste de dire que nous avions simplement des pouvoirs différents.

Entrer dans le bâtiment ne résolut pas tous nos problèmes.

— Nous ne pouvons pas entrer dans n'importe quel appartement, murmurai-je. Les locataires actuels ne seront pas aussi accueillants envers des invités inattendus que je l'ai été pour vous trois.

— Je peux vérifier quels sont les appartements inoccupés, dit Ruse en inclinant la tête vers Snap. Si tu goûtes aux portes de ces maisons, tu pourras peut-être savoir dans combien de temps les résidents prévoient de revenir.

Snap acquiesça, toujours aussi enthousiaste à l'idée de contribuer à nos plans.

Tandis que nous examinions le couloir d'appartements qui partait de l'entrée miteuse, Thorn ne cessait de scruter l'espace devant et derrière lui, la posture tendue, comme s'il s'attendait à une nouvelle attaque. La moquette défraîchie et l'odeur de renfermé qui s'en dégageaient indiquaient clairement qu'il ne s'agissait pas d'une résidence cinq étoiles, mais cela valait mieux pour nous sur le plan de la sécurité. Néanmoins, l'atmosphère et la scène que je venais de fuir me donnaient la chair de poule.

Je me chantai à voix basse un texte que j'avais transformé en un pur non-sens. « Jusqu'à présent, j'ai toujours obtenu des tartes par moi-même, je n'ai jamais vraiment osé jusqu'à ce que je rencontre Brew. » Ruse haussa un sourcil et je lui répondis par une grimace.

— Ça me fait du bien. Et j'aurais bien besoin de me sentir mieux en ce moment.

— Tout ce qui vous rend heureuse, mademoiselle Blaze, dit-il avec un sourire.

Et il se glissa dans les ombres autour de la première

porte. Il en ressortit quelques secondes plus tard en secouant la tête, et nous passâmes à la suivante.

— Combien de personnes sont au courant de ton implication dans ce « Fonds » et où tu vis ? demanda Thorn, en s'efforçant de rester discret pour s'adapter à notre mode de furtivité actuel.

— Personne en dehors du Fonds n'est au courant de l'existence du Fonds, répondis-je. Enfin, à part quelques ombres supérieures qui vivent du côté des mortels, comme Jade – et les chasseurs et les collectionneurs sont au moins vaguement conscients que nous sommes dans les parages. Je n'ai reçu personne chez moi depuis que j'ai adopté Pickle. Je fouillai dans mon sac pour gratter le dos du dragon entre ses ailes, et il laissa échapper un bourdonnement qui était presque un ronronnement. Même les gens du Fonds n'approuveraient pas vraiment que je le garde, malgré les circonstances.

— Mais quelqu'un qui t'a déjà rendu visite aurait pu s'en souvenir.

— C'est possible. Cela reste un nombre très limité de personnes – et personne, à ma connaissance, n'aurait donné mon adresse à un inconnu. Je mordillai ma lèvre inférieure alors que Ruse revenait du cinquième appartement. Il fit signe à Snap et nous nous arrêtâmes pendant que l'homme de l'ombre exerçait ses pouvoirs.

— Celui qui a décidé de me kidnapper – ou de me faire taire – n'aura de toute façon pas besoin d'arracher l'information à mes amis. Si quelqu'un nous avait vus au pont ou au marché, ou s'était rendu compte que j'étais au bar en train de poser des questions, il ne lui serait pas difficile de trouver mon nom. Qui est malheureusement un nom assez distinctif. Toute personne capable d'orchestrer une sorte de conspiration contre les ombres supérieures devrait pouvoir en déduire mon adresse sans problème. Mes contacts au marché noir ont fait de même avec les collectionneurs en utilisant des informations moins définitives.

Snap recula après plusieurs coups de langue sur la poignée de la porte.

— Ils pensent revenir dans la matinée, dit-il.

Nous avions besoin de plus de temps que cela.

— La vraie question, dit Ruse, est de savoir ce qui a rendu nos ennemis si sûrs que tu allais leur causer des ennuis.

— Ils pourraient surveiller les activités du Fonds – ils pourraient savoir que j'ai été impliquée dans ce domaine. Et le fait de me voir fouiner un peu partout les a rendus nerveux.

Ce qui me rendait encore plus heureuse d'avoir tenu Vivi à l'écart de tout ce bazar. Si elle avait participé à nos premières enquêtes, auraient-ils aussi pris d'assaut son appartement ? Elle n'aurait pas eu trois gardes de l'ombre prêts à intervenir pour la protéger.

Non, je ne pouvais pas laisser ma meilleure amie entendre quoi que ce soit à ce sujet, pas tant que les trous du cul qui étaient venus me chercher ce soir étaient encore en liberté.

— Le peuple de l'épée à l'étoile est très puissant, dit Thorn d'un ton sombre. Nous ne pouvons pas savoir tout ce qu'ils sont capables de découvrir – ou de faire. Il jeta un nouveau coup d'œil par-dessus son épaule.

— Il est impossible qu'ils aient pu prévoir que nous viendrions ici, lui rappelai-je. Je ne sais même pas où on est.

— Nous n'étions pas vraiment préparés à ce qu'ils

lancent une attaque dans ton appartement. Cela aurait pu être bien pire. Je ne veux plus être pris au dépourvu.

Je n'allais pas discuter avec lui sur ce point. Autant j'avais été irritée par mes invités inattendus – et têtus – autant j'étais terriblement reconnaissante qu'ils aient été là ce soir-là.

— La prochaine fois, ajouta le guerrier, si nous ne risquons pas de nous en sortir indemnes, j'emmènerai l'un des assaillants pour l'interroger. Ruse peut les persuader de parler.

— Tu m'amènes le type, et j'opérerai ma magie, approuva l'incube en s'éloignant en sautillant du dernier appartement du premier étage. On dirait qu'on se dirige vers l'autre étage.

Le malaise me démangeait tandis que nous montions les marches, mais après quelques autres appartements inutilisables, Ruse en trouva un qui était actuellement vide.

— Il y avait un calendrier sur le frigo avec la semaine suivante marquée comme vacances, dit-il. Nous avons peut-être gagné le gros lot ! Snap, à toi l'honneur ?

Snap se pencha pour goûter les impressions qui flottaient autour de la porte. Il se redressa avec un sourire éclatant.

— Ils ont imaginé un voyage en avion et des plages à l'autre bout. L'un d'eux a demandé à l'autre s'il avait pensé à faire suivre le courrier jusqu'à leur retour.

— Alors ils ne s'attendent pas non plus à ce que quelqu'un d'autre passe. Parfait. Ruse frappa dans ses mains et disparut à nouveau dans l'ombre. Une seconde plus tard, il nous ouvrait la porte de l'appartement de l'intérieur.

S'incruster dans l'appartement d'un inconnu avait semblé être une option assez raisonnable, même si ce n'était qu'en théorie. Aller voir quelqu'un que je connaissais était bien trop risqué, et je n'avais vu aucun hôtel dans le coin où nous pourrions séjourner. Mais franchir le seuil de la maison de quelqu'un d'autre me donna une sensation désagréable.

Partout où je regardais, mon regard était attiré par des traces des personnes qui vivaient ici. Une veste rose vif avec une fourrure de lapin sur la capuche était suspendue à l'un des crochets du hall d'entrée, à côté d'un plumeau en cuir éraflé. Ils avaient dû manger du bacon au petit déjeuner le matin avant leur départ, car un soupçon de cette odeur salée et grasse persistait dans la cuisine. Dans le salon, il y avait un vieux tourne-disque et une pile de pochettes en carton bien plus anciennes que mes CD.

Debout sur le seuil du salon, le sentiment de deuil m'envahit à nouveau. Ces CD avaient disparu – fondus dans le feu, très probablement. Il en allait de même pour tous mes vêtements, à l'exception de ceux que je portais sur le dos, les meubles qui n'étaient peut-être pas assortis, mais que j'avais choisis pour leur confort, mon ordinateur portable, qui reposait sur mon lit défait, là où je l'avais utilisé pour la dernière fois et le mug peint à la main que Vivi m'avait offert il y a quelques années.

Tout ce que j'avais possédé et que je ne portais pas, du plus pratique au plus sentimental, avait brûlé. Même si le feu n'avait pas atteint tous les coins de l'appartement, il serait trop dangereux d'y retourner pour faire des recherches. La minutie avec laquelle j'avais jeté aux orties la vie que j'avais construite ici me frappa de plein fouet pour la première fois. Je m'agrippai au chambranle d'une porte, pour résister à la vague du sentiment de perte.

J'avais déjà recollé les morceaux de ma vie avec rien

d'autre qu'un simple sac de voyage rempli de possessions et de force de volonté. Je pouvais le faire à nouveau. Et je ne pouvais pas dire que je regrettais les actes qui avaient dû provoquer l'attaque de ce soir. Je préférais faire la lumière sur la mort de Luna plutôt que d'avoir toutes ces affaires.

Mais tout de même. C'étaient mes affaires. C'était ma maison, la première qui m'avait vraiment appartenu après avoir été ballottée d'une maison à l'autre chez un membre du Fonds, puis après avoir vécu en colocation avec le seul petit ami sérieux de mes vingt ans. J'inspirais et j'expirais, cherchant à me maîtriser, retenant les larmes qui commençaient à brûler au coin de mes yeux.

Avant que mon trio d'ombres ne s'aperçoive de ma fragilité momentanée – ou du moins, avant qu'ils ne posent des questions à ce sujet qui pourraient ouvrir les vannes de larmes – je m'avançai dans le couloir.

Heureusement, il y avait deux chambres. La première dans laquelle je jetai un coup d'œil, un petit espace sans fenêtre qui devait probablement servir de bureau, avait juste assez de place pour un lit double et une minuscule table en bouleau à côté, qui auraient pu venir directement d'Ikea.

Je supposais que cette pièce servait de chambre d'amis, car la chambre parentale, située juste à côté, avait plus de personnalité. Un tapis rose à poil long, des autocollants de fleurs sur tous les murs, une lampe à lave sur la commode, un couvre-lit à motifs orange et rose encadré par des coussins en velours – les années 1960 dans toute leur splendeur.

— Eh bien, je ne peux pas dormir là-dedans, dis-je, reconnaissante d'avoir trouvé une excuse. Me glisser dans un lit que quelqu'un d'autre avait manifestement fait sien me donnait encore plus la chair de poule que le simple fait d'entrer dans leur appartement. Ma sensibilité est offensée.

— Cette pièce a certes beaucoup de caractère, dit Ruse d'un ton amusé.

Thorn se dandina d'un pied sur l'autre.

— Je vais faire le tour, annonça-t-il. Assurez-vous qu'il n'y a pas d'autres dangers qui nous guettent et dont nous devrions être conscients.

Il s'éloigna sans attendre de réponse. Snap avait déjà bondi dans la cuisine. Les portes des placards grincèrent lorsqu'il les ouvrit pour en examiner le contenu. J'aurais probablement dû me sentir coupable. De la nourriture qui n'était pas la nôtre et qu'il allait engloutir, mais je ne pouvais pas me résoudre à m'en soucier à ce moment-là. Je venais de perdre la majorité de mes biens matériels. MM et Mmes les fans des années 1960 pouvaient se passer d'un peu de nourriture.

Je traversai le couloir jusqu'à l'autre chambre et j'y posai mon sac à main. Pickle en sortit, se secoua en soufflant et trottina dans le couloir pour rejoindre Snap, peut-être à la recherche d'un dîner tardif.

Ruse s'était attardé à mes côtés. Lorsque je me retournai pour lui faire face, ses yeux noisette chaleureux fouillèrent les miens.

— J'imagine que tu aimerais te reposer. Si tu as besoin de quoi que ce soit, tu sais où me trouver.

— Oui, dis-je, et ma gorge se serra pour une autre raison. L'incube avait fait fort pour me remonter le moral ce soir-là, et ses efforts avaient été gâchés par l'assaut inattendu de l'appartement. Il n'avait pas été obligé de le faire.

D'un seul coup, j'eus la certitude que je ne voulais pas

être seule. Je voulais être avec quelqu'un qui se souciait de mon bonheur.

Il pencha la tête pour déposer un léger baiser sur mon front, ses doigts effleurant le côté de mon visage avec une pointe de chaleur, puis il pivota sur ses talons pour s'en aller. J'attrapai sa main avant qu'il n'ait fait un pas de plus. Il me jeta un regard interrogateur.

— Il y a plusieurs choses que je n'hésiterais pas à faire dans ce lit avant de me reposer.

Ruse me fit un sourire en coin.

— C'est une proposition généreuse, mais ce n'est pas nécessaire. Après notre dernier intermède, je devrais être en pleine forme pour au moins quelques semaines.

Oh. La rencontre de l'autre soir n'avait-elle vraiment servi à rien d'autre qu'à se nourrir pour lui ? L'embarras me serra la poitrine.

Il était ridicule de ma part de penser autre chose, n'est-ce pas ? C'était un incube. C'était ce que le sexe signifiait pour lui. Ce n'est pas parce qu'il s'était amusé à organiser une soirée dansante improvisée qu'il était intéressé par des activités plus intimes pour le simple plaisir.

Je lâchai sa main et je me retirai dans l'embrasure de la porte.

— Je n'ai pas eu le temps de m'en apercevoir. Si tu ne veux pas...

Quelque chose vacilla dans les yeux de Ruse lorsqu'il prit connaissance de mon expression, puis il s'approcha de moi, et sa main se glissa le long de mon bras pour saisir mon coude. Sa tête s'inclina à nouveau près de la mienne. Mon pouls s'emballa sous l'effet d'un désir que je ne pouvais réprimer, mais peut-être n'avais-je pas à le faire.

— Je ne vois pas à quoi d'autre je pourrais occuper mon temps qu'à allumer un feu différent avec vous, mademoiselle Blaze, dit-il, la voix basse. La seule chose que je ne veux pas, c'est que tu t'y sentes obligée.

D'accord. Je me surpris à lui sourire, peut-être un peu niaisement, mais vraiment, pouvait-on m'en vouloir ? Il était temps que je reçoive une bonne nouvelle.

Je posai ma main sur son torse ferme.

— Tu m'as promis le meilleur sexe que j'ai jamais eu, et tu as tenu ta promesse, et nous n'avons même pas encore vraiment fait l'amour. Je te promets que ma proposition n'a absolument rien à voir avec un quelconque sentiment d'obligation.

— Dans ce cas… Il me fit reculer dans la pièce, refermant la porte derrière nous d'un coup de pied.

Dans l'espace exigu à côté du lit, il prit mon visage entre ses mains et plongea le sien pour me donner un vrai baiser. La pression de sa bouche, chaude et déterminée, mais tendre, réveilla chaque parcelle de mon corps.

La nuit avait été longue et pleine de surprises, mais je n'étais pas trop fatiguée pour accueillir cette petite évasion.

Et je ne voulais pas que cette fois-ci ne concerne que moi. J'avais l'intention de profiter pleinement de l'expérience de l'incube, sans me soucier des émotions.

Tandis que je lui rendais son baiser, mes doigts descendirent le long de sa chemise pour la déboutonner. Une fois ses muscles mis à nu, je ne pus résister à l'envie d'abaisser la tête pour l'embrasser juste en dessous de l'épaule, m'imprégnant de son parfum de cacao doux-amer. Miam.

Ruse fit glisser ses doigts dans mes cheveux. Dès que je reculai, il releva mon menton pour reprendre ma bouche. Tandis que sa langue se mêlait à la mienne, il trouva la fermeture Éclair à l'arrière de ma robe et la fit glisser avec une lenteur torturante.

À chaque centimètre, son pouce caressait la peau nue qu'il avait découverte. Lorsqu'il atteignit le bas, à un cheveu de mes fesses, mon corps se balança vers le sien, en réclamant plus : plus de proximité, plus de chaleur, plus de ce toucher alléchant.

— C'était exquis sur toi, murmura-t-il alors que le tissu glissait le long de mes cuisses pour s'accumuler à mes pieds, mais je crois que je t'aime encore mieux sans.

— Je pense que j'aimerais que tout ce que tu portes soit enlevé, lui dis-je en tirant sur sa chemise.

Il gloussa et s'en débarrassa en une seconde. Lorsqu'il me fit basculer sur le lit, je m'attaquai à la braguette de son pantalon, et ce soir-là, il ne m'arrêta pas. Il avait manifestement compris que j'étais partante pour l'acte complet cette fois.

Et il était clairement partant lui aussi. La longueur que je rencontrai à travers le tissu de ses sous-vêtements – un incube portant un slip, qui l'eût cru – était rigidement dressée. Un bruit sourd et agréable émana de la gorge de Ruse lorsque je passai mes doigts dessus. Il se pencha plus près de moi pour abaisser le bonnet de mon soutien-gorge avec ses dents, et Dieu du ciel, je n'avais jamais rien vu d'aussi sexy.

Il aspira mon mamelon dans sa bouche et, pendant quelques minutes, le plaisir qu'il fit naître dans mes seins me détourna de ma propre mission. Ma tête se pencha en arrière sur l'oreiller, et je laissai échapper un souffle. Tandis qu'il passait sa langue autour d'un bout raidi et qu'il y appliquait ses dents, j'enfonçai mes doigts dans ses cheveux, à la recherche de ses cornes.

Ruse gronda à nouveau, tout bas dans sa poitrine. Il jeta mon soutien-gorge et s'intéressa à mon autre sein.

Chaque mouvement de sa langue me faisait monter en flèche sur l'échelle du plaisir, mais je ne perdais pas complètement de vue mes objectifs. Lorsqu'il passa sa main sur mon flanc pour enlever ma culotte, je me redressai pour m'assurer qu'il enlevait aussi le reste de ses vêtements. Il s'écarta pour faire glisser son pantalon et son slip, puis il s'agenouilla devant moi dans toute sa splendeur sculptée et mince. Son membre se dressait si solidement que j'avais envie de l'avaler comme un verre au bar.

L'un des avantages du sexe avec les ombres – que je n'avais jamais eu besoin de prendre en compte auparavant – était que ça n'engendrait pas d'enfants. Ils surgissaient simplement au lieu de naître, et il n'y avait aucune trace d'une implication humaine ayant entraîné une grossesse d'un côté ou de l'autre. Ce qui était une très bonne chose, car je n'avais pas vraiment pensé à emporter des préservatifs.

Le visage appétissant que je contemplais n'était pas sa véritable gloire, cependant. Ce n'était que l'apparence humaine qu'il revêtait pour se fondre dans la masse. Je détournai le regard des parties que j'espérais voir me pénétrer bientôt pour le poser sur son visage.

— Tu aimes ce que tu vois ? dit-il avec un de ces sourires typiques.

Je fis courir mes doigts le long de son torse, en suivant les sillons de ses muscles, jusqu'à ce que j'atteigne son membre. Je ne pus résister à l'envie de caresser la peau soyeuse qui recouvrait sa longueur rigide, mais je ne quittai pas son regard.

— Oui. Mais j'aimerais encore plus te voir tel que tu es vraiment.

Ruse se tendit – juste un peu, mais sa nudité le rendait difficile à cacher. Il ouvrit la bouche avec une inspiration qui ressemblait déjà à une protestation.

Avant qu'il ne puisse parler, je levai la main pour l'arrêter.

« J'ai vu bien plus de choses que toutes les femmes avec qui tu as été auparavant. Si elles ont pu le supporter quand elles étaient sous l'emprise de tes ondes séductrices, je suis presque sûre que je peux le faire quand je suis sobre. Et je suis totalement sobre maintenant pour prendre cette décision ». Les effets persistants de la drogue s'étaient dissipés au cours de ma course effrénée à vélo.

Ruse me regarda pendant un long moment.

— Pourquoi ? dit-il enfin.

Je haussai les épaules.

— Tu peux me voir telle que je suis. Je me sentirai plus égale si je peux en dire autant de toi. Et puis, ça fera une bien meilleure histoire si je peux dire que je me suis tapé un incube à part entière plutôt qu'un mec avec des cornes. Je lui donnai un petit coup de genou taquin dans la hanche.

Quelque chose dans mon explication sembla le faire changer d'avis. Il retrouva son sourire.

— D'accord, dit-il. Ne dis pas que je ne t'ai pas prévenue.

Il ferma les yeux, et un chatoiement envahit son corps. Il le parcourut et y resta, une lueur dorée et floue émanant de sa peau, comme s'il était en partie une luciole. Ses petites cornes s'allongèrent, se recourbèrent en une boucle complète et pointèrent à nouveau vers le plafond. Sa queue s'incurva également, son pubis s'accentuant en même temps. Lorsqu'il rouvrit les yeux, ses pupilles s'étaient dilatées, mais l'iris s'était également élargi, remplissant presque le blanc des yeux. Ils brillaient d'un or aussi éclatant que si le soleil d'été s'y reflétait.

« Alors ? » dit-il avec une nouvelle profondeur dans la voix qui semblait s'enrouler autour de moi dans sa propre étreinte.

Une bouffée sucrée et brillante. Une histoire pour l'éternité en effet. Avait-il vraiment pensé que j'allais m'enfuir en courant ?

Je levai la main pour toucher sa joue lumineuse.

— Tu étais beau avant. Maintenant, tu es magnifique, putain.

Son sourire s'élargit. Il inclina la tête pour m'embrasser fougueusement, la chaleur de ses lèvres se répandant sur les miennes et dans tout mon corps.

— Alors, passons à la baise, murmura-t-il contre ma bouche.

Il me poussa doucement pour que je m'allonge, et me rejoignit. Partout où nos peaux se touchaient, je ressentais de petites décharges de bonheur. Il n'était même pas encore en moi que la montée de mon plaisir atteignait déjà son paroxysme.

Nous nous embrassâmes encore et encore, jusqu'à ce que le plaisir brûlant brouille mes pensées. Sa main se glissa entre mes jambes, son pouce effleura mon clitoris, et juste comme ça, je jouis, avec un gémissement tremblant qui me fit remercier tout ce qu'il y avait de bon sur terre, pour l'existence des incubes et de leur magie d'insonorisation.

Le son avait à peine fini de quitter mes lèvres que Ruse plongea ses doigts en moi. En quelques impulsions rapides, je jouis à nouveau après mon premier orgasme, mon corps tremblant sous l'effet de la force combinée.

— Oh mon Dieu, dis-je dans un souffle.

Ruse me vola un autre baiser avec un gloussement qui me fit vibrer.

— Je préférerais que tu m'en donnes le mérite.

Je laissai échapper un rire qui se transforma en un autre gémissement lorsqu'il frotta la tête de son membre sur mon sexe et plongea à l'intérieur. Mes doigts s'enfoncèrent dans ses épaules comme si l'extase risquait de m'emporter si je ne m'accrochais pas fermement. Le son suivant qui s'échappa de ma bouche fut, de façon embarrassante, proche d'un gémissement provoqué par le désir.

« Je te tiens », murmura Ruse sur le ton embrumé qui m'enflammait encore plus. Il s'enfonça plus profondément en moi, et je découvris exactement ce qu'il y avait de si spécial dans son équipement officiel d'incube. La courbe de son membre s'orientait parfaitement pour appuyer sur le bouton de félicité au plus profond de moi. À chaque poussée, le renflement de son pubis caressait mon clitoris. Des impulsions d'un plaisir que je n'avais jamais imaginé me traversèrent, plus rapides et plus brûlantes à chaque instant.

Je me cambrai pour me plaquer à lui, voulant lui rendre la pareille aussi bien que je le pouvais avec mes moyens humains plus limités. Me souvenant de la façon dont il avait réagi à la caresse sur ses cornes, je portai mes mains à sa tête. Mes doigts s'emmêlèrent dans ses cheveux, puis trouvèrent les pointes élargies avec leur gracieuse spirale.

Lorsque je les pressai, Ruse gémit et s'enfonça encore plus fort en moi. Un autre orgasme me traversa, me fit voler puis m'entraîna dans les profondeurs comme une vague de fond bienfaisante. Une fois que j'eus commencé à jouir, je ne pus plus m'arrêter. Chaque poussée de son membre en moi me faisait basculer à nouveau, avec juste assez de temps pour reprendre ma respiration. Mon existence entière devint une tempête de plaisir.

Dans la tempête d'extase, j'étais juste assez consciente pour réaliser que l'incube ne m'avait pas rejointe, pas avec son propre orgasme. Je parvins à lever mes jambes gélifiées jusqu'à sa taille, l'accueillant encore plus profondément tandis que je saisissais une corne et faisais courir mes ongles le long des muscles de son dos.

— Viens, marmonnai-je. Jouis avec moi.

Le gémissement suivant de Ruse frémit en tombant de ses lèvres. Sa bouche s'écrasa sur la mienne. D'un mouvement de ses hanches, la félicité me fit basculer une fois de plus. Un flot de chaleur picotant m'envahit tandis qu'il suivait.

Alors qu'il marquait une pause au-dessus de moi, je ne pus m'empêcher de penser que, tout bien considéré, cette nuit n'avait pas été si mauvaise que ça.

DIX-HUIT

Ruse

Il n'y a rien d'aussi magnifique qu'une femme qui se prélasse dans le sillage de l'extase – une extase à laquelle je l'ai amenée. Il était peut-être encore plus satisfaisant de voir cette extase chez Sorsha que chez n'importe quelle autre femme auparavant. Elle était la première que j'amenais à ces sommets alors qu'elle était pleinement consciente de ce que j'étais, et elle avait tout de même accueilli tout ce que je pouvais lui offrir.

Elle s'étala sur le lit, ses joues rougies d'une teinte rosée qui aurait pu être encore plus belle que les vagues de ses cheveux roux déployés sur l'oreiller. Sa poitrine se soulevait et s'abaissait là où mon bras se trouvait juste en dessous de ses seins. Je passai mes doigts sur son flanc, juste pour le plaisir de toucher une fois de plus cette peau chaude et lisse. Chaude et lisse, mais avec des muscles toniques en dessous. J'appréciais une femme qui pouvait être à la fois douce et forte. Son parfum ardent et sucré me restait dans les narines, tout aussi délicieux.

Ma propre peau fourmillait encore sous l'effet de mon orgasme. J'en avais retiré l'éclat, reprenant mon apparence mortelle plus subtile, car il n'était pas sage pour aucun d'entre nous de s'habituer à se promener au naturel dans ce royaume. J'avais porté ces oripeaux humains assez souvent pour que ce faux corps soit plus confortable que le mien dans l'air des mortels, sauf lorsque j'utilisais mes pouvoirs.

J'avais beaucoup apprécié mon orgasme. Regarder Sorsha s'abandonner si complètement à l'acte, l'entendre me supplier de la rejoindre tout aussi complètement, savoir qu'elle avait voulu cet interlude autant que moi… Je ne pense pas avoir jamais joui aussi fort.

Mais le moment était passé, et je devais vraiment la laisser dans le repos dont son corps mortel avait besoin après cette nuit prolongée et chaotique. J'embrassai l'une de ses joues roses et je me redressai.

Alors que je remuai sur le lit, la main de Sorsha vint toucher mon bras, comme si elle me faisait signe de rester. Mon regard se porta sur son visage, un frisson d'incertitude me traversant – et avant que je n'aie eu le temps de me retenir, j'avais jeté un coup d'œil dans son esprit.

Les émotions qui s'en dégageaient étaient faciles à lire une fois que je m'y étais laissé aller : une brume de somnolence agréable et un désir ardent que je reste au chaud, près d'elle alors qu'elle s'assoupissait.

Je repris conscience de la situation, un pincement au cœur me traversant la poitrine. Elle tirait vraiment un certain contentement de ma présence, même maintenant que l'acte pour lequel j'étais le plus doué était terminé.

Cette constatation suscita en moi un peu plus de satisfaction que je n'en avais l'habitude. Et alors que je me détendais à nouveau près d'elle, le pincement se transforma en un sentiment de culpabilité.

Je lui avais promis de ne pas violer l'intimité de son esprit. Elle m'avait clairement fait comprendre que cette condition n'était pas négociable, quelle que soit l'intimité physique que nous partagions. Si elle savait que je n'avais pas tenu parole…

Mon premier réflexe – et, en réalité, mon deuxième et troisième aussi – fut de rejeter ce secret dans l'ombre, là où Sorsha n'aurait jamais besoin de le découvrir. Pourquoi lui dire quelque chose qui la bouleverserait si je n'en avais pas besoin ? Mais lorsqu'elle remua et se coucha sur le côté, croisant mon regard avec un petit sourire rêveur, la douleur me piqua trop profondément pour que je puisse l'ignorer.

Elle avait été sincère et ouverte avec moi. Elle s'était suffisamment intéressée à moi pour me laisser me nourrir malgré ses réserves – elle m'avait accordé plus de confiance qu'elle n'aurait dû le faire. Elle m'avait littéralement sauvé de la captivité et de la lente famine à laquelle j'avais dû faire face.

J'étais assez homme pour lui accorder le respect qu'elle méritait, n'est-ce pas ? Même si les conséquences n'allaient pas jouer en ma faveur.

— Sorsha, dis-je prudemment. Je viens de lire tes émotions. Seulement pendant un moment, seulement quelques instants.

Avant que je puisse continuer, elle s'écarta de moi et se redressa. Ses cheveux s'étalèrent sur ses épaules comme des rivières de flammes – ou de sang. À en croire son visage, j'aurais pu tout aussi bien l'avoir entaillée.

« Quoi ? Je me redressai à mon tour, cherchant une explication acceptable. Je n'avais pas l'intention de le faire – c'est plus fort que moi, ai-je tenté, et dès que je m'en rendis compte, je me repris. Cela ne se reproduira plus. »

Elle croisa les bras sur sa poitrine, cachant le joli renflement de ses seins. Sa voix était tendue.

— Si tu l'as fait sans le vouloir, comment peux-tu être sûr que tu n'entreras plus accidentellement dans ma tête ?

Une question raisonnable.

— Je serai plus sur mes gardes désormais. Je…

— Non. Elle s'écarta davantage sur le lit et montra la porte du doigt. Son expression s'était crispée, me fermant la porte de son esprit aussi complètement que l'avait fait sa broche. Je ne veux pas l'entendre. Sors d'ici. Je… Sa main tâtonna les couvertures du lit pendant une seconde avant de se crisper. Réalisait-elle qu'elle avait laissé la broche et ses protections derrière elle dans son appartement en flammes, comme elle l'avait fait pour tant d'autres choses ? D'une certaine manière, ce petit geste me bouleversa plus que tout ce qui s'était passé auparavant.

Je sautai déjà du lit comme j'avais prévu de le faire au début, bien que plus précipitamment qu'avant. En un clin d'œil et une once de concentration, les vêtements dont je m'étais débarrassé lors de notre rencontre disparurent de leur tas dans la pièce et se réassemblèrent sur mon corps. Je pris le risque de jeter un dernier coup d'œil à Sorsha.

— Je suis désolé.

— Va-t'en, dit-elle, d'une voix ferme, mais blanche, comme si ma confession avait fait disparaître tout le plaisir que je lui avais donné.

Je grimaçai, la culpabilité se dilatant comme un étau autour de mes poumons, mais je m'en allai.

Lorsque la porte de la chambre se referma entre elle et

moi, je marquai une pause dans le couloir pour reprendre mon souffle. Bien joué. Tout en douceur. Je n'avais plus qu'à ne plus jamais avoir besoin d'elle pour me nourrir, parce qu'elle n'allait certainement plus jamais s'envoyer en l'air avec moi.

Elle ne m'accorderait peut-être plus jamais de danse, ne rirait plus de mes plaisanteries et ne me sourirait même plus.

Aucune de ces choses n'aurait dû avoir d'importance. Je n'avais besoin d'aucune d'entre elles pour survivre. En me traînant jusqu'à la cuisine, je me rappelai cela encore et encore, jusqu'à ce que j'en sois presque convaincu. Presque. Eh bien, une petite discussion avec Snap pourrait me remonter le moral.

Ce ne fut pas notre dévoreur naïf que je trouvai dans la cuisine, mais Thorn, de retour de sa ronde et à l'air aussi sinistre que d'habitude, ce qui signifiait, je suppose, qu'il s'agissait d'une bonne nouvelle.

Je m'installai sur la chaise en face de lui, près de l'îlot en Formica qui dépassait du mur.

— Aucun signe de l'équipage de l'épée à étoile ?

— Pas jusqu'à présent, dit-il d'un ton qui laissait entendre qu'il s'attendait à ce qu'ils apparaissent d'une minute à l'autre pour semer la pagaille dans notre existence. Vous auriez pu tendre un verre presque plein à ras bord à cet homme, il aurait encore grogné sur le peu de vide qu'il contenait.

Un petit bol en porcelaine rempli de bonbons durs trônait au milieu de l'îlot. J'en pris un et je le retournai simplement entre mes doigts, en froissant la cellophane. La nourriture physique ne m'apportait rien, si ce n'était une saveur agréable, et je n'étais pas sûr d'être d'humeur à mettre quoi que ce soit dans ma bouche. Pas après avoir mis les pieds dans le plat avec la femme au bout du couloir.

Thorn jeta un coup d'œil à côté de moi, comme s'il savait où allaient mes pensées. Puis son regard insondable se posa à nouveau sur mon visage.

Ce n'était pas la première fois que je souhaitais savoir ce qu'il était. Il n'avait jamais montré sa forme complète en ma présence, et sa vue dans l'ombre n'offrait pas de qualités suffisamment distinctives pour que je puisse le comparer aux autres êtres que j'avais rencontrés. Les pouvoirs que je connaissais – sa force et sa vigilance face aux agressions – auraient pu appartenir à n'importe quelle espèce.

Je n'avais jamais rencontré de dévoreur avant Snap, j'avais seulement entendu des rumeurs à leur sujet. Il était fort possible que Thorn soit une créature rare que peu d'entre nous ayons déjà rencontrée. Ce qui signifiait que je n'avais aucune idée des autres pouvoirs qu'il pouvait cacher derrière ses cicatrices.

Omen voulait ce qu'il y avait de mieux, du moins parmi les hommes de l'ombre qui acceptaient de défendre sa cause. Il avait fait confiance à Thorn. Je faisais confiance à Omen… autant que je faisais confiance à n'importe qui. Mieux valait en rester là que de s'inquiéter.

— Tu t'es rapproché de la mortelle, dit Thorn en levant la tête vers le couloir.

Je haussai les sourcils.

— C'est un peu mon truc, comme tu le sais. Cela te pose-t-il un problème ?

Il me regarda fixement, sans se laisser ébranler par mon défi implicite.

— Je ne pense pas qu'une telle implication facilitera sa

protection. Si cela affecte ta concentration, cela risque d'entraîner le résultat inverse.

— Ma concentration est parfaite. Nous, les incubes, nous occupons d'intimités corporelles, pas de relations émotionnelles – nous ne le cachons pas.

— Donc, tu ne t'intéresses pas à elle au-delà de la satisfaction physique.

Ça n'était pas une question, mais je ressentis le besoin d'y répondre quand même.

— Je l'aime bien, mais je ne vais pas m'attacher à elle d'une manière qui me ferait perdre mes moyens. Omen m'a choisi pour de bonnes raisons aussi. Tout est sous contrôle.

D'ailleurs, il était peu probable que j'aie à nouveau affaire à Sorsha après ce soir, mais je n'avais pas envie de le dire à Thorn. Ni cela ni le fait qu'Omen ne m'aurait peut-être pas choisi s'il avait été au courant d'un écart particulier dans le passé.

Personne n'avait besoin de savoir cela. Je le savais mieux que quiconque.

— Tant que ça reste comme ça, dit Thorn en se levant. Il me laissa seul dans la cuisine, aux prises avec un malaise ravivé dont je n'arrivais pas à me défaire.

DIX-NEUF

Sorsha

J e ne m'étais jamais sentie nerveuse à l'idée de me rendre à une réunion du Fonds. Je n'avais jamais eu la moindre raison de penser que le fait d'entrer dans un cinéma de quartier pouvait être considéré comme suspect. Mais maintenant, compte tenu des événements récents, j'attendais dans une ruelle sombre à quatre pâtés de maisons de là, traînant les pieds sur le béton humide et priant pour que les nuages encore coagulés au-dessus de ma tête ne décident pas de s'ouvrir à nouveau pendant que j'étais là. Mon parapluie : une autre victime de l'incendie de l'appartement de la nuit précédente.

La pluie de l'après-midi avait fait ressortir une odeur de moisi qui me démangeait le nez. Chaque fois que des pas résonnaient sur le trottoir, je me réfugiais dans l'obscurité plus épaisse du mur de briques à côté de moi. Aucune des personnes qui passèrent dans la soirée ne me sembla constituer une menace, mais je n'étais pas non plus préparée à ce qu'une bande d'agresseurs organisés s'abattent sur mon appartement.

Cela faisait onze ans que je travaillais avec le Fonds dans cette ville, et aucun de ses membres n'avait jamais été harcelé, sauf de temps en temps par des ombres mortelles qui n'appréciaient pas nos tentatives d'aide. Personne dans ce groupe n'avait même connu un membre qui avait été blessé dans l'exercice de ses fonctions. Une preuve de plus que ceux qui avaient décidé que je devais être éliminée de l'équation n'étaient manifestement pas des chasseurs comme les autres.

Finalement, Thorn sortit d'une zone sombre devant moi.

— Je n'ai détecté aucun signe de présence ennemie dans les environs, dit-il. Je pense que tu peux entrer en toute sécurité dans le bâtiment pour ta réunion. Mais je t'accompagnerai à travers les ombres.

Il avait déjà insisté sur ce point avant que nous ne quittions notre nouvelle maison temporaire. J'acquiesçai, fixant son visage sévère pendant quelques secondes. Je cherchais un soupçon d'humanité dans ces yeux noirs comme le charbon et ces traits durs – quelque chose qui me rassurerait sur le fait qu'il s'agissait au moins d'un peu plus qu'une froide transaction de faveurs dues.

Il y avait eu de la passion dans sa voix, même si elle était solennelle, lorsqu'il avait parlé de nous défendre, moi et ses compagnons, et de retrouver son patron. Il avait pensé à sauver pour moi le seul souvenir de mes parents. Il devait y avoir autre chose qu'une froideur d'acier derrière tout ce muscle.

Mais je n'arrivais pas à la déceler pour l'instant. Au

moins, l'acier était fiable. Il s'avérait que je ne pouvais pas en dire autant de beaucoup d'autres choses.

— Très bien, dis-je. J'y vais.

Alors que je passais devant lui, il disparut, mais je savais qu'il resterait avec moi sans être vu. La soirée était pleine d'ombres pour faciliter les déplacements.

L'odeur du pop-corn beurré, agrémenté de menthe et – était-ce de caramel ? – m'accueillit à la porte de la salle de cinéma privée du Fonds. Seules quelques personnes s'étaient présentées jusqu'à présent, les réunions du samedi étant moins populaires que celles de la semaine, mais Ellen et Huyen étaient près de l'écran, et c'était tout ce dont j'avais besoin.

Malheureusement, Vivi était également arrivée en avance. Avant que je ne puisse me faire entendre de l'un de nos dirigeants, ma meilleure amie s'était glissée dans l'allée pour me rejoindre.

Elle me dit :

— Salut ! et me détailla de la tête aux pieds. J'adore ce chemisier. Il est neuf, non ? Où l'as-tu eu ?

Je tirai sur l'ourlet du dos nu violet soyeux, un peu gênée. Il était neuf, mais ce n'était pas moi qui l'avais acheté. L'ensemble de la tenue avait été posé devant la porte de ma chambre quand je m'étais levée le matin. N'importe quel membre du trio aurait pu se rendre compte que je ne pouvais pas porter ma robe de bar pendant des jours entiers et piquer des vêtements dans l'ombre d'une boutique, mais d'après le soupçon d'odeur de cacao qui s'était attardé sur eux, je soupçonnais qu'il s'agissait d'une tentative d'excuses de la part de Ruse.

Sinon, il m'avait laissé beaucoup d'espace, ce qui me convenait parfaitement. Je ne pouvais me souvenir d'aucune des parties spectaculaires de notre rencontre de la veille sans un éclair de panique à l'idée qu'il fouille dans mes pensées et mes sentiments. Comment pouvais-je être sûre qu'il avait admis sa transgression, qu'il n'avait pas utilisé ses pouvoirs sur moi pendant tout ce temps ?

Il allait falloir plus que de jolis vêtements pour arranger les choses, même s'ils m'allaient à ravir.

Si je disais à Vivi que c'était un cadeau, elle voudrait savoir de qui, et je m'emmêlerais dans un tas de mensonges encore plus gros. Je me contentai donc d'un petit mensonge.

— Tu sais, je ne me souviens même pas. Quelque part au centre commercial.

— Eh bien, c'était un bon choix. Elle cogna son épaule contre la mienne. C'est bien de voir que tu es rentrée chez toi après le bar. J'étais un peu inquiète, vu la façon dont tu es partie.

Ha. Oui, j'étais bien rentrée. *Sortir* de l'appartement avait été beaucoup moins simple.

— Rien de grave, dis-je, ayant l'impression que chaque nouveau mensonge s'ajoutait à la lourde boule que j'avais dans l'estomac. J'aurais aimé rester plus longtemps.

— Pas de nouvelles du tuyau que Jade t'a donné ?

— Non, je n'ai pas encore eu l'occasion de voir ce que je pouvais en faire.

Ellen mit fin à la conversation qu'elle avait avec Huyen et l'un des membres les plus âgés et se dirigea vers nous. Je fis un geste d'excuse à Vivi.

— Je dois parler à la responsable. Tu me sers du pop-corn du jour ?

Vivi hésita pendant une seconde, comme si elle rechignait à l'idée de rater ce que j'allais dire à Ellen, puis elle m'adressa un sourire et un pouce levé. Pendant qu'elle s'éloignait, je me précipitai pour rejoindre Ellen.

Malgré son amour des saveurs, notre co-responsable était maigre comme un clou, avec des cheveux crépus et grisonnants qui s'échappaient perpétuellement de ses chignons défaits. Les soirs de réunion, les taches sur le bout de ses doigts trahissaient souvent les derniers ingrédients de son pop-corn – la teinte verdâtre d'aujourd'hui confirmait la présence de menthe.

Je n'avais pas beaucoup de temps avant que ma meilleure amie ne revienne et n'entende quelque chose qui la rendrait encore plus curieuse de savoir ce qui se passait.

— Salut, Ellen, dis-je en allant droit au but. Tu as une broche de rechange ? Il me semble que j'ai égaré la mienne. Je n'allais pas donner à Ruse d'autres occasions d'exercer son self-control – ou pas.

— Bien sûr, dit la petite femme, avec une note de surprise.

J'avais réussi à ne pas égarer la première broche qu'elle m'avait donnée au cours des onze dernières années, mais cela pouvait arriver à n'importe lequel d'entre nous. Elle fouilla dans son sac à main – bien sûr, Ellen, toujours bien préparée, en avait toujours une petite réserve à portée de main.

« Est-ce que ça va autrement ? » demanda-t-elle en me tendant le sac.

Peut-être que mon agitation générale se manifestait plus que je ne l'aurais voulu. Je fis un sourire penaud et empochai la broche de protection.

— Oui, j'ai juste l'impression d'avoir une semaine un peu agitée. J'espérais aussi – je voulais entrer en contact avec le groupe qui surveille les discussions sur l'humanité de l'ombre pour nous en ligne, mais le disque dur de mon ordinateur a rendu l'âme. Tout était mort d'une mort triste et ardente, en fait. Est-ce que tu pourrais me redonner ses coordonnées ? Je savais que je ne devais pas les noter dans un endroit non sécurisé, mais ça voulait dire que je n'avais pas de chance.

J'écartai les mains pour essayer de paraître innocente plutôt que d'avoir l'air d'une menteuse en pleine action. Vu le poids dans mes tripes, j'aurais aussi bien pu avaler un rocher. Ellen ne sembla pas troublée par ma demande, merci aux bébés phoques chatoyants. Elle me fit une tape maternelle sur l'épaule.

— Je te l'enverrai par un lien sécurisé. Tu as toujours le même email qu'avant ?

— Oui, dis-je avec un sentiment de soulagement.

— Pour info, ils cherchent à se faire payer en kombucha bio ces jours-ci – ils les prennent par caisses.

C'étaient donc des caisses de kombucha.

Alors qu'Ellen s'éloignait, Vivi s'approcha de moi. Elle me tendit un sachet de pop-corn et pencha la tête en balançant ses cheveux.

— Qu'est-ce que j'ai raté ?

Je lui fis un sourire en guise de remerciement.

— Rien.

Un mensonge de plus à ajouter à la pile.

Le regard de ma meilleure amie devint inhabituellement sérieux. Elle se tut une seconde, puis dit :

— Quoi que tu découvres, je serai là si tu as besoin de moi. Tu t'en souviendras, n'est-ce pas ?

Cette demande insistante me retourna les tripes.

— Oui, bien sûr que je m'en souviendrai.

Mais je n'accepterais pas sa proposition, pas après avoir vu à quel point mes nouveaux ennemis pouvaient être brutaux.

* * *

Peut-être que l'amour que les vrais propriétaires de l'appartement avaient pour les années 1960 expliquait pourquoi ils n'avaient pas exigé du propriétaire qu'il remplace leurs appareils de cuisine, car la cuisinière se comportait certainement comme si elle datait de plusieurs décennies. Après une heure passée à augmenter lentement le feu sous le sauté que j'avais sorti du congélateur et à regarder les cristaux de glace fondre à peine, d'un seul coup, la moitié des morceaux avait brûlé dans la poêle.

Je grognai contre le repas comme si je pouvais l'intimider pour qu'il se décarbonise tout seul. Avant que je ne puisse décider si je devais en tirer le meilleur parti ou le jeter et recommencer, l'ordinateur portable flambant neuf que mes amis des ombres m'avaient procuré émit une notification concernant ma boîte de réception.

Au diable le dîner. Je m'assis sur l'îlot central et je poussai un cri de victoire.

— On tient quelque chose !

Thorn, qui s'était tapi près de la porte de la cuisine avec sa morosité habituelle, s'approcha un peu plus près, comme si cela lui faisait mal de montrer plus d'enthousiasme que cela. Snap, qui la dernière fois que je l'avais vu était couché sur le sol de la chambre principale et faisait tourner la lampe à lave dans tous les sens avec une joie pure, arriva une seconde plus tard.

— Tu as l'information qui nous dira où trouver Omen ? demanda-t-il, les yeux brillants.

— Peut-être. Pickle, qui était assis sur l'autre chaise, sauta sur mes genoux et jeta un coup d'œil par-dessus l'îlot. Je lui grattai le menton en regardant l'écran. Jade dit que quelqu'un avait lancé un appel à l'humanité de l'ombre « puissante », et ça ressemble au mode opératoire de la bande qui lui a tendu une embuscade. Nos contacts sur le dark web étaient plutôt doués pour dénicher des communications utiles qui étaient censées être privées.

Les chasseurs et les collectionneurs avaient leurs propres zones du marché noir d'Internet d'où ils opéraient, bien sûr. Même s'ils s'efforçaient de sécuriser ces canaux, la bande de pirates informatiques qui travaillaient pour le Fonds contre rémunération parvenait régulièrement à déchiffrer leurs codes. En général, ils parvenaient à remonter du nom des utilisateurs jusqu'aux personnes à l'origine des ventes, des achats et des autres messages.

Alors que j'ouvrais le dossier que mon contact m'avait envoyé, Ruse se glissa lui aussi dans la pièce. Il s'appuya contre le comptoir, à l'endroit le plus éloigné de moi dans la cuisine, avec une attitude décontractée, mais prudente.

Il me laissait de l'espace pour mon bien, pas pour le sien, je le savais. De temps en temps, il lançait une blague ou un commentaire taquin, observant attentivement ma réaction, comme si un rire pouvait lui signifier qu'il était pardonné. S'il pensait qu'il allait me conquérir une deuxième fois aussi facilement, il se faisait des illusions.

Ma main se porta d'elle-même à ma poitrine, me réconfortant momentanément en effleurant du bout des doigts les bords de la nouvelle broche argentée et ferrée épinglée sous mon chemisier. Je me penchai plus près de l'écran. Mon autre index effleura le pavé tactile en parcourant la liste des noms et des résumés de ce que le pirate avait trouvé.

Je faillis passer à côté. Mes yeux glissèrent sur les lettres, continuèrent à descendre d'une moitié d'écran, puis une étincelle s'alluma dans ma tête. Attendez une seconde. Je fis un bond en arrière jusqu'à la page précédente.

En la regardant, un petit rire s'échappa de ma bouche. Fils de mangeur de biscuits ! Nous nous étions trompés de cible, mais je pouvais comprendre comment l'erreur s'était produite.

Je pointai du doigt le nom qui avait attiré mon attention. « Ce n'est pas Merry Den que nous cherchons, et ce n'est pas un lieu. C'est une personne. John Meriden. Il est derrière l'un des pseudonymes qui ont posté au moins deux messages ces derniers mois, cherchant à s'entretenir avec des collectionneurs au sujet de leurs ombres. »

Le moral de Snap se dégonfla visiblement.

— Je t'avais donné une mauvaise information.

Je lui tapotai le bras d'une manière rassurante. Oh, ce type avait vraiment beaucoup de muscles compacts sur ses membres minces.

Concentre-toi, Sorsha.

— C'était une erreur facile à commettre. Tu as saisi les sons d'une manière qui a formé des mots que tu connais. Cela aurait pu arriver à n'importe lequel d'entre nous. Et puis, ça nous a quand même aidés à trouver notre homme au final.

Thorn me surplombait, regardant l'ordinateur comme s'il se préparait à atteindre l'écran et à prendre notre cible à la gorge à travers le cyberespace.

— Où est ce John Meriden ?

— Voyons ce que mon contact a trouvé… En lisant l'info, je perdis un peu espoir. Il n'a fait qu'une petite erreur qui a permis aux pirates de trouver son vrai nom, ils ne disent pas quoi exactement – probablement en se connectant à un endroit où il n'aurait pas dû avec la même adresse IP. Mais l'adresse elle-même était une sorte de façade. Ils n'ont pas pu remonter jusqu'à un lieu réel lié à l'homme.

— Avec son nom, il ne devrait pas être difficile de trouver d'autres détails, n'est-ce pas ?

Prickle émit un petit gazouillis comme s'il était d'accord avec l'incube.

— Oui, je peux leur demander d'enquêter plus précisément sur lui. Ils n'ont pas encore fait de recherches approfondies sur les noms, il s'agit plutôt d'un résumé… Je marquai une pause. Sauf s'il est lié aux mêmes personnes qui ont fait irruption dans mon appartement la nuit dernière, qui sait à quel point ils gardent un œil sur tous ceux qui s'intéressent à ses affaires.

Ruse fit la grimace.

— Tu ne penses pas que tes hackers peuvent éviter de se faire remarquer ?

— Non, c'est plutôt que nous ne pouvons pas être sûrs qu'aucun d'entre eux n'est payé par d'autres groupes. Ils travaillent pour celui qui avance l'argent – ils n'ont pas de loyauté particulière envers le Fonds. Je m'adossai à ma chaise, frottai le sommet de la tête de Pickle et je fronçai les sourcils.

J'avais fait un briefing suffisamment général au groupe pour ne pas déclencher de sonnette d'alarme. Si la bande de l'épée à l'étoile envoyait les mêmes hackers sur moi, ils pourraient probablement découvrir d'où je travaillais en cinq secondes. Les compétences en matière de marché noir que j'avais acquises au fil des ans n'étaient rien comparées aux leurs.

« Voyons ce que nous pouvons découvrir par nous-mêmes sans impliquer personne d'autre. C'est plus sûr comme ça. Et si nous ne trouvons rien nous-mêmes, alors nous prendrons un risque. On ne retrouvera certainement pas Omen si les connards qui l'ont enlevé nous trouvent en premier et qu'ils sont mieux préparés que la première fois. »

J'ouvris une autre fenêtre de recherche et je commençai mon jeu de cache-cache en ligne avec M. John Meriden. Malheureusement, il semblait qu'il y ait plusieurs personnes de ce nom. Heureusement, un seul d'entre eux apparut lorsque j'inclus le nom de la ville dans ma recherche.

La récolte était plutôt maigre. Quel que soit l'homme, il se faisait très discret sur Internet. Je réussis toutefois à trouver un J. Meriden en rapport avec une adresse située à la périphérie de la ville. En vérifiant la vue de la rue sur la carte, je m'aperçus qu'il s'agissait d'un immeuble de bureaux, mais sans aucune enseigne ni aucune autre caractéristique susceptible de m'indiquer ce qui s'y passait. C'était très suspect.

— J'aurais dû savoir qu'il ne fallait pas envoyer ces détails, chantai-je en signe de triomphe. Jackpot !

— On l'a ! dit Thorn avec un enthousiasme bourru.

— On s'en approche, en tout cas. Je fis un signe de la main en direction de la carte en ligne. Mettez vos agendas à jour, nous avons des projets pour demain.

VINGT

Sorsha

Si j'avais espéré pouvoir entrer dans le bureau de Meriden et qu'un réceptionniste m'indique la direction à suivre, un coup d'œil à l'état actuel des lieux anéantit ce rêve. De toute évidence, il aurait été ridicule d'entrer directement en exigeant de lui parler, mais la morne obscurité qui apparaissait dans les interstices des fenêtres recouvertes de papier n'inspirait guère confiance quant à la possibilité de trouver quoi que ce soit.

Thorn avait déjà vérifié plusieurs pâtés de maisons autour de l'endroit, à l'affût de la moindre trace de nos précédents agresseurs. Maintenant, alors que les deux autres hommes de l'ombre et moi-même attendions dans un café au bout de la rue après une marche rapide, il était parti rôder dans le bâtiment.

Ruse sirotait l'expresso qu'il avait convaincu le barman

de lui donner, sans avoir l'air de beaucoup l'apprécier. Même Snap était trop agité pour faire plus que quelques exclamations timides sur le chocolat chaud recouvert de crème fouettée que l'incube lui avait commandé.

J'avais décidé de renoncer à la caféine, car je n'avais pas besoin que mes nerfs soient plus en alerte qu'ils ne l'étaient déjà, mais je commençais à regretter d'avoir laissé mes mains vides. Alors que je tripotais la serviette que j'avais sortie du distributeur, en déchirant lentement un coin, notre guerrier endurci sortit de l'ombre à l'autre bout de la pièce, comme s'il avait émergé des toilettes plutôt que de l'obscurité. J'étais presque sûre que Ruse l'avait entraîné à cette manœuvre.

— La voie est libre, dit-il lorsqu'il nous rejoignit, la voix basse, mais toujours aussi sérieuse. Il y a une entrée à l'arrière qu'il serait plus sage d'utiliser. Milady, mes compagnons et moi-même, nous allons voyager sans être vus et vous y retrouver.

Je supposai que c'était logique. Pourtant, je ne pouvais m'empêcher de penser que j'avais une cible dans le dos alors que je me promenais dehors comme si je profitais simplement de cette belle journée d'été. J'avais commis beaucoup de crimes, je m'étais faufilée dans beaucoup de bâtiments où je n'étais pas censée me trouver, mais toujours sous la couverture de la nuit. Sous un soleil de plomb, sans mon déguisement de rat d'hôtel, c'était comme si j'avais un projecteur braqué sur moi.

Si l'endroit était vide de toute façon, il n'y avait aucune raison de s'y promener pendant la journée. Il n'y avait pas d'employés à écouter ou même à questionner si nous l'avions osé. Mais nous étions ici désormais. Thorn était encore plus tendu que moi à propos de la situation – s'il pensait que nous pouvions y aller, c'est que j'étais probablement plus en sécurité ici que sur une plage des Bahamas.

Je ne voulais pas penser au fait que les chasseurs qui l'avaient envoyé dans la cage où je l'avais sauvé lui manquaient.

Je fis le tour du pâté de maisons et j'empruntai l'allée du magasin de meubles d'occasion voisin. En coupant à travers le parking, j'arrivai directement à une porte en acier assez imposante à l'arrière de l'ancien lieu de travail de Meriden. Grâce aux *Gremlins* galopants, quelque chose dans le processus de fusion du fer en acier semblait diffuser son effet répulsif sur la plupart des ombres.

Je jetai un coup d'œil autour de moi pour m'assurer que personne ne traînait dans les parages pour me voir, enfilai mes gants et actionnai la poignée. Elle ne bougea pas.

Je m'attendais à ce que le trio soit arrivé avant moi. Un frémissement de malaise me parcourut les tripes. Je regardai à nouveau autour de moi, me préparant à courir, et la poignée bascula de l'autre côté avec un craquement métallique.

Avant que je ne puisse m'enfuir, la porte s'ouvrit pour révéler l'imposant visage de Thorn. La poignée de l'autre côté de la porte, cassée et tordue, pendait de sa main robuste.

— L'endroit a des serrures fantaisistes que nous n'avons pas réussi à ouvrir sans un certain degré de destruction, dit Ruse en jetant un regard noir au plus grand des deux. J'ai essayé de suggérer à ce minable de s'assurer que tu pensais qu'il était sage d'entrer par effraction avant de continuer plus loin.

Thorn me faisait déjà signe d'entrer d'un geste pressant du bras.

— Nous aurions attiré beaucoup trop d'attention en restant dehors à discuter de la question – ou en la laissant dehors à se demander ce qui nous était arrivé. Elle est là maintenant.

Snap jeta un coup d'œil autour de la salle de stockage où je les avais rejoints.

— On dirait que personne n'est venu ici depuis longtemps.

Les étagères qui remplissaient l'espace étaient pour la plupart vides, et les quelques cartons délabrés qui restaient ne contenaient rien d'autre que le type de papier d'imprimante utilisé par l'entreprise. La date figurant sur une étiquette d'expédition m'informait que ce colis avait été livré cinq ans auparavant.

Cet endroit était-il vide depuis si longtemps ? Mes espoirs s'effondrèrent encore plus.

La salle de stockage s'ouvrait sur un couloir bordé de fenêtres basses. Les pièces de l'autre côté semblaient être des laboratoires, avec des tables et des réfrigérateurs en métal brillant à côté d'espaces vides qui ne contenaient rien d'autre que des éraflures sur le sol suggérant qu'il y avait eu d'autres équipements à cet endroit. Seule une lumière basse filtrait à travers les minuscules et hautes fenêtres extérieures en verre dépoli. Une odeur chimique amère flottait dans l'air.

Thorn nous fit entrer dans l'une de ces pièces par un tour similaire avec la serrure – si l'on peut appeler la force brute un « tour ». À l'intérieur, Snap s'accroupit près des marques de frottement. Le premier coup de langue provoqua une grimace qui se répercuta sur l'ensemble de son corps mince.

— De l'argent et du fer, dit-il, la voix tendue. Il y avait des cages ici.

Le genre de cages qui n'auraient été utilisées que pour détenir des ombres. Le groupe de l'épée à l'étoile avait enlevé les preuves évidentes, mais ils n'avaient pas prévu qu'un être avec les compétences de Snap inspecterait l'endroit.

— Peux-tu trouver quelque chose d'autre à leur sujet, quel genre d'êtres de l'ombre ils détenaient ? demanda Ruse.

Snap goûta une nouvelle fois et secoua la tête avec un frisson. Il continua à goûter l'air au-dessus et autour de la table, puis le réfrigérateur. Son beau visage se crispa dans un froncement de sourcils qu'il était douloureux de voir.

— Je ne peux pas goûter grand-chose sur les gens qui ont utilisé cette pièce, dit-il à voix basse. Mais ils faisaient quelque chose avec des créatures de l'ombre. Quelque chose qui faisait mal.

Les mains de Thorn se crispèrent le long de son corps. Mes propres doigts s'étaient recroquevillés dans mes paumes. Ce n'était pas comme si nous n'avions pas deviné que ceux qui avaient enlevé leur patron – et qui étaient probablement venus chercher ma tante Luna aussi – avaient des objectifs néfastes, mais s'ils avaient opéré à partir de ce bâtiment, il n'y avait plus aucun doute sur leurs intentions.

Nous avons inspecté chacune des salles de laboratoire à tour de rôle, même si mon estomac se nouait à la vue de la tension croissante qui transparaissait dans le comportement de Snap. Les impressions de toutes les expériences horribles qu'il devait glaner en valaient la peine lorsqu'il se redressa d'une armoire dans la dernière pièce avec un sourire éclatant.

« Je l'ai vu ! Quelqu'un qui a ouvert cette pièce récemment – quel que soit le moment où il a travaillé ici pour la dernière fois – avait le symbole de l'étoile avec les épées sur le dossier qu'il tenait. »

— Nous sommes donc bien au bon endroit. Je jetai un coup d'œil aux murs pâles qui nous entouraient avec un autre frisson de malaise. Meriden doit être notre homme. Mais jusqu'à présent, nous n'avions rien vu qui puisse nous rapprocher de lui.

— L'avant du bâtiment contenait plus de débris, dit Thorn. Quelque chose là-bas pourrait nous donner une idée de l'endroit où poursuivre notre enquête.

Je ne regrettais pas du tout de laisser derrière moi les laboratoires inoccupés. Nous passâmes une autre porte en acier pour atteindre la moitié avant du bâtiment, qui s'ouvrait sur un agencement de bureaux assez classiques.

Un labyrinthe de cloisons s'étendait sur le sol, séparant quelques douzaines de box, à l'exception de ceux qui s'étaient renversés. Les bureaux en acier étaient restés en place, mais bizarrement, aucune chaise n'avait été conservée. Une fontaine à eau sans son bidon se trouvait à côté d'une cafetière recouverte de poussière, juste à l'extérieur d'un petit coin cuisine. Le long du mur opposé, des portes donnaient accès à des bureaux privés, mais les plaques nominatives avaient été retirées de leurs supports en laiton.

Snap se mit immédiatement à goûter toutes les impressions qu'il pouvait trouver. Je pris une autre direction, fouillant les papiers froissés, les stylos séchés depuis longtemps et les autres déchets que les employés avaient laissés derrière eux, au cas où l'un d'entre eux contiendrait un indice d'identification qui ne nécessiterait pas de vaudou surnaturel pour être discerné.

Ruse suivit le même chemin que moi, inspectant les box de l'autre côté de l'allée. Alors que Snap et Thorn s'éloignaient, il me jeta un coup d'œil. J'étais penchée sur un bureau, m'efforçant d'atteindre un papier qui était tombé entre celui-ci et le mur de séparation auquel il semblait être boulonné.

Je m'attendais à ce qu'il fasse un commentaire insolent sur mon cul qui s'agitait, mais au lieu de cela, il disparut du champ de vision en clignant des yeux. Le papier disparut dans l'ombre, et une seconde plus tard, l'incube se tenait à côté de moi et me le tendait.

— Oh, merci. Je ne pus empêcher ma posture de se raidir un peu à la chaleur de son corps tout près du mien.

Je saisis le papier, qui ne contenait rien d'autre que quelques gribouillis obscènes avec des sexes. Quelle productivité étonnante !

Ruse recula, tordant la bouche en une grimace. Ses lèvres s'écartèrent, puis il hésita.

— Sorsha, dit-il enfin lorsque je commençai à me retourner.

— Quoi ? Le mot sortit plus brusquement que je ne l'avais prévu, mais je n'avais pas cherché à être aimable non plus.

— Je... Il laissa échapper un souffle, mais d'après son expression, j'eus l'impression qu'il était énervé contre lui-même, pas contre moi. Tu peux être en colère contre moi pour toujours si tu veux. Je ne te dis pas que je n'ai pas merdé. Mais je veux que tu saches que je n'ai pas brisé ta confiance pour m'amuser ou pour te manipuler de quelque manière que ce soit.

— Ah non ? Pourquoi l'as-tu fait, alors ?

Malgré mon ton toujours tendu, il avait l'air soulagé que j'aie posé la question.

— Je sais quelle valeur j'apporte généralement à la table quand les mortels sont concernés – ou plutôt, au lit.

Une fois l'acte terminé, je n'ai pas l'habitude de rester dans les parages. Personne ne s'est jamais plaint de mon départ. Quand tu as semblé vouloir que je reste avec toi, je n'ai pas su si je faisais des suppositions ou si… Je n'ai pas aimé l'idée d'abuser de mon hospitalité par inadvertance. Alors j'ai regardé dans ton esprit avant d'avoir le temps de saisir l'impulsion, juste pour m'assurer que c'était vraiment ce que tu voulais.

La seule chose que je ne veux pas, c'est que tu te sentes obligée, m'avait-il dit le soir où je l'avais invité dans mon lit. En me souvenant de cela et en voyant le remords qui se dessinait si maladroitement sur son beau visage espiègle, une partie de la trahison que j'avais ressentie s'effrita.

Qu'est-ce que ça devait faire, d'être traité comme si on n'avait d'autre valeur que ses prouesses sexuelles pendant des centaines d'années ? Peut-être que cela n'avait pas autant d'importance pour lui que pour un être humain, mais les hommes de l'ombre pouvaient tout de même ressentir la perte et la solitude. Même pendant les mois où j'avais fréquenté Leland, l'absence d'intimité réelle avait commencé à ternir les aspects amusants de notre arrangement.

Les compétences de Ruse m'avaient peut-être époustouflée, presque littéralement, mais je préférais de loin l'expérience d'une intimité humaine à une passion surnaturellement puissante. Enfin, si toutefois j'avais l'occasion de vivre cela pour de vrai.

— D'accord, dis-je. Je comprends que tu aies pu déraper. Mais je ne veux pas que tu le refasses.

Je regardai mes mains appuyées sur le bureau et je décidai que s'il s'était ouvert, je pouvais être un peu franche avec lui en retour. « Le fait qu'on me manipule l'esprit est un point particulièrement sensible pour moi.

Quand j'avais sept ans, alors que je rentrais chez moi un soir avec Luna, une autre ombre supérieure nous a repérées et s'est mise à se moquer d'elle parce qu'elle s'occupait d'une mortelle. Quand nous avons essayé de nous éloigner de lui, il a utilisé ses pouvoirs sur moi. »

— C'était un incube ? demanda Ruse doucement, mais ses yeux brillèrent d'une colère dorée.

— Je ne pense pas, mais il avait une sorte de pouvoir de charme. Il m'a appelée, m'a dit de sauter partout et de me mettre à quatre pattes et il m'aurait ordonné de le faire au milieu de la circulation si Luna ne s'était pas jetée sur lui à ce moment-là.

Ce souvenir fit monter une boule dans ma gorge.

« C'était horrible, je voulais résister, j'étais terrifiée par ce qu'il me faisait faire, mais j'étais piégée dans mon corps qui suivait ses ordres, bien que j'essaie de l'en empêcher. Je sais que tourmenter les gens n'est pas votre truc, mais l'idée que quelqu'un puisse utiliser son influence sur mon esprit me rappelle cette terreur. »

Si je n'avais pas été tout à fait sûre des remords de Ruse auparavant, il n'y avait pas d'erreur sur son expression à cet instant.

— Je déteste t'avoir rappelé cette époque et le fait que tu aies besoin de m'associer à cette ordure. Si je ne parviens pas à tenir la promesse de ne plus jamais déraper, tu es la bienvenue pour m'enflammer et applaudir pendant que je brûle.

Mes lèvres ne purent s'empêcher de tressaillir devant la véhémence avec laquelle il fit cette proposition.

— Je pense que je peux me débrouiller sans brûler personne. Voyons comment ça se passe. Et ne pousse pas le bouchon trop loin.

— Bien noté, dit l'incube avec un salut enjoué, bien que

ses yeux soient toujours aussi sérieux. Je m'apprêtais à reprendre mes recherches lorsqu'une voix joyeuse retentit dans la cuisine du bureau. Bien sûr, Snap avait fini par s'y retrouver plus tôt que prévu.

— J'ai quelque chose ! Il sortit en trottinant, le visage aussi radieux que ses cheveux bouclés. D'une main, il brandit une tasse à laquelle il manquait un tesson sur le côté. Cette tasse appartenait à Meriden. Il l'a ramenée de chez lui, et je peux voir la maison dans les empreintes qui sont restées dessus.

L'excitation m'envahit. Je me précipitai vers lui.

— Tu es sûr que c'est la sienne ?

Il inclina la tasse pour nous en montrer la base, l'air tellement satisfait de lui-même et si beau comme tout que je dus me retenir de l'embrasser.

— J'ai entendu quelqu'un prononcer le nom pendant qu'il la tenait, et regardez ça, c'est mis pour John Meriden, n'est-ce pas ?

Sur le fond de la tasse, les initiales J.M. étaient inscrites au feutre noir.

Je ris et je me contentai de serrer l'épaule de Snap dans une ébauche d'étreinte.

— Tu as réussi. Il ferait mieux de se méfier maintenant – nous allons venir le chercher là où il vit.

VINGT-ET-UN

Sorsha

Heureusement, les habitants de l'appartement que nous avions emprunté avaient laissé les clés de leur véhicule dans un bol près de la porte. Lorsque Ruse appuya sur la télécommande dans le parking à l'arrière de l'immeuble, un SUV argenté et brillant émit un bip.

Nous en prendrons soin, me dis-je alors que nous nous dirigions vers la voiture. Nous leur laisserons même un plein d'essence en guise de remerciement.

J'ouvris la portière du côté passager et mes sourcils se haussèrent.

— Oh, pour l'amour des frites de patates douces.

De l'extérieur, ce véhicule avait l'air d'un SUV tout à fait normal. L'intérieur puait les années 1960. Littéralement. Une odeur de patchouli musqué et terreux m'envahit. En fronçant le nez, je détaillai les mini-tapis rose vif posés sur le sol devant chaque siège et le pendentif *peace and love* qui scintillait, pendu au rétroviseur.

Peut-être qu'on aurait mieux fait de marcher.

Mais non, étant donné la maison que Snap avait décrite d'après les impressions sur la tasse de Meriden, nous nous dirigions vers les banlieues chics au nord de la ville, et c'était une sacrée randonnée, même pour moi. Je grimpai donc à l'arrière de la voiture avec Snap pendant que Ruse prenait le siège du conducteur et que Thorn étendait ses grandes jambes à côté de l'incube.

Mais je n'allais pas laisser faire cette agression des décennies passées sans réagir. Je tapotai sur l'écran de mon téléphone pour le connecter au système audio du SUV et je lançai la lecture de l'album *Private Dancer* de Tina Turner. Prenez ça dans les dents, les enfants du flower power.

Alors que les premières notes de *I Might Have Been Queen* sortaient des haut-parleurs, Ruse émit un rire complice. Il sortit le SUV de sa place de parking avec plus de facilité que je ne l'aurais espéré de la part d'un homme qui n'avait probablement eu besoin d'utiliser ses talents de conducteur qu'une fois par décennie, et nous partîmes.

Nous cherchions une grande maison de style colonial : des murs blancs, des fenêtres à pignon et des colonnes de chaque côté de la double porte d'entrée. Une grande pelouse avec un arbre pour ombrager l'allée. Et surtout, parce qu'il y avait probablement un millier de maisons en banlieue qui correspondaient au reste de la description, Snap avait aussi aperçu une statue en bronze représentant un cheval cabré, posée à côté du perron. Il ne restait plus qu'à espérer qu'elle soit encore là après le nombre d'années qui s'étaient écoulées depuis que Meriden avait travaillé dans l'immeuble de bureaux.

J'ouvris mon application de navigation.

— Continuez à aller vers le nord sur cette rue jusqu'à ce que je vous dise d'arrêter, ordonnai-je à Ruse. On a encore du chemin à faire.

— À vos ordres, miss Blaze !

Ne se prenant que quelques coups de klaxon – Ruse n'était pas très doué pour changer de file – nous contournâmes le centre-ville et entrâmes dans le quartier riche où j'avais mis le feu à la maison de plus d'un collectionneur. J'envoyai l'incube se balader dans les rues pendant que le reste d'entre nous scrutait les maisons derrière nos vitres.

Au bout de quelques heures, ma vue commençait à se brouiller à force de fixer les choses si longtemps. Snap émit un léger sifflement entre ses dents.

— Je ne vois pas la même maison – pas comme je l'ai goûtée dans la tasse. Je ne suis pas sûr que c'était dans cette ville.

— ça pourrait être à l'extérieur de la ville, admis-je avec une grimace. Il faudrait des jours pour parcourir toute l'agglomération – si même cela nous permettait de trouver ce que nous voulions. Peut-être qu'après tout, je devrais remettre notre destin entre les mains d'une bande de pirates informatiques du marché noir.

— Maintenant qu'on y est, autant faire de notre mieux, dit Ruse d'un ton enjoué. Je suppose qu'il aimait conduire.

Nous continuâmes jusqu'à ce que mon estomac commence à grogner qu'il avait besoin de quelque chose de plus substantiel que le sachet de chips goût barbecue et la tasse de café que j'avais avalés en guise de déjeuner. Suite à un gargouillement particulièrement fort, Thorn se retourna sur son siège avec un regard interrogateur. Alors que les dernières notes de *The Joshua Tree* s'évanouissaient des haut-parleurs, j'admis ma défaite. Nous n'avions toujours pas trouvé ce que nous cherchions.

— Rentrons dîner, et j'essaierai de trouver un moyen de contacter mes associés sur Internet sans qu'on se fasse tuer.

— Je suis d'accord avec ça, dit Ruse. Même lui commençait à paraître un peu fatigué.

Nous empruntâmes une dernière rue résidentielle, en direction du sud. Au moment où les maisons commençaient à se faire plus petites et les pelouses à être plus pelées, Snap se colla à sa vitre.

— Stop ! Là, dans la rue que nous venons de passer. Faites demi-tour !

Nous eûmes droit à cinq coups de klaxon pour la manœuvre suivante de Ruse, qui fit un demi-tour puis tourna à gauche suite à la demande pressante de son compagnon. Snap fit un geste en direction d'une maison située à trois coins de rue : des murs blancs un peu défraîchis, une peinture qui s'écaillait sur les colonnes de part et d'autre de la porte, un chêne un peu ébouriffé au bord de l'allée. La lumière du soleil de fin d'après-midi scintillant sur la sculpture ternie d'un cheval cabré à côté du perron.

Ruse laissa échapper un petit sifflement.

— Beau travail.

Il eut assez de discernement pour avancer un peu plus loin avant de se garer devant une maison de l'autre côté de la rue. Je louchai sur la maison que Snap avait indiquée, notant une caractéristique clé qu'il n'avait pas relevée dans sa vision.

— Meriden n'habite pas toute la maison. C'est divisé en appartements. Il y a trois boîtes aux lettres différentes à côté de la porte.

Ruse fit un signe vers l'allée qui longeait la maison et menait à un garage situé plus loin. « Et une autre sur le côté. » Une autre porte se trouvait en haut de quelques marches en béton avec sa propre boîte aux lettres, peut-être une entrée séparée pour le sous-sol ou un appartement à l'arrière.

— Il semble que nous puissions être raisonnablement sûrs que l'objet de notre intérêt réside quelque part dans cet endroit, dit Thorn. Il me jeta un coup d'œil. Nous devrions enquêter pendant que tu restes ici, Milady. Nous ne savons pas à quel point la maison de Meriden peut être surveillée. Tu pourras faire le guet au cas où il partirait pendant que nous menons nos recherches.

— Je ne sais même pas à quoi il ressemble, protestai-je. Je ne voulais surtout pas rester dans la voiture comme une gamine qui attend que ses parents fassent une course. Bien sûr, les hommes de l'ombre pouvaient se faufiler sans être vus et moi non, mais ce type travaillait avec – ou sur – les hommes de l'ombre depuis des années. Il pourrait être capable de les détecter de toute façon. Ils ne devraient pas avoir à prendre tous les risques, surtout quand c'est moi qui avais eu l'idée d'enquêter.

— Prends note de tous les hommes qui quittent les lieux, alors.

— Mais…

Les yeux sombres de Thorn devinrent aussi durs que l'obsidienne.

— Tu restes ici. Tu ne pourrais rien faire de plus que nous à l'intérieur pour aider à l'enquête.

Cette déclaration me piqua au vif. Je me raidis, cherchant une réponse avec un argument acceptable.

— Il est peu probable qu'il ait laissé traîner des preuves évidentes de son lieu de travail, compte tenu de la prudence dont font preuve les membres du groupe de l'épée à l'étoile. Je connais la ville, je connais les mortels. Je pourrais me rendre compte de quelque chose d'important que vous ne verriez pas.

— Si nous ne trouvons rien, alors nous y réfléchirons.

— Il est peut-être chez lui, fit remarquer Ruse d'un ton d'excuse. Tu ne pourrais pas te pavaner dans son appartement pendant qu'il est là de toute façon.

Je soupirai. Alors que je m'enfonçais dans le siège parfumé au patchouli, ce rappel suscita une question que je n'avais pas pensé à poser auparavant. Je me tournai vers Snap.

— Si Meriden est là-dedans... peux-tu le tester et relever des impressions d'autres endroits où il est allé, ou... ?

Je m'interrompis voyant la grimace qui crispait le visage céleste de l'homme de l'ombre. Tout son corps se tendit, ses yeux verts devinrent momentanément sombres et lointains, comme s'il voyait quelque chose de très loin qu'il aurait préféré ne jamais avoir vu. Puis il se tourna vers ses compagnons, toujours rigide sur son siège.

— Non, dit-il, un frémissement parcourant sa voix claire. Je ne le ferai pas. Omen a dit... Nous étions d'accord...

— Hé ! dit Ruse du même ton doux et chaleureux qu'il avait utilisé avec moi quand j'étais au bord de l'asphyxie l'autre soir. Il s'approcha pour saisir la main de Snap. Nous ne te demandons rien de tel. Ne t'inquiète pas. Elle était juste curieuse – elle ne savait pas.

Je jetai un coup d'œil de l'un à l'autre.

— Qu'est-ce que je ne sais pas ?

Les épaules de Snap s'étaient abaissées sous l'effet de l'assurance de l'incube, mais il avait toujours l'air hanté, comme si une autre sorte d'ombre s'était levée à travers sa luminosité habituelle. Il expira brusquement et sembla se ressaisir des émotions que ma question avait ravivées.

— C'est différent avec les êtres vivants. Ce n'est pas quelque chose que je voudrais faire.

Je pouvais encore entendre un non-dit dans la résistance qui traversait sa voix et dans la façon dont son regard se détournait de moi. Quelque chose à propos de ses capacités… l'horrifiait ? Par Hadès, comment cela pouvait-il être si mauvais pour qu'il réagisse comme ça ?

Sous cette innocence joyeuse, ce dieu du soleil avait ses propres cicatrices. Des cicatrices et des secrets.

J'avais envie de le toucher comme l'avait fait Ruse, de lui dire que je savais ce que c'était que de ravaler sa douleur, que je n'allais pas le juger pour ce qui le hantait. Mais ce n'était pas le moment de découvrir ces secrets. Nous avions attendu assez longtemps.

Je me laissai aller à serrer rapidement son bras.

— Je suis désolée d'en avoir parlé. Je ne savais pas. Je suis sûre que tu peux remuer toutes sortes de boues utiles comme d'habitude. C'est toi qui nous as amenés ici, après tout.

Snap me regarda en clignant des yeux, et une lueur de sa curiosité habituelle revint. Il se tourna vers Ruse.

— Pourquoi voudrions-nous remuer de la boue ?

L'incube se fendit d'un sourire.

— Encore une de ces expressions stupides de mortels. Allez, on y va. Si nous n'avançons pas rapidement, Thorn risque d'exploser d'impatience.

— Je ne suis pas si limité en matière de maîtrise de soi, grommela notre guerrier, mais il disparut incroyablement vite dans les ombres autour de son siège après la remarque de Ruse. Les deux autres s'éclipsèrent une seconde plus tard.

Je refusai de m'enfoncer dans le siège. Même si cela aurait peut-être été une bonne tactique pour éviter que quelqu'un ne se demande pourquoi j'étais assise ici, toute seule. Je préférai tripoter mon téléphone, comme si je devais finir absolument ce niveau du dernier jeu à la mode avant de pouvoir me rendre où j'étais censée aller.

Toutes les deux secondes, je jetais un coup d'œil vers la maison de Meriden et tout autour, mais personne ne sortait, et bien sûr je ne voyais pas mes amis de l'ombre. « Just a small town girl living in a lonely world », fredonnai-je pour moi.

Comme par hasard, le téléphone que j'avais entre les mains se mit à vibrer. Le numéro de Vivi s'afficha sur l'écran. J'avais la gorge serrée en répondant, même si j'aurais dû me réjouir de cette distraction.

— Coucou ! dis-je avec autant d'enthousiasme normal que je pouvais feindre. Quoi de neuf ?

— Je t'appelais pour te demander ça justement, ma copine. Tu as l'air de faire toutes sortes de plans mystérieux ces derniers temps.

Son ton était taquin, mais je grimaçai tout de même intérieurement.

— Pas vraiment. Honnêtement, tout ce que je fais en ce moment, c'est traîner toute seule. Ce n'était pas un mensonge ! D'une certaine manière, je ne m'en sentais pas très fière.

— Pas de nouvelles excitantes, alors ?

— Toujours rien. Je te promets que quand j'aurai quelque chose à te dire, tu seras la première à le savoir. Je n'allais rien dire à personne tant que je ne saurais pas que des hommes armés de gaz et de fusils n'allaient pas s'en prendre à toutes les personnes au courant.

Vivi éclata de rire, ce qui n'avait pas vraiment de sens – je n'avais pas rien dit de drôle. Quelque chose dans son ton était un peu forcé. L'appréhension me saisit.

— On devrait se retrouver pour une vraie sortie un de ces quatre, dit-elle avant que je ne puisse continuer. Tu viendrais chez moi, on choisirait un autre film sur notre liste, on commanderait du thaï. On aurait bien besoin de se détendre toutes les deux, tu ne crois pas ?

— Oui. Tu sais que je suis toujours partante pour une soirée film et bouffe thaïe. Je marquai une pause. Tout va bien pour toi, Vivi ?

Ces salauds ne l'avaient pas harcelée d'une manière ou d'une autre simplement parce qu'ils avaient découvert notre amitié j'espérais.

— Quoi ? Bien sûr ! Mes tête-à-tête avec ma meilleure copine me manquent c'est tout. Hé, tu peux me rappeler où est cette boutique de fripes à l'est de la ville dont tu m'avais parlé. Je pensais faire un peu de shopping après le travail demain.

Ce n'était pas une question étrange, et je ne voyais pas comment elle aurait pu être motivée par des méchants, mais le fait qu'elle passe d'un sujet à l'autre me sembla quand même bizarre. Se raccrochait-elle à tout pour que nous continuions à parler ? Pendant que je lui donnais les instructions, je tendais l'oreille à la recherche d'un bruit de fond qui aurait pu m'en dire plus que ce qu'elle disait, mais mes oreilles ne captèrent rien.

« D'accord, parfait, dit-elle quand j'eus terminé, et elle laissa échapper un autre gloussement. Donc, tu es chez toi en ce moment ? »

Je ne pouvais pas expliquer facilement où j'étais, alors...

— Oui. Je finis juste de dîner, en fait, faut que je raccroche. Ça m'évitait d'avoir à mentir encore plus à ma meilleure amie. Disons vendredi pour la soirée cinéma ? Si ma vie était toujours précaire d'ici là, je pourrais toujours annuler.

— Ça me va. Est-ce qu'il y a autre chose que je peux faire en attendant ? Tu ne devrais pas avoir à te débrouiller seule pour quoi que ce soit.

Sa voix avait pris un ton inquiet. Je grimaçai, mais je n'étais pas vraiment seule dans cette mission, n'est-ce pas ?

— Je sais, Vivi. Merci.

— Eh bien, je suppose que je te verrai à la prochaine réunion !

Elle raccrocha sans son habituel « Idem ». Bien sûr, elle ne disait pas toujours cela quand nous nous quittions, peut-être même pas la moitié du temps, alors cela ne voulait pas forcément dire quelque chose. Rien dans la conversation n'avait été ouvertement bizarre. La tension des derniers jours s'était peut-être simplement infiltrée dans toutes mes perceptions.

Pourtant, une inquiétude plus profonde s'empara de moi alors que je reportais mon attention sur la maison de Meriden. Les gars avaient-ils trouvé quelque chose ? Étions-nous tombés dans un piège ? Pourquoi étais-je là, inutile, sans la moindre idée de ce qui se passait avec les personnes qui comptaient pour moi ?

Ma main se posa sur la portière. Je savais que c'était une mauvaise idée d'aller là-bas, mais s'ils avaient des ennuis...

J'hésitais encore entre le bon sens et l'impatience

lorsque le trio se mit à m'entourer comme s'il n'était jamais parti. Aucun d'entre eux n'avait l'air vraiment heureux, mais ils semblaient être revenus entiers.

— Alors ? demandai-je avant qu'ils n'aient eu le temps de s'exprimer.

— Il vit bel et bien là-bas, annonça Ruse.

La bouche de Thorn formait cette ligne sérieuse habituelle.

— L'appartement du fond. Nous avons beaucoup de preuves, mais rien qui indique où il pourrait passer son temps autrement – et il n'y était pas.

Snap fit une grimace comme si c'était de sa faute.

— Nous savons à quoi il ressemble maintenant. Les impressions que j'ai relevées étaient surtout matinales et nocturnes. Il est peut-être là où se trouve Omen le reste du temps. Il jeta un coup d'œil vers les autres, comme s'il attendait qu'ils confirment.

Thorn acquiesça.

— On reviendra demain et on verra où il va après avoir terminé sa routine matinale. Ensuite, on saura où ce Meriden accomplit sa misérable besogne en ce moment.

VINGT-DEUX

Sorsha

Lorsque nous rentrâmes à l'appartement après avoir acheté un repas au drive, la nuit était tombée. La seule lumière venait des poteaux aux coins du parking. La brise chaude transportait un soupçon de fumée – d'après son odeur, il s'agissait d'un feu de poubelle. Superbe quartier dans lequel nous avions atterri…

Puisque nous avions les clés volées, j'entrai par le hall comme si j'habitais dans l'immeuble, tandis que le trio suivait dans l'ombre. Inutile d'attirer l'attention sur nous avec la beauté frappante des gars et le physique presque inhumain de Thorn.

Une femme d'âge moyen en chemisier turquoise regardait son courrier près des boîtes aux lettres. Elle ne me jeta même pas un coup d'œil lorsque je la dépassai pour me diriger vers les escaliers. Je ne pensai rien d'elle ni du fait qu'elle se retrouve à me suivre de près. Ce n'est que lorsqu'elle déboucha au deuxième étage après moi que je réalisai que j'avais peut-être un problème. Elle connaissait peut-être assez bien ses voisins de palier pour savoir que je n'étais pas à ma place dans l'appartement où je me rendais.

Il suffisait d'une petite astuce. Je m'arrêtai et marmonnai un juron, comme si je me souvenais de quelque chose qui m'agaçait. Puis je me rapprochai du mur pour fouiller dans mon sac à main. La femme passa derrière moi… et continua jusqu'à la cage d'escalier au fond du couloir.

C'était étrange. Peut-être avait-elle pris un chemin plus long pour se rendre à son étage afin de faire un peu d'exercice ? J'eus la chair de poule tandis que je parcourais la dernière petite distance jusqu'à la porte de l'appartement et que je m'esquivais à l'intérieur.

Les gars mirent quelques secondes à apparaître, et quand ils le firent, ils étaient en pleine discussion.

— Comment ont-ils pu savoir qu'on était là ? dit Ruse. On vient juste de rentrer de chez Meriden, et elle était déjà dans le hall.

— Ils nous ont peut-être suivis depuis l'immeuble de bureaux, dit Thorn en se tournant vers moi. Il faut qu'on parte. La femme qui t'a suivie s'est arrêtée et elle a regardé dans quel appartement tu étais entrée, puis elle a immédiatement sorti son appareil de communication. Elle devait nous attendre. Et si une partie de nos ennemis sait que nous sommes dans cet immeuble, les autres attendront à proximité.

Mon pouls s'interrompit sous l'effet d'une poussée d'adrénaline. Putain de merde. Heureusement, j'avais emporté mon sac à dos pour le trajet, et j'avais donc presque toutes mes affaires. Mais je ne pouvais pas partir sans…

— Pickle ! Je l'appelai, d'une voix basse, mais pressante. Pickle, viens, il faut qu'on y aille.

Le petit dragon s'élança hors de la chambre où j'avais dormi, des touffes de plumes s'accrochant à ses écailles et flottant dans l'air autour de lui. Il avait dû trouver un oreiller en duvet pour s'y nicher, bon sang.

Nous n'avions pas le temps de réparer les dégâts causés chez nos hôtes involontaires. Je me penchai, ouvris mon sac à main, et lui fis signe de sauter à l'intérieur. Il hésita une seconde, puis s'élança. Je tirai d'un coup sec sur la fermeture Éclair pour le cacher, ce qui me valut un grognement de protestation.

Pendant ce temps, Thorn s'était de nouveau éclipsé dans l'ombre. Il revint dans le hall d'entrée avec une expression encore plus grave qu'auparavant.

— Ils sortent des escaliers aux deux extrémités du couloir, dit-il. Ils sont plus d'une douzaine et cette fois, ils sont équipés comme ceux qui ont kidnappé Omen.

Je fis passer la lanière pendante de mon sac à dos sur mon autre épaule et je serrai mon sac à main contre moi.

— Il n'y a pas d'issue de secours cette fois. Tu crois qu'on a une chance de les doubler dans le couloir ?

— À nous trois, nous pourrions emprunter un chemin de traverse, mais toi… Thorn pencha la tête sur le côté, comme s'il avait entendu quelque chose dans le couloir. Son expression était résolue. Il pivota sur ses pieds. La voiture est… par là. Saisissant mon poignet pour m'attirer vers lui, il s'élança dans le couloir en direction des chambres.

— Qu'est-ce que… ? réussis-je à dire alors que Ruse et Snap se précipitaient sur nous. Avant que je puisse répondre à cette question, Thorn m'avait lâchée pour foncer sur la porte de la chambre. Elle sortit de ses gonds dans un craquement de bois qui éclate… et Thorn continua à avancer, les poings tendus devant lui, droit vers le mur du fond.

Il le percuta de plein fouet, les bras en premier, et le traversa de part en part, le plâtre et le contreplaqué s'effritant autour de lui pour pleuvoir sur le sol. Alors que mes pieds s'immobilisaient au milieu de la pièce, je restai bouche bée devant le passage de la taille de Thorn qu'il avait ouvert entre cet appartement et celui d'à côté. Oh, mon Dieu, ce type ne faisait pas les choses à moitié, n'est-ce pas ? Nous avions bien plus qu'un oreiller crevé à nous faire pardonner maintenant.

Si j'avais eu des doutes sur le fait de lui courir après, ils furent dissipés en un instant par le bruit de la porte de notre appartement qui s'ouvrait derrière moi. Oui, nous avions bel et bien dépassé la durée de notre séjour autorisé ici. Je me jetai dans l'ouverture fracassée à la suite de Thorn.

Il avait déjà traversé l'appartement du voisin et était sorti par l'autre extrémité, laissant un autre trou béant dans le mur de la cuisine. Des cris s'échappaient du salon. Alors que nous passions, je vis une jeune femme sautiller frénétiquement devant son canapé, comme si elle pensait avoir affaire à une très grosse souris qui risquait de remonter le long de sa jambe.

Une personne de plus à ajouter à la liste des lettres d'excuses que je n'enverrai jamais.

Des cris retentirent derrière nous. J'accélérai, passai par le trou de la cuisine et dépassai un couple de personnes âgées assises, figées par le choc, leurs fourchettes à mi-chemin de leurs bouches.

— Vraiment désolée ! réussis-je à leur lancer en courant.

— Envoyez la facture à la bande qui nous suit, suggéra Ruse en riant à perdre haleine.

Une bouffée d'air extérieur s'engouffra dans le trou de la chambre du couple. Les bords déchiquetés des parpaings et des briques dépassaient tout autour, encadrant la nuit et les lumières du parking. Lorsque je l'atteignis, je déglutis. Je savais que Thorn était fort, mais putain, c'était une machine à démolir. Y avait-il quelque chose qu'il ne pouvait pas défoncer ?

Je connaissais déjà la réponse : l'argent ou le fer, ou les deux. Ce que les méchants qui nous poursuivaient devaient sans aucun doute transporter en abondance.

Thorn se tenait sur le sol, deux étages plus bas. Il tendit les bras.

— Saute ! Je t'attraperai.

Il parlait de moi, évidemment. Snap disparut dans l'ombre et émergea à côté de lui un instant plus tard. Ruse me fit un pouce encourageant.

— Je ne l'ai jamais vu faire ça avant, mais je pense que tu peux compter sur lui pour nous assurer que tu ne vas pas t'écrabouiller, dit-il avec un clin d'œil, avant de jeter un coup d'œil derrière nous. Contrairement à notre fan-club tenace.

Mon sens de l'autopréservation était partagé entre la peur de la chute de trois mètres et la peur des armes que les ennemis qui nous poursuivaient pouvaient avoir. Au moins, comme l'avait dit Ruse, le type en bas voulait que je survive. J'aspirai une bouffée d'air, serrai mon sac à main contre ma poitrine et m'élançai dans l'air.

Mon estomac vola jusqu'à ma gorge et mes cheveux se dressèrent sur ma tête. Je n'eus qu'une seconde pour laisser éclater ma terreur avant que mon corps ne se heurte à deux bras incroyablement forts.

Thorn me rattrapa avec juste assez de force pour que l'impact ne me laisse qu'une douleur fugace dans le dos. Il ne me mit pas à terre pour autant, mais sprinta avec moi vers le SUV. Ma tête cognait contre sa poitrine généreuse. Son odeur m'emplit le nez, musquée avec une pointe de fumée comme des charbons qui viennent d'arrêter de brûler : chaleur et avertissement enveloppés ensemble.

Ruse nous avait dépassés à travers les ombres et était en train de démarrer la voiture. Depuis le siège arrière, Snap nous regardait à travers la vitre. Thorn ouvrit la portière d'un coup, me jeta à côté de Snap et plongea sur le siège du passager avant.

J'atterris au milieu du siège, ma hanche heurtant l'une des attaches de ceinture, mais je ne pouvais pas vraiment me plaindre de l'empressement du guerrier. Des cris et des bruits de pas résonnaient bien trop près derrière nous.

À la seconde où Thorn se matérialisa à l'intérieur du véhicule, Ruse appuya sur l'accélérateur. Le SUV recula et fit demi-tour. Je basculai sur le côté, me heurtant à la mince carrure de Snap. Il m'attrapa le bras pour me stabiliser tandis que Ruse faisait crisser la gomme, dévalant l'allée en trombe et s'enfonçant dans les rues.

— Désolée, dis-je à Snap, en fouillant dans mes sacs. Je posai mon sac à main dans le coin le plus éloigné, sur le tapis à poil long du sol, là où je pensais que Pickle risquait le moins d'être écrasé.

— Ce n'est pas grave, dit Snap à voix basse. La lumière des réverbères qui passaient à côté de lui scintillait dans ses yeux. Lorsque le rugissement de plusieurs autres moteurs nous parvint, ils s'ouvrirent plus grand. Ils seront capables de nous rattraper, tu crois ?

Ruse laissa échapper un ricanement rauque.

— Je jure sur ma libido que je vais tout faire pour qu'ils ne le fassent pas.

— On ne peut pas rester dans ce véhicule, dit Thorn. Ils vont l'avoir repéré maintenant. Dès que nous le pourrons, nous devrons l'abandonner et continuer par d'autres moyens.

— Sans blague. Je pense que je ferais mieux de semer les dangereux malades derrière nous d'abord, n'est-ce pas ?

Thorn émit un murmure d'assentiment, et Ruse donna un coup de volant, nous faisant tourner brusquement à quatre-vingt-dix degrés – et puis, un instant plus tard, un autre. Je n'avais pas encore eu le temps d'attacher ma ceinture de sécurité. L'élan me projeta à nouveau contre Snap, et la deuxième embardée me fit atterrir sur ses genoux.

Je suppose que je vais devoir me résigner à être une balle de ping-pong pendant tout le trajet. C'était mieux que ce que la bande de l'épée à l'étoile voulait faire de moi.

— Désolée, dis-je à nouveau à Snap alors que son bras se levait pour me soutenir. Il secoua la tête en souriant, comme pour dire qu'il n'avait pas besoin d'excuses.

Alors que le SUV était secoué d'avant en arrière par les manœuvres rapides de Ruse, j'oscillai et m'agrippai aux genoux de Snap. Dès que nous eûmes cessé de nous balancer, j'essayai de me dégager pour lui laisser au moins un peu d'espace. Mon épaule heurta sa poitrine et, d'un seul coup, le corps de Snap se raidit contre le mien.

Je me maintins immobile, mon regard se portant sur lui pour vérifier si je ne l'avais pas blessé par inadvertance. Je n'avais jamais été aussi près de son visage divinement beau, à quelques centimètres seulement. Sa poitrine me chatouillait le bras, et ses yeux verts moussus me fixèrent, aussi déconcertés que si je m'étais soudain transformée en caribou à pois.

Quelque chose n'allait manifestement pas. Je déplaçai mon poids pour m'écarter de lui, et une autre embardée de la voiture me fit glisser à nouveau sur ses genoux. Mon cul se pressa contre l'aine de Snap – contre une forme solide qui était encore plus rigide que le reste de son corps.

Oh. Oh. Mes yeux se posèrent à nouveau sur les siens, juste au moment où ils brillaient d'un vert plus vif, comme cet aperçu de néon que j'avais eu dans la salle des collectionneurs. Sa main s'appuya sur ma cuisse, puis se retira comme s'il ne savait pas trop où la mettre. La chaleur s'infiltra entre nous partout où nos corps se touchaient, ce qui, à ce stade, représentait beaucoup de surface.

Il était donc bien capable d'être excité. D'après son expression incertaine, il n'en était pas plus conscient que moi. Mais maintenant que je l'avais remarqué, je ne pouvais plus me tromper sur le renflement de son érection.

Ses pupilles s'étaient légèrement dilatées, sa respiration était plus courte et plus rapide que d'habitude. En réponse, un picotement parcourut mes poumons et descendit jusqu'au haut de mes cuisses. Il était excité à ce point, probablement pour la première fois de son existence, à cause de moi. Et chaque partie de moi était totalement d'accord avec ça. Je n'arrivais pas à savoir à quel point lui l'était.

Ce n'était pas comme si nous étions en position d'explorer davantage les possibilités. L'intensité gênante du moment s'interrompit dans un crissement de pneus. Ruse fit tourner le SUV dans l'autre sens, et je volai sur le dos, me rattrapant de justesse avant que ma tête ne heurte la portière opposée.

Après une nouvelle accélération, l'incube appuya sur le frein et coupa le moteur.

— Ils ne nous trouveront pas ici avant un petit moment. Il ne nous reste plus qu'à savoir où nous irons après.

Nous nous étions arrêtés dans une ruelle si étroite que je pouvais à peine me glisser hors du SUV. Heureusement que les hommes de l'ombre, en particulier Thorn, n'avaient pas à se préoccuper des portières. L'arrière des bâtiments en brique se profilait de chaque côté de nous ; les lueurs des réverbères n'apparaissaient que faiblement au loin. Je n'avais aucune idée de l'endroit où nous avions atterri, mais ce n'était pas un endroit où il était facile de tomber.

— Il nous faudra un autre véhicule. Thorn fit un geste à Ruse. Pourquoi ne pas te faufiler et voir ce que tu peux trouver qui ne pourrait pas être facilement relié à nous ? Je vais patrouiller la zone pour m'assurer que nos ennemis ne nous ont pas suivis de trop près. Il me jeta un coup d'œil ainsi qu'à Snap. Vous deux, préparez-vous à fuir s'il le faut, mais restez ici pour l'instant au cas où nous ne trouverions pas d'autre véhicule à temps. Je ne serai pas long. Ruse a intérêt à ne pas l'être non plus.

— Je peux comprendre l'allusion, dit l'incube. Ils s'éclipsèrent tous deux dans l'obscurité, nous laissant, Snap et moi, dans le silence.

Dans l'espace restreint qui me permettait d'ouvrir la portière, j'empoignai mon sac à main sur le sol et je donnai à Pickle une tape réconfortante à travers le matériau. Il murmura son mécontentement.

Snap entra dans l'ombre et en ressortit par l'arrière du

SUV. Je m'appuyai contre le coffre, à l'opposé de lui, pour lui laisser l'espace que je n'avais pas pu lui laisser dans la voiture. Snap regarda l'allée en direction de ce lointain halo de lumière artificielle. Dans la pénombre, je crus voir que ses joues avaient rougi, mais un coup d'œil à ses parties intimes me montra qu'il n'était plus, euh, au garde-à-vous.

Nous restâmes là en silence pendant quelques minutes. Puis les mots jaillirent de ma bouche avant que je n'aie le temps de réfléchir.

— Il n'y a pas lieu d'en faire tout un plat, tu sais. C'est une réaction tout à fait naturelle que n'importe qui peut avoir dans un contact étroit comme celui-là. Juste une petite friction peut remuer les choses.

Sa tête pivota avec sa grâce serpentine pour me regarder.

— Juste une petite friction, répéta-t-il, sur un ton que je ne pouvais pas décrypter. C'est tout ce que ça représente pour toi ?

J'ouvris la bouche et je la refermai, brusquement déstabilisée.

— Pas toujours, dis-je finalement. Mais je peux le voir comme ça si c'est ce que tu préfères.

Il détourna le regard en passant sa langue sur ses lèvres.

— Je ne sais pas. Je… Il marqua une pause, semblant se débattre avec ses mots autant que moi. Ce n'est pas une sensation à laquelle je suis habitué. C'était… inattendu. Pendant que ça se passait, j'avais très envie que ça se termine, mais j'avais aussi envie de plus. Je ne sais pas quelle préférence était la plus forte.

Je me surpris à me mouiller les lèvres à mon tour. Je n'allais certainement pas le pousser à bout, mais…

— Eh bien, si tu te décides pour « plus », fais-le-moi savoir.

Il se glissa contre le coffre en inspirant fort, mais avant qu'aucun de nous ne puisse dire quoi que ce soit d'autre, Ruse apparut devant nous. Il agita son pouce vers l'extrémité de la voie.

— J'ai un taxi qui attend dans cette direction, avec un chauffeur très agréable qui ne notera pas le prix de la course. Où est le balourd ?

— Ici même. Thorn sortit de l'ombre au moment où l'incube finissait de parler. Nos poursuivants ne sont pas encore arrivés jusqu'ici, mais nous devrions nous dépêcher. Nous ne pouvons pas nous abriter pour la nuit dans un de ces taxis.

Une idée me vint à l'esprit, si appropriée que j'aurais pu rire si la tension n'avait pas encore été nouée dans ma poitrine.

— Je connais l'endroit idéal où nous pourrions aller.

VINGT-TROIS

Sorsha

Même si le charme de Ruse était indéniable, nous demandâmes au taxi de nous déposer à cinq minutes de marche de notre destination. L'incube salua le chauffeur d'un air amusé et lui dit d'un ton séducteur :

— Merci, mon ami. Vous allez retourner en ville et oublier que vous êtes venus ici.

Alors que le taxi s'éloignait, Thorn me jeta un coup d'œil.

— Quel est cet endroit où tu voulais que nous allions ?

Je commençai à marcher, pointant du doigt l'enseigne lumineuse du motel devant nous, et ses lettres déformées par la moitié des ampoules grillées.

— C'est un endroit où les gens vont spécifiquement quand ils veulent que personne ne sache où ils sont allés.

Chaque fois que Vivi nous avait conduites dans les magasins d'usine situés plus loin, nous étions passées devant le motel dont l'enseigne usée par les intempéries proposait des tarifs horaires. C'était devenu une plaisanterie récurrente, où l'on inventait des histoires sur les personnes souhaitant tellement l'anonymat qu'elles prenaient une chambre dans un endroit qui semblait tout droit sorti d'un film d'horreur. Un type ayant une liaison avec la sœur de sa femme – qui était aussi l'institutrice de son enfant et la petite amie de son frère. Un fantassin de la mafia en fuite à la fois de la mafia et des flics, après un incident catastrophique impliquant un plat de cannelloni jeté. Et ainsi de suite.

Maintenant, j'allais pouvoir faire l'expérience directe de ce désespoir. J'avais de la chance.

L'affiche indiquait également que la direction n'acceptait que les paiements en espèces, parce qu'elle était vraiment classe. Ma main se posa sur mon sac alors que nous approchions de la réception, mais Ruse me fit un geste dédaigneux.

— Je m'en occupe.

Ces derniers jours, mes activités criminelles s'étaient multipliées comme des lapins. Après une nouvelle évasion musclée et en regardant les bardeaux miteux du toit du motel, je n'arrivais pas à me convaincre de me soucier de cette dernière escroquerie.

— Je t'en prie.

Comme nous l'avions convenu à voix basse dans le taxi, Snap et Thorn restèrent dans l'ombre pendant que Ruse et moi entrions. Je jetai un coup d'œil à la lampe fluorescente qui clignotait au plafond, à la planche à clous sur laquelle pendaient des clés ternies avec des porte-clés numérotés, et aux rideaux à fleurs délavés qui devaient avoir au moins quelques décennies, et je retins un petit rire hystérique. Je me trouvais au beau milieu d'un véritable cliché. La seule chose qui manquait était d'être assassinée dans mon sommeil, mais qui sait, on avait encore du temps pour ça.

Ruse s'approcha de la réception au vernis inégal et adressa un de ses beaux sourires à la femme qui s'y trouvait, et qui avait sous les yeux des poches assez grandes pour contenir de la monnaie.

— Bonjour, chérie, dit-il de la même voix que celle qu'il avait utilisée pour le chauffeur de taxi.

La femme nous jeta un regard d'ennui total, mais au fur et à mesure que Ruse faisait durer le bavardage, une chaleur amicale apparut dans ses yeux. Lorsqu'il lui demanda « deux chambres, côte à côte, avec une porte communicante si vous avez », elle était si heureuse de pouvoir l'aider qu'elle lui tendit deux clés sans la moindre trace de scepticisme à l'égard d'un jeune couple qui demandait des chambres séparées.

— Nous aurions pu nous contenter d'une seule, lui dis-je après que nous fûmes retournés à l'extérieur. Ce n'est pas comme si vous aviez besoin de lits tous les trois.

Ruse me fit un clin d'œil.

— Je respectais ton intimité. En plus, j'ai besoin de ma dose de télévision câblée de fin de soirée, et je ne voudrais pas t'empêcher de dormir.

Je roulai des yeux, mais la vérité était que je me sentais mieux d'avoir un petit espace que les ombres n'envahiraient pas. Et même si l'incube et moi étions en meilleurs termes maintenant, je n'avais pas envie de faire autre chose que dormir ce soir. Alors que nous atteignions nos chambres, un bâillement étira ma mâchoire.

— Jetons-y un coup d'œil avant de décider laquelle est la mienne, dis-je.

Il n'y avait pas vraiment de quoi choisir. Toutes deux possédaient des rideaux à fleurs similaires, plus gris que n'importe quelle autre couleur désormais, des tapis mités et des couvertures de lit pleines de taches claires que l'eau de Javel n'avait pas tout à fait éliminées. Une odeur de chlore s'en dégageait, mais cela signifiait au moins qu'elles devaient être un peu propres, à défaut d'être jolies à regarder.

La première chambre était équipée d'une télévision un peu plus grande, je laissai donc cette pièce à Ruse et posai mes bagages sur le lit de l'autre chambre. Thorn me suivit par la porte communicante. Il la referma et étudia la poignée.

— Nous devrions laisser la porte déverrouillée des deux côtés, dit-il. Aucun d'entre nous ne te dérangera, sauf en cas d'urgence, mais si nous devions nous échapper précipitamment…

— Je n'ai rien à y redire. Je m'assis au bout du lit et j'ouvris mon sac à main. Pickle en sortit avec un battement d'ailes angoissé, mais inefficace. Il lança un regard d'acier au sac à main, comme s'il était responsable de ses problèmes, et bondit dans la salle de bains pour mettre le plus de distance possible entre lui et le sac.

Thorn rôda dans la pièce, observant chaque mur, chaque coin et chaque meuble à la recherche de signes de danger, allant même jusqu'à donner un coup de patte à une toile d'araignée tellement en lambeaux que je soupçonnais l'araignée de l'avoir abandonnée des mois auparavant.

—Je suis presque sûre qu'il n'y a pas de tueurs en série

qui se cachent sous le lit, plaisantai-je, mais cela l'incita à vérifier sous le lit, juste au cas où.

Pendant qu'il s'occupait de cela, je fis glisser le pêne de la porte extérieure et j'allai dans la salle de bains pour remplir un verre d'eau pour Pickle. Le petit dragon but une gorgée, me permit de lui caresser le cou plusieurs fois, puis tira une des serviettes dans la baignoire pour s'y faire un nid douillet.

Lorsque je ressortis, Thorn était toujours là, et se tenait maintenant près de la porte entre nos deux chambres. Alors que je m'écroulais sur le lit, il resta en place, dans une posture étrangement hésitante.

— Milady, dit-il, avant de marquer une pause. Lorsque je relevai la tête pour croiser son regard, il se racla la gorge et jeta un bref coup d'œil au sol avant de poursuivre.

« Lorsque nous sommes venus te voir pour la première fois, j'avais l'intention de te mettre à l'abri du danger. Je n'avais pas prévu que notre présence te propulserait encore plus loin. Tu as perdu ta maison, la plupart de tes biens, tu as été droguée une fois et presque capturée deux fois en l'espace de trois jours…

— Je me souviens de tout cela, dis-je lorsqu'il s'interrompit. J'étais là.

Il émit un bruit agacé, ses mains se crispèrent. Sa voix était encore plus rauque que d'habitude.

— J'essaie de dire que je m'excuse d'avoir mal évalué la menace – et que tu avais peut-être raison de souhaiter notre départ au début. Je ne peux pas rattraper ce qui s'est déjà produit, mais je peux éviter de t'entraîner dans de nouveaux périls. Nous nous rapprochons des ravisseurs d'Omen alors même qu'ils tentent de se rapprocher de nous. Tu nous as aidés bien au-delà de ce que j'aurais pu demander, je ne peux donc pas te demander plus. Demain, lorsque nous reprendrons la piste de Meriden, tu pourras suivre ta propre voie, loin de nous.

La compréhension s'installa lentement, puis me frappa dans son dernier élan comme une gifle au visage.

— Quoi ? bafouillai-je. Tu me dis de partir ?

Thorn grimaça.

— Nous veillerions à ce que tu aies tout ce que nous pouvons te fournir et dont tu pourrais avoir besoin – Ruse devrait être en mesure de te fournir de l'argent et peut-être d'autres ressources – et nous ferions en sorte d'attirer l'attention de nos ennemis sur nous pour te donner le temps de t'enfuir proprement. Si cela ne suffit pas…

— Il ne s'agit pas de savoir si c'est suffisant. Je me soulevai du lit pour lui faire face, debout, les poings serrés le long du corps. Tu te fous de ma gueule ? J'ai perdu mon appartement, oui, j'ai menti à mes seuls amis et maintenant je cours dans toute cette ville avec des méchants à mes trousses, et tu crois qu'après tout ça je vais jeter l'éponge et dire que tout ça n'a servi à rien ?

L'expression du guerrier devint perplexe.

— Tu n'as jamais eu l'intention de te retrouver dans des eaux aussi traîtresses.

— Peut-être que je ne m'attendais pas exactement à ça, mais je savais qu'il y avait des risques. J'ai vu ce qui était arrivé à Luna à cause de ces connards de l'épée à l'étoile. Et si les choses sont devenues « traîtresses », quand t'ai-je donné l'impression que j'étais du genre à m'enfuir la queue entre les jambes quand les choses deviennent difficiles ?

Thorn resta silencieux un moment.

— Tu es vexée, dit-il. Tu es en colère contre moi.

— Oui, je suis en colère, putain. Y avait-il quelque

chose de proche que je pouvais lui jeter à la figure ? Sur ce visage sombre et stoïque ? L'oreiller en mousse ne serait pas du tout satisfaisant. Je me suis engagée à découvrir ce qui se passait, et je vais aller jusqu'au bout. Ce n'est pas seulement pour toi, espèce de crétin. C'est à cause de ces cons que Luna est morte. Ils ont peut-être tué mes parents aussi. Qui sait combien d'autres personnes et d'êtres de l'ombre ils ont blessés avant et depuis ? Et tu crois vraiment que je vais prendre le risque de hausser les épaules et de m'en aller ?

Je l'avais manifestement froissé – ce n'était pas comme si son attitude ne m'avait pas irritée assez souvent – mais j'aurais pensé qu'à ce stade, il aurait cru qu'ils pouvaient compter sur moi, ne serait-ce qu'un peu. J'avais fui quand les chasseurs étaient venus chercher Luna, quand il était trop tard pour l'aider de toute façon, et cela l'avait tuée. Il était hors de question que je laisse ces salauds s'en sortir maintenant qu'ils étaient dans notre ligne de mire.

Mais il pensait vraiment que j'accepterais son offre de partir. Il s'attendait peut-être même à ce que je lui en sois reconnaissante. Je grinçai des dents.

— Ce n'est pas ainsi que je voyais les choses, dit le guerrier avec raideur. Je m'inquiétais simplement de ton bien-être et de la pression que nous avons exercée dessus.

Comme je ne pouvais rien lui jeter à la figure, je posai les mains sur mes hanches.

— Tu peux te foutre ton inquiétude au cul. Je ne vais pas regarder ailleurs pendant que quelqu'un continue à enfermer des êtres comme vous dans des cages et je ne sais quelles autres horreurs, alors tu peux oublier de me tenir à l'écart de tout ça. J'ai apporté mon aide, et beaucoup, n'est-ce pas ? Aussi gênant que ce corps mortel puisse être pour vous tous.

— Je ne le nierai jamais. Nous n'aurions pas accompli autant de choses dans notre quête sans ton aide.

— D'accord. Alors, suppose que je vais continuer à vous aider, et garde pour toi tes idées sur le type de « contrainte » que je peux supporter, à moins que je ne te demande ton avis. D'accord ?

Thorn baissa la tête. Lorsqu'il la releva, ses lèvres étaient tordues dans un angle plus douloureux qu'auparavant.

— Milady, dit-il, et il sembla se débattre avant d'ajouter mon nom. Sorsha. Je m'excuse. Je te promets que je n'avais pas l'intention de t'insulter, même si je vois maintenant à quel point ma proposition était insultante. J'espère que tu accepteras que mon faux pas est dû à un manque de considération et non à un mépris pour ton courage et ta résistance.

La flamme de ma colère se calma, bien que je ne puisse pas dire à quel point il pensait ces mots et à quel point il était simplement en train de me calmer. Il était difficile de lire dans cette voix toujours solennelle.

— Très bien, alors. Les excuses sont acceptées. Et écoute, je peux te promettre ceci : une fois que nous aurons trouvé Omen et tous les autres êtres de l'ombre que ces connards ont piégés, je brûlerai tout ce qui leur appartient, comme je l'ai fait pour la maison de ton collectionneur. C'est le moins qu'ils méritent.

Le coin de la bouche de Thorn se retroussa, juste une seconde, en ce qui aurait pu être un sourire.

— J'attends ce jour avec impatience, dit-il sur le même ton sobre. Je vais prendre congé de toi pour que tu puisses te reposer et te préparer aux actions de demain.

— C'est ça, dis-je, mais mon grognement n'était que

timide. Il sortit, refermant la porte derrière lui avec un déclic. Je m'enfonçai dans le lit, le cœur soudain lourd.

Je serais dans le coup jusqu'à la fin. Je n'avais pas le moindre doute à ce sujet. La seule question était de savoir à quel point ma vie d'avant finirait en lambeaux avant la fin de cette mission – s'il me restait une vie tout court.

VINGT-QUATRE

Snap

Venant de chez Sorsha, Thorn entra à grands pas dans notre chambre, l'air étrangement irrité et revigoré à la fois. Sa mâchoire était crispée, ses yeux toujours aussi sombres, mais il se déplaçait avec une détermination presque avide.

Ruse se leva du fauteuil affaissé où il manipulait les boutons de la petite boîte qui contrôlait la grande boîte de la télévision et haussa les sourcils en direction de notre compagnon.

— Vous avez bien discuté ? demanda-t-il en réussissant à suggérer dans sa voix qu'ils auraient pu avoir toutes sortes d'intimités autres que la conversation. Je suppose que cela faisait partie de son talent particulier. Cela me donna envie de me tortiller sur le bord du lit, même si ce n'était pas à moi qu'il s'adressait.

Thorn lui jeta un regard noir.

— Oui, en effet. Et *quelqu'un* a dû vérifier que sa chambre ne contenait aucun danger. Nous lui avons déjà infligé assez de malheurs.

— Mais tu dois admettre qu'elle s'est très bien comportée.

Thorn marqua un temps d'arrêt.

— Oui. C'est vrai. Il pivota brusquement sur ses talons. Je vais continuer à patrouiller dans les rues avoisinantes jusqu'à ce que nous puissions partir demain matin. Restez vigilants et prêts à vous défendre, vous et la mortelle, si nécessaire. Et toi, trouve un moyen de suivre Meriden en toute sécurité sans notre ancien véhicule.

Cette dernière phrase s'adressait clairement à Ruse. Si j'avais eu plus d'expérience avec le royaume des mortels, j'aurais peut-être pu aider davantage à élaborer des plans, mais en l'état, je ne serais pas d'une grande utilité à aucun d'entre eux tant que nous ne serions pas sur place.

Ce n'était pas grave. J'avais apporté ma contribution, comme Omen l'avait prévu. J'espérais que lorsque nous le trouverions, il serait en assez bon état pour être satisfait de ses choix.

Cela signifiait que pour le moment, je n'avais rien d'autre à faire que de ruminer dans mes pensées. Après que Ruse eut salué Thorn d'un signe de la main, le regard de l'incube se porta sur moi. Une nouvelle démangeaison parcourut ma peau. C'était un expert en matière de plaisir corporel. Avait-il déjà perçu un changement d'énergie entre Sorsha et moi ?

Je préférais ne pas lui laisser le temps de s'en apercevoir s'il ne l'avait pas encore fait. Je me levai du lit, secouant mes membres comme s'ils étaient raides d'être restés immobiles trop longtemps, et je dis :

— Je crois que je vais me retirer dans l'ombre.

Ruse haussa les épaules.

— C'est à toi de voir, mais tu vas manquer une excellente émission de télévision. Il désigna le poste d'un geste. Tard dans la nuit, c'est le moment où l'on peut observer toutes les choses que les mortels pensent que personne ne voudrait voir, mais qu'ils ressentent le besoin de mettre à l'antenne malgré tout.

Vrai ou non, il y avait quelque chose que je voulais observer davantage. Ou plutôt, quelqu'un. L'étrange atmosphère qui suivait Thorn quand il avait quitté la chambre de Sorsha m'avait interpellé. Il avait été dur avec elle auparavant – il était dur en général. Était-il revenu de bonne humeur parce que, cette fois, il avait réussi à la toucher avec ses critiques ?

Je me glissai dans les ombres qui s'étendaient çà et là dans la pièce, puis j'hésitai. La dernière fois que j'avais jeté un coup d'œil à notre compagne mortelle, j'en avais eu plus que je ne l'espérais. Mais je savais où se trouvaient mes deux collègues. Je pouvais me retirer en un instant si nécessaire.

Avec un picotement dans tout mon être, je sautai du pied du lit jusqu'à l'obscurité qui encadrait la porte communicante. Puis je jetai un coup d'œil dans la chambre de Sorsha, si semblable à la nôtre.

Elle était allongée sur le dos sur le lit, au-dessus des couvertures, une main derrière la tête et l'autre posée sur le ventre. Ses yeux cuivrés étaient ouverts, contemplant le plafond avec cette brume dont j'avais appris à reconnaître qu'elle signifiait qu'une personne pensait à quelque chose de plus lointain. Elle n'avait pas l'air contrariée, du moins, seulement pensive. Une ride s'était formée entre ses sourcils.

Rien dans son apparence n'avait changé à ma connaissance. Je l'avais toujours trouvée agréable à regarder, avec ses cheveux roux contre sa peau crémeuse et la lueur vibrante qui s'allumait si souvent dans ses yeux. Bien plus intéressante qu'une pêche, aussi délicieuse soit-elle. Mais maintenant, depuis ce rebondissement inattendu lors de notre fuite précipitée…

Mon regard se porta sur son corps, sur les courbes de sa poitrine et de ses hanches qui attiraient mon attention bien plus intensément qu'elles ne l'avaient jamais fait auparavant. Elle se souleva sur un coude et je ne pus m'empêcher de suivre le balancement de ses seins. Puis la façon dont ses cuisses glissaient l'une contre l'autre lorsqu'elle bougea à nouveau.

Une étrange sensation de chaleur se répandit dans mon être avec l'envie de découvrir si les parties sous ses vêtements seraient aussi douces au toucher que ses cheveux. De découvrir comment son expression pourrait changer si je cédais à cette envie.

Je détournai mon esprit de la scène et je retournai dans ma chambre. Il était plus facile de maîtriser les émotions qui me traversaient lorsque je ne la voyais pas. Sous la chaleur de l'impulsion, un frisson parcourut mes nerfs.

Quelque part dans le désir, je pouvais sentir le début d'une chute vertigineuse. Serais-je capable de m'en sortir si je me laissais tomber ?

Si je ne pouvais pas… La seule fois où j'avais dépassé le point de contrôle…

Mon esprit se referma sur les souvenirs.

Les nouveaux sentiments n'avaient pas surgi de nulle part. Ils étaient nés du corps physique qui me permettait d'interagir avec ce royaume. Si je comprenais pourquoi, comment tout cela était lié, ce que cela signifiait, peut-être que ce ne serait pas si déconcertant.

La porte de notre salle de bains était déjà fermée. Je m'extirpai de l'ombre, l'air s'installant plus solidement autour de ma forme. Seule une petite lueur urbaine passait par la petite fenêtre à côté du lavabo, mais je ne voulais pas allumer pour que Ruse se demande ce que je faisais ici.

L'appendice entre mes jambes était flasque dans mon pantalon. Je laissai tomber une main dessus, mais il ne bougea pas au contact. Je n'avais pas beaucoup pensé à cette partie particulière du corps depuis que nous étions passés dans ce royaume avec Omen, à part les occasions où j'avais passé suffisamment de temps hors de l'ombre pour avoir besoin de me soulager en l'utilisant – et lors du premier rappel sévère de Thorn qui m'avait dit que si nous nous battions physiquement, je devrais faire attention à ne pas prendre de coup à cet endroit, sinon la douleur serait temporairement invalidante.

Cet appendice n'avait jamais été aussi tendu auparavant ni ne s'était soulevé comme il l'avait fait dans la voiture, même si les fesses de Sorsha avaient appuyé dessus…

Le souvenir de cette rondeur à la fois ferme et souple, de mon bras autour de son dos et de ses cheveux frôlant ma joue, me traversa l'esprit comme son parfum m'avait empli les narines. Et quel parfum : doux comme le miel que j'avais goûté au marché, mais avec une acuité aussi mordante que les flammes qu'elle avait allumées à la suite de notre première évasion. Je me demandais si, en passant ma langue sur sa joue, sans actionner mon pouvoir, mais juste pour goûter physiquement, sa saveur serait aussi enivrante.

Et puis cet appendice, ce que j'avais entendu Ruse

appeler sa « queue », se tortilla et se raidit sous l'effet d'un flot de plaisir totalement différent de tout ce que j'avais ressenti auparavant, chaud, affamé et d'une force troublante.

Comme s'il se raidissait contre ma main en ce moment même en réponse à ces souvenirs. Je déglutis difficilement et je passai mes doigts dessus à titre expérimental. Je repensais à Sorsha allongée sur le lit, telle que je l'avais vue tout à l'heure…

Il se redressa encore plus, se heurtant à ma braguette. À chaque effleurement de mes doigts, des ondulations de plaisir et la faim qui l'accompagnait irradiaient le reste de mon corps. Je fermai les yeux, pris à nouveau entre l'envie d'en savoir plus et la terreur qui remontait du plus profond de moi.

Il y avait eu une sorte de plaisir dans ma première et unique dévoration. Une faim froide, sans fond, qui aspirait et déchiquetait, et un bonheur étroit et glacé lorsque cette faim avait été satisfaite petit à petit. Les deux ensemble m'avaient poussé à continuer encore et encore…

La nausée me tordit l'estomac à ce souvenir.

Mais ce n'était pas le pire. La dévoration avait été horrible et terrifiante… et la part de moi qui avait sombré dans ses mâchoires éthérées réclamait de se rassasier à nouveau.

Mes doigts s'étaient arrêtés sur mon membre en érection. En pensant à ces autres actes, il commençait à fléchir. Je lui procurai une nouvelle caresse, voulant oublier le passé lointain.

Cette sensation n'était pas le même type de plaisir. Ce n'était pas la même faim. Ce que je voulais, lorsque les picotements chauds se répandaient dans mon aine, ce n'était pas tant me satisfaire moi-même que de créer un plaisir qui la satisferait elle aussi.

L'idée ne l'avait pas dérangée. Le fait de me rappeler sa proposition de venir la voir si je décidais de poursuivre mon désir fit monter une bouffée d'impatience dans ma poitrine et sur mes joues.

Je n'étais pas sûr de pouvoir contrôler cette sensation. Je ne savais pas où cela me mènerait. Mais j'avais l'impression qu'il s'agissait d'un feu d'artifice plutôt que d'un anéantissement. Il était possible, n'est-ce pas, que ce dénouement soit différent de cette façon aussi ? Qu'il nous conduise vers quelque part de bon ?

Je pouvais attendre et voir comment les choses apparaîtraient à la lumière du jour. Procéder avec prudence – jusqu'à ce que je ne puisse plus être prudent, si je prenais cette voie.

Mes pensées revinrent à Sorsha : à la chaleur qu'elle m'avait témoignée, à son rire, à sa force inébranlable malgré tous les dangers que nous avions affrontés. Si je devais plonger, ce serait avec elle. Je savais déjà qu'il n'y avait personne d'autre qui en valait la peine.

VINGT-CINQ

Sorsha

— J'aurais dû prendre une paire de jumelles, grommelai-je, affalée contre le siège en cuir, l'odeur de voiture neuve me piquant le nez.

Ruse me fit un clin d'œil taquin depuis le siège du conducteur.

— Patience, mademoiselle Blaze. Notre travail consiste à être prêts à conduire lorsque l'Incroyable Hulk donnera le mot d'ordre.

Il parlait de Thorn, qui était posté dans l'ombre quelque part sur la route, d'où il pouvait comprendre ce qui se passait chez Meriden. Ceux d'entre nous qui avaient gardé leur corps physique étaient postés dans une allée à quelques rues de là. Ruse avait même fait mine de sortir de la voiture et de marcher jusqu'à l'arrière de la maison, au cas où quelqu'un nous aurait observés jusqu'ici et aurait trouvé notre arrivée étrange.

Il s'était ensuite éclipsé dans l'ombre, et les vitres teintées de la berline n'avaient permis à personne de m'identifier ou d'identifier mes amis de l'ombre. J'avais l'impression d'être tombée tout droit d'un film d'horreur dans une affaire d'espionnage.

C'était une voiture plutôt chic dans l'ensemble. Je jetai un coup d'œil à Ruse du fond de mon siège.

— Tu es sûr que le vendeur ne va pas sortir de ton petit sortilège et se rendre compte qu'il a perdu une grosse somme d'argent, en plus de sa commission ?

— Tout d'abord, je t'assure qu'il n'y a rien de « petit » dans mes sortilèges, dit Ruse. Et oui, tu peux être tranquille. Il pense qu'il a eu la meilleure part du marché.

— Mais ce n'est pas le cas. Quelqu'un chez le concessionnaire va finir par s'en apercevoir.

— Ta conscience de mortelle est tellement adorable. Le sourire de Ruse s'adoucit sur les bords avec un soupçon d'affection. Si tout se passe bien, nous n'aurons pas besoin de garder cette belle machine plus de quelques jours, puis je la déposerai au garage. Il n'y a pas de mal à cela !

À part le préjudice potentiel de l'usure que nous lui ferions subir, ce qui, vu la façon dont les derniers jours s'étaient déroulés, pourrait être important ; mais comme l'alternative était de rester assise dans un motel de film d'horreur avec mon pouce dans le cul, je me tus.

Je soupçonnais que la seule raison pour laquelle Thorn avait accepté que je vienne, les excuses d'hier pour avoir mal évalué mon engagement mises à part, c'était parce qu'il aurait été plus inquiet de me laisser seule que de m'avoir sous ses yeux. Aussi ennuyeux que son propre engagement puisse être, il prenait l'ensemble de la protection très au sérieux.

En face de moi, Snap tourna la tête, suivant la trajectoire d'un minivan gris qui passait.

— Mauvaise direction pour que ce soit Meriden, dis-je. Et c'est bien plus le genre de voiture que les familles du coin conduiraient qu'un complot de chasseurs d'ombres.

Il acquiesça, comme s'il prenait mes observations au pied de la lettre. Si la gêne de la nuit dernière l'affectait encore, il ne l'avait pas laissée transparaître d'une manière que j'avais remarquée jusqu'à présent. Peut-être avait-il décidé que la meilleure chose à faire, c'était de faire comme si son excitation momentanée ne s'était jamais produite et prier pour qu'elle ne se reproduise jamais.

J'avais le droit d'être un peu déçue, non ?

— Peut-être que je ne comprends pas parce que je n'ai pas passé assez de temps dans ce royaume, dit-il, mais je ne vois pas ce que ces gens nous veulent. Avec les ombres supérieures en général. Que font-ils d'Omen et de tous ceux qu'ils ont enlevés, et pourquoi ?

— Le collectionneur qui nous détenait était terriblement fier du pouvoir qu'il avait sur nous, en nous maintenant prisonniers, dit Ruse. Tu te souviens de toutes les fois où il venait se vanter ? Les mortels peuvent être tout aussi accros au sentiment de puissance que les ombres, voire plus.

— Il ne semble pas que le bâtiment que nous avons fouillé auparavant ne servait qu'à garder et exposer les ombres qu'ils avaient capturées. Ils allaient bien plus loin que ça.

— Tout le monde veut dominer le monde, dis-je négligemment.

L'homme de l'ombre me regarda en clignant des yeux.

— Ah bon ? Pas moi.

— Non, c'est juste… ce sont les paroles d'une chanson,

laisse tomber.[1] Je fis un vague signe de la main. Qui que soient ces gens, ils sont probablement assoiffés de pouvoir eux aussi, mais d'un autre type de pouvoir. Le mode opératoire des chasseurs a déjà évolué, non ? D'après ce que j'ai entendu, à l'époque, tout ce qui les intéressait, c'était de traquer et de massacrer tous ceux d'entre vous qu'ils pouvaient trouver. Il a fallu un certain temps avant qu'ils ne découvrent que la chasse pouvait leur rapporter de l'argent – surtout s'ils maintenaient en vie les êtres qu'ils capturaient.

— Il y a toujours eu des collectionneurs, dit Ruse. Tout comme il y a toujours eu des sorciers. Il jeta un coup d'œil à Snap. Ce sont les mortels qui ont développé un système pour manipuler l'humanité de l'ombre afin qu'elle utilise ses pouvoirs au profit des sorciers. Mais je me souviens avoir entendu parler de collectionneurs à mes débuts… Ils étaient peu nombreux, et il était plus difficile pour eux d'organiser les achats sans Internet et tout le reste, je suppose. Et les mortels en général étaient beaucoup plus assoiffés de sang pour tout ce qui était un tant soit peu surnaturel à l'époque.

— Au moins, quand les créatures sont en cage, je peux les faire sortir. Je donnai un coup de pied dans le dossier du siège laissé vacant par Thorn et je regardai la rue à l'extérieur. Ces gens de l'épée à l'étoile sont vraiment quelque chose d'autre, cependant. Ils sont si nombreux et si organisés, et en plus ils essaient de prendre les ombres aux collectionneurs au lieu de les obtenir par eux-mêmes. Et d'après ce que tu as dit sur les impressions que tu avais recueillies dans ce laboratoire, Snap, je n'aime pas ça, c'est sûr.

L'incube ouvrit la bouche comme s'il allait ajouter quelque chose d'autre – et le minivan gris qui nous avait dépassés il y a quelques minutes à peine revint en vue, tournant vers la maison de Meriden à l'intersection entre lui et nous. Je me redressai pour l'observer. Pourquoi avaient-ils fait demi-tour ?

Le monospace ralentit pour s'arrêter au bout du pâté de maisons suivant, et une silhouette se précipita vers lui depuis l'une des allées que je pouvais à peine distinguer à cette distance. Je me redressai davantage.

« Démarre !», dis-je instinctivement à Ruse, une seconde avant que Thorn n'apparaisse et ne disparaisse pour nous faire signe de venir le chercher.

— Thorn nous appelle ! dit Snap.

Ruse sortit de l'allée, mais continua à rouler dans la rue à une vitesse à peine supérieure à la limite autorisée, malgré l'urgence qu'il devait ressentir autant que moi. Si nous avions l'air de poursuivre le monospace, nous aurions gâché tout le soin que nous avions apporté à cette couverture.

Je m'agrippai à la portière, le cœur battant. Une petite voiture compacte bleue s'était arrêtée derrière nous. Génial, maintenant nous avions deux groupes de spectateurs à craindre, sans compter ceux qui jetaient un coup d'œil par les fenêtres de leurs maisons.

L'incube ne ralentit même pas lorsque nous passâmes devant Thorn. Le guerrier dut bondir dans la berline d'une ombre à l'autre. En un clin d'œil, il était assis sur le siège passager comme s'il ne l'avait jamais quitté.

Il tendit la main vers le pare-brise.

— Meriden est monté dans cette camionnette. Ne la perds pas de vue. Mais assure-toi qu'ils ne sachent pas que nous les suivions.

— Je me souviens du plan, dit Ruse d'un ton modéré. À un stop, il tambourina des doigts sur le volant, seul signe extérieur de son impatience. La camionnette disparut dans la circulation et j'étouffai un grognement.

Maintenant que les occupants de la camionnette ne nous voyaient plus non plus, Ruse accéléra. Lorsqu'il prit le même virage, le véhicule fut de nouveau en vue, la peinture gris canon brillant dans la lumière du soleil du milieu de matinée, à un peu plus d'un pâté de maisons devant nous.

Je relâchai le souffle qui s'était bloqué dans ma gorge lors de l'inspiration précédente à la vue d'un éclair de couleur dans le rétroviseur latéral. En me penchant, j'aperçus la petite voiture bleue qui prenait le virage après nous. Un sentiment d'inquiétude m'envahit.

— Je crois que quelqu'un nous suit.

Thorn jeta un coup d'œil en arrière, ses lèvres se crispant en un rictus plus sévère.

— Il semble qu'il n'y ait qu'un chauffeur, pas de passagers. Je peux m'occuper de lui si nécessaire.

Je louchai sur la silhouette, mais entre la lumière qui se reflétait sur le pare-brise et la capuche pâle rabattue sur le front du conducteur, je ne pouvais même pas dire s'il s'agissait d'un homme ou d'une femme.

— Il a suffi d'une seule personne pour qu'une escouade entière nous tombe dessus la nuit dernière, lui rappelai-je.

— Ne tirons pas encore de conclusions hâtives, suggéra Ruse. Le monospace vira à droite, et quelques secondes plus tard, Ruse imita la manœuvre. J'expirai lentement et voilà que la voiture bleue nous suivait à nouveau.

La bouche de l'incube se tordit.

— OK, peut-être qu'on pourrait tirer ces conclusions maintenant.

— On ne peut pas continuer à suivre le van avec quelqu'un d'autre qui nous suit, dis-je. Personne n'a encore vu qui nous sommes, mais plus ce que nous faisons sera évident, plus ils tireront la sonnette d'alarme.

Ruse donna un nouveau coup de volant et émit un petit bruit de satisfaction en voyant le clignotant de la camionnette s'enclencher. Nous approchions d'un grand axe routier, à quatre voies, avec une circulation dense de banlieusards se rendant à leur travail. L'incube ne tint pas compte de la voie de gauche dans laquelle le monospace s'était engagé et continua à rouler tout droit.

Thorn grogna, mécontent.

— Qu'est-ce que tu fais ?

— Regarde, c'est tout. Ah ! Le voilà.

La voiture bleue était toujours à nos trousses. Ruse traversa l'intersection et parcourut la moitié du pâté de maisons suivant, puis il fit une embardée d'un coup de volant dans une station-service.

— Ouf.

Ma poitrine se heurta à la ceinture de sécurité que j'avais heureusement bouclée cette fois-ci. Mes côtes ne la remercièrent pas.

Je m'agrippai au bord du siège tandis que Ruse traversait la station-service entre les rangées de pompes et débouchait sur une autre rue. Le moteur rugissant, il s'engouffra dans la rue suivante à droite, coupa à travers le parking d'une imprimerie et nous fit faire deux autres virages précipités. Puis, dans un dernier crissement de pneus, nous débouchâmes sur la grande rue dans laquelle le monospace avait tourné.

Et comme par hasard, ce fichu véhicule se trouvait toujours à un pâté de maisons devant nous.

Ruse s'esclaffa.

— Remercions l'obscurité pour la circulation aux heures de pointe. Aucun signe de notre crampon ?

. . .

J'étudiai la vue par la vitre arrière pendant plusieurs secondes alors que nous suivions le monospace. L'éclat du bleu layette aurait dû ressortir dans la mer de noir et d'argent, mais je ne le repérai pas. Un choix étrange pour une mission discrète, vraiment. En fronçant les sourcils, je pivotai de nouveau vers l'avant.

— Tu les as semés, mais peut-être qu'ils ont pris le même chemin et qu'ils ne nous poursuivaient pas en fait. Ils n'avaient pas l'air très motivés.

— Peu importe, tant qu'ils ne sont pas derrière nous. Voyons où va Meriden.

Nous contournâmes le centre-ville, arrivant à moins de dix blocs de l'immeuble dans lequel nous avions atterri – et que nous avions traversé – il n'y a pas si longtemps. Le monospace prit quelques virages supplémentaires avant de se retrouver dans les docks, où des usines vieillissantes se dressaient de part et d'autre des rues et où une odeur d'algues s'infiltrait par l'air conditionné. Le fleuve qui traversait l'est de la ville était autrefois une importante voie de navigation avant que les industries manufacturières ne commencent à s'installer à l'étranger.

Comme il y avait beaucoup moins de circulation dans ces rues, Ruse s'était maintenu à quelques pâtés de maisons derrière le monospace. Je m'agitai sur mon siège. Quelle était la durée exacte de notre voyage ? Et pourquoi n'avais-je pas apporté plus d'en-cas pour…

Le monospace s'arrêta brusquement au bord du trottoir. Une silhouette maigre, avec des cheveux noir brillant, en sortit et s'éclipsa entre deux immeubles.

Thorn poussa un juron.

— Allons-y ! Nous devons voir où il est allé.

À la seconde où le minivan s'éloigna, Ruse appuya sur l'accélérateur. Nous nous redressâmes d'un coup sur nos sièges lorsqu'il accéléra. Lorsqu'il dépassa la dernière rue latérale avant le point de dépose, Thorn disparut, se précipitant probablement dans l'ombre pour traquer l'homme là où la voiture ne pouvait pas le suivre.

— Il pourrait avoir besoin de moi pour tester la zone, dit Snap, qui disparut un instant plus tard.

Alors que Ruse passait devant la ruelle que je croyais empruntée par Meriden, j'y jetai un coup d'œil, mais il avait disparu aussi efficacement que l'homme de l'ombre. L'incube s'arrêta au bout du pâté de maisons et resta là, en alerte.

Le monospace avait disparu depuis longtemps. Pour autant que je puisse en juger, il n'y avait personne pour nous remarquer. Mais j'avais déjà pensé cela auparavant et je m'étais trompée.

Je me retournai pour scruter la rue.

— Est-ce qu'on attend Thorn et Snap ? Devrions-nous aussi chercher Meriden ?

Ruse sembla prendre une décision rapide.

— Continuons à rouler, ça aura l'air moins suspect si quelqu'un surveille la zone, et peut-être qu'on repérera notre cible quelque part dans le quartier.

Il fit le tour du quartier, et je me penchai plus près de la vitre, étudiant chaque porte, chaque fenêtre et chaque allée. Les structures lugubres ne montraient aucun signe de vie, comme des carcasses géantes et pourrissantes de bêtes tuées il y a longtemps. Un moteur grondait au loin, mais, quel que soit le véhicule d'où provenait le son, nous ne le vîmes jamais.

Ruse poursuivit sa route un pâté de maisons plus loin, jusqu'à l'endroit où une grue rouillée grinçait dans le vent au-dessus de la rivière. Il revint sur ses pas avec un soupir rauque.

— J'espère que Hulk a eu plus de chance.

Nous arrivions dans la rue où nous avions laissé Thorn et Snap quand tous deux se glissèrent hors de l'ombre dans leurs sièges avec un frémissement dans l'air. Ruse se dirigea vers le trottoir et coupa le moteur.

Thorn n'attendit pas qu'on lui demande. Sa voix était tendue par la frustration.

— Nous l'avons perdu. Aucune piste à suivre. Snap n'a pas su dire où il était passé.

— S'il n'a rien touché d'assez près avec son corps, cela n'aura pas laissé d'impression que je puisse relier à lui, dit Snap d'un ton triste. Beaucoup de chaussures ont foulé ce sol ; je n'ai pu en sentir aucune qui soit certainement les siennes.

— C'est tout un système que ce groupe a mis au point, dit Ruse. Je serais impressionné si ce n'était pas si agaçant de leur part.

Les épaules de Thorn se crispèrent.

— C'est plus qu'agaçant. C'est inacceptable. À chaque fois, ils prennent le dessus sur nous, déjouant toutes les mesures que nous avons prises. Nous avançons à tâtons tandis qu'Omen est soumis à je ne sais quel supplice… Il se raidit encore plus en entendant des bruits de pas à l'extérieur.

Un homme d'un certain âge apparut, se dirigeant vers notre rue depuis la rivière derrière nous. Ce n'était pas Meriden – ses cheveux étaient un mélange de brun et d'argenté, sa petite taille était légèrement affaissée. Mais sans un mot, Thorn ouvrit la portière, bondit hors de la voiture et passa devant ma vitre.

Un cri de protestation s'échappa de ma gorge. Je me

retournai pour voir l'ombre massive foncer sur l'homme comme si elle avait l'intention de le faire tomber. Pour l'amour des petits éléphants, à quoi pensait-il ?

J'hésitai une seconde, puis je bondis à sa suite.

L'homme s'était arrêté au milieu de sa marche en voyant le colosse se rapprocher de lui, mais Thorn ne ralentit même pas. Il plaqua sa main contre la poitrine de l'homme et lui remonta le devant de son polo jusqu'au menton. L'homme bascula en arrière, et agita ses pointes de pieds pour les maintenir au sol.

— Que savez-vous de l'homme qui est sorti d'ici ? demanda Thorn.

— Quoi ? dit sa victime d'une voix rocailleuse. Quel homme ? Quand ? Je ne comprends pas ce que vous voulez dire.

— Vous devez savoir quelque chose.

— Je vous jure, je passais juste à côté d'un magasin où l'on vend le seul café que ma femme accepte de boire. Il secoua la main et le sac en plastique qui pendait bruissa. Je vous en prie. Je vous aiderais si je le pouvais.

— Thorn ! Je m'arrêtai sur le trottoir à côté de lui, la gorge serrée. C'est juste un type qui passait par là. Il n'était même pas près du lieu de dépose.

— C'est ce qu'ils veulent nous faire croire. Thorn secoua l'homme. Quoi que vous ayez vu, quoi que vous sachiez, vous allez me le dire, maintenant. Sa voix était devenue dure et froide comme un gel d'hiver.

Le type tremblait, ses orteils effleurant à peine le sol. Il ne pouvait plus émettre qu'un couinement étouffé. Je ne pensais pas que Thorn essayait de le tuer, mais il aurait pu le faire avec cette force incroyable, s'il était trop distrait par son besoin d'avoir des réponses pour remarquer tout l'effet qu'il avait sur ce corps mortel.

Je n'étais pas tout à fait sûre que le guerrier ne retournerait pas cette force contre moi si je le contrariais en cet instant, malgré ce qu'il me devait. Ma respiration était courte, mais je me forçai à saisir son bras.

— Thorn, dis-je, vaguement consciente que les deux autres ombres nous rejoignaient. Il ne saura pas répondre. Je sais que tu t'en veux de ne pas avoir protégé Omen, de ne pas l'avoir trouvé plus tôt, mais ce n'est pas ça qui va arranger les choses. Ce n'était pas ta faute de toute façon.

Enfin, le regard de Thorn se porta sur moi. À ce moment-là, l'angoisse dans ses yeux était si forte que ma gorge se serra à nouveau pour une raison différente. Elle résonnait en moi, réveillant les échos de la culpabilité qui m'avait si souvent déchirée au cours des premières années qui avaient suivi la mort de Luna – les flashs imprévisibles de l'attaque, les tentatives incessantes de trouver un moyen de la sauver, comme si cela avait pu faire une différence à ce moment-là.

— Comment peux-tu être sûre de cela ? demanda Thorn d'une voix rude.

Je m'obligeai à soutenir son regard, même si la tension qui se dégageait de lui me mettait les nerfs en alerte. Je savais d'où venait cette frustration angoissante. Elle ne me visait pas, ni même l'homme qu'il tenait, pas vraiment. Et je pouvais le lui dire avec plus de certitude que je n'avais jamais pu le faire moi-même.

— Parce que j'ai vu jusqu'où tu étais prêt à aller pour assurer la sécurité des gens que tu surveilles, et c'est vraiment très loin, putain. Je serais probablement morte au moins deux fois si tu n'avais pas été là. Nous allons trouver une solution. Je le sais. Mais… pas de cette façon. Je t'en prie.

Peu à peu, le bras du guerrier se détendit. Les pieds de

l'homme touchèrent le sol. Il s'affaissa avec un souffle rauque qui ramena le regard de Thorn sur sa victime. Il observa la forme frémissante de l'homme avant de jeter un coup d'œil sur moi, et une expression qui aurait pu être désemparée traversa le visage du guerrier.

Oh, il y avait des sentiments enfouis sous cet extérieur endurci – beaucoup. La pensée de l'écrasante loyauté qui animait sa culpabilité me donna un frisson, pas tout à fait désagréable.

— Je voulais seulement savoir ce qu'il savait, dit-il.

Je serrai son bras à l'endroit où ma main reposait encore.

— Et maintenant, c'est fait.

Ruse s'approcha de l'homme et l'aida à se ressaisir en lui serrant le coude et en lui donnant une tape amicale dans le dos.

— Il est confus et terrifié, et la confusion est réelle, nous dit l'incube. Il n'a vraiment aucune idée de ce dont il s'agit. Et je crois que je ferais mieux de m'assurer qu'il n'y pense plus jamais, hmm ?

Il fit glisser l'homme sur le côté pour lui parler d'un ton apaisant et persuasif. Je laissai ma main lâcher l'avant-bras de Thorn. Il la regarda tomber à mes côtés, comme s'il ne savait pas trop comment elle s'était retrouvée sur lui.

— Qu'est-ce qu'on fait maintenant ? demanda Snap.

— Eh bien… Je regardai autour de moi. Nous savons où Meriden a été déposé. Ils s'en tiennent sûrement à la même routine tous les jours – ça deviendrait compliqué de changer constamment d'endroit sans raison.

Thorn reprit le fil de mes pensées.

— Nous viendrons directement ici demain matin. Soyez prêts à le suivre dès qu'il sortira. Prenez la suite de la piste. Il releva la tête, retrouvant sa froide détermination habituelle.

Je me surpris à sourire à ce monstre brutalement dévoué.

— Exactement. C'est ce que j'appellerais un plan.

---

1. Every body wants to rule the world, chanson de Tears for fears.

VINGT-SIX

Sorsha

J e voyais bien que Pickle n'était pas très à l'aise avec notre situation actuelle, vu la construction imposante du nid qu'il avait entreprise. La baignoire de la salle de bains du motel contenait maintenant deux serviettes de bain, un essuie-mains et au moins quatre rouleaux de papier toilette déchiqueté. Il avait l'air un peu ridicule, recroquevillé dans un coin, son petit corps vert occupant à peine un dixième de l'espace, mais je n'allais pas me disputer avec lui à ce sujet. Du moins, pas avant que je n'aie besoin de prendre une autre douche.

— Dors bien, lui dis-je en lui tapotant la tête. Le temps que je finisse de me brosser les dents, il ronflait avec de petits hoquets rauques. Je me retins de rire et je fermai la porte pour étouffer le bruit.

Le grondement intermittent de la circulation l'avait endormi d'un coup. La lumière jaune des lampes de sécurité du parking traversait le tissu fin des rideaux. Je me glissai dans la lueur jusqu'au lit, aspergeai l'air d'une nouvelle bouffée du désodorisant parfumé à la lavande que j'avais acheté et m'installai sous les couvertures, espérant être suffisamment fatiguée pour ne pas sentir les bosses du matelas. La surface matelassée imite assez bien les dunes du Sahara.

J'avais fermé les yeux, mais je ne m'étais pas encore endormie lorsqu'un léger changement dans l'air me fit soudain comprendre que je n'étais plus seule. L'un de mes amis de l'ombre s'était glissé dans la pièce à sa manière surnaturelle. Ruse, supposais-je, mais alors que je commençais à me retourner, ce ne fut pas sa voix langoureuse qui parvint à mes oreilles.

— Sorsha ?

Snap se tenait devant la porte entre nos deux chambres, comme s'il essayait de faire la meilleure imitation possible d'être entré par la voie normale sans avoir réellement ouvert la porte. Dans la faible lumière, ses boucles étaient passées de l'or au bronze, mais les plans lisses de son visage parvenaient encore à capter une petite lueur.

Lorsque je me redressai, il resta parfaitement immobile. Je ne pouvais pas dire si c'était parce qu'il voulait prendre de la distance ou parce qu'il pensait que je pourrais le faire.

Mon pouls se mit à battre fort. Nos ennemis nous avaient-ils retrouvés malgré toutes nos précautions ?

— Qu'est-ce qui se passe ? Quelque chose ne va pas ?

— Non. Enfin, je ne pense pas. Il passa sa langue sur ses lèvres. Tu as dit, hier, que si je décidais d'en vouloir plus, je devrais te le dire.

Il baissa les yeux, juste un instant, mais suffisamment pour que la chaleur de son attention effleure mes seins à travers mon maillot de corps. Je ne portais que ce maillot et une culotte au lit, où le drap s'était maintenant accumulé autour de ma taille.

Au fur et à mesure que sa signification s'imposait, la chaleur descendit plus bas pour s'installer entre mes jambes. D'un seul coup, tout mon corps se mit à rougir.

— J'ai bien dit cela, acquiesçai-je. Alors… c'est le cas ?

Il hésita, puis le sourire qui le transformait de beau à céleste se répandit sur son visage.

— Oui. Beaucoup.

Je me rendis compte que je n'étais pas tout à fait sûre de ce qu'il fallait faire ensuite. Avec Ruse, ça avait été facile. Il savait exactement ce qu'il voulait et ce qu'il pouvait offrir. Snap découvrait manifestement tout cela pour la première fois. C'était excitant de penser que j'avais été la seule à susciter ce genre de désir en lui… mais aussi un peu intimidant.

Je n'avais pas de bons antécédents avec les hommes. D'une manière ou d'une autre, je finissais toujours par les décevoir. Il serait vraiment dommage que je l'aie traumatisé au point qu'il retourne à sa vie de moine.

Nous ne devions pas nous précipiter. Je devais déterminer jusqu'où je voulais que cela aille. Évidemment, étant donné qui et ce que nous étions, il ne pouvait s'agir que d'une aventure – comme avec Ruse, profiter de ce que nous avions dans l'instant – mais il était difficile de considérer le fait de prendre un être de l'ombre comme amant comme un acte totalement décontracté.

Pour l'instant, nous pourrions simplement explorer les possibilités. Je me décalai sur le lit pour lui faire de la place.

— Pourquoi ne viendrais-tu pas ici, alors, et nous verrons où cela nous mènera ?

Snap s'avança aussi rapidement qu'il avait été immobile auparavant et s'assit à côté de moi. Lorsqu'il me regarda dans les yeux, les siens s'illuminèrent d'un éclat impatient. Sa main s'était approchée de ma joue et se glissa dans mes cheveux. Son sourire s'estompa.

— Je veux que tu saches que je ne te ferai jamais de mal. Mes capacités, je dois me concentrer pour les utiliser, ça ne se fait pas automatiquement. Je ne te mettrai pas en danger.

Sa voix était si résolue que mon cœur se serra. Il pensait vraiment que je pouvais avoir peur de lui, de ce qu'il pouvait faire. Je ne savais même pas ce que c'était, et je n'avais toujours pas la moindre crainte qu'il me l'inflige un jour, pas après la façon dont il avait réagi l'autre jour quand nous avions parlé d'utiliser ses pouvoirs sur des êtres vivants.

Je tendis la main vers la sienne et la serra doucement.

— Je sais, je ne suis pas inquiète.

— C'est bien. Son sourire revint comme le soleil émergeant d'un nuage.

Il se pencha plus près de moi, son nez frôlant ma tempe. Son souffle produisit de la chaleur sur le côté de mon visage. L'odeur qui émanait de sa peau était fraîche et vivifiante comme le trèfle de printemps, avec un fond de mousse plus sombre, comme un rappel que davantage de choses se cachaient sous la surface.

« Il y a tellement de choses que je voudrais faire, murmura-t-il. Je ne sais pas par où commencer. Je ne sais pas ce que tu aimerais. »

Le désir qui s'était installé au creux de mon ventre se transforma en quelque chose de plus vif. À ce stade, je me doutais que j'accepterais tout ce qu'il me proposerait.

— Pourquoi ne pas commencer par ce que tu aimerais,

et je te ferai savoir si nous avons besoin de changer de direction ?

Il répondit par un ronronnement satisfait qui me fit frissonner et pencha la tête en inspirant profondément. Je rendis compte qu'il s'imprégnait de mon odeur. Sainte Mère des perles, il m'avait à peine touchée que ma culotte était déjà trempée.

Sa main descendit jusqu'à mon cou, ses doigts caressant ma clavicule. Ses lèvres appuyèrent légèrement sur ma joue, traçant un chemin jusqu'au creux de ma mâchoire. À chaque point de contact, mon corps s'illuminait de frémissements de bonheur. Un souffle tremblant s'échappa de ma bouche.

Snap marqua une pause.

— Est-ce que ça va ?

— Oh, oui, dis-je. C'était un soupir agréable. Tu sais, il y a une chose que la plupart des gens aiment beaucoup…

J'avais l'intention de le laisser mener cette exploration, mais je ne pus m'en empêcher – alors je plaide coupable. J'inclinai l'angle de sa mâchoire et je guidai sa bouche vers la mienne.

Il s'arrêta de respirer quand nos lèvres se rencontrèrent, puis il m'embrassa comme si la compréhension de la façon d'accomplir cet acte était inscrite dans son âme. Mes doigts s'enroulèrent dans les boucles soyeuses à l'arrière de son crâne. La chaleur de sa bouche était si affamée et pourtant si tendre qu'elle m'arracha un gémissement.

Écartant mes lèvres, il approfondit le baiser. Sa langue fourchue taquina les coins de ma bouche, suscitant le plaisir. *Oh, oui, j'en voudrais encore, s'il vous plaît.*

Sa main avait glissé plus bas, suivant la courbe de mes seins et s'arrêtant avec un tressaillement bien visible qu'il avait essayé de réprimer, juste à côté de la broche que j'avais laissé épinglée à mon maillot de corps. *Merde, j'avais oublié ça.*

— Désolée, marmonnai-je contre sa bouche, et je me reculai juste assez pour retirer le maillot de corps. J'avais suffisamment confiance en lui pour me passer de cette petite protection ce soir.

Snap prit connaissance du balancement de mes seins lorsque je les dénudai, l'éclat du néon luisant dans ses yeux. Il en prit un, avec précaution, mais avec plus d'assurance que lorsqu'il avait commencé, et en sembla étudier la forme, le bout de mon mamelon, la façon dont ce bouton s'était hérissé avec un picotement de plaisir lorsque son pouce était passé dessus.

Son sourire s'élargit. Il laissa sa main là, caressant la courbe de mon sein et le bout à parts égales, et ramena sa bouche sur la mienne. J'aurais pu me noyer dans la douceur de ce baiser.

Il s'attarda sur ma bouche avant de faire descendre ses baisers plus bas : le long de ma mâchoire, le long de mon cou, sur ma clavicule, m'enflammant partout où ses lèvres se posaient. Lorsqu'il atteignit ma poitrine, il souleva mon sein comme s'il s'agissait d'un des mets d'ici qu'il aimait tant savourer. Lorsqu'il aspira le bout dans sa bouche, je ne pus m'empêcher de haleter. Le passage de sa langue sur mon mamelon, les pointes fourchues l'encerclant avec une légère traction, me procura une montée de plaisir encore plus intense.

— Je sais ce que Ruse voulait dire maintenant, murmura Snap. À propos de ton goût. Il avait raison. Tu es meilleure que n'importe quelle pêche.

— Étant donné que tu as beaucoup aimé la pêche, c'est un sacré compliment.

Il gloussa et déposa un baiser sur la courbe de mon sein.

— Il t'a goûtée partout. N'est-ce pas ?

La bouffée de chaleur qui m'avait envahie s'accentua.

— Pourquoi ? Il t'en a parlé ?

— Non. J'ai seulement… Snap s'écarta pour pouvoir me regarder dans les yeux, son expression devenant légèrement désolée. La première nuit, tu nous as dit de te laisser tranquille, mais Ruse n'est pas sorti avec nous. Au bout d'un moment, je suis parti à sa recherche. Je me suis glissé dans votre chambre dans l'ombre, et j'ai vu… Il était entre tes jambes. Ses doigts glissèrent sur mes genoux, et une rougeur colora ses propres joues. Je ne voulais pas espionner. Je suis parti tout de suite.

Au moins, il avait le sens de l'intimité. Mais l'idée qu'il ait pu regarder l'incube avec moi en pleine action, même pour un instant, attisa mon désir.

— Ruse peut être… très attirant.

— C'est dans sa nature. Snap baissa le drap pour découvrir mes cuisses. J'ai vu à quel point tu aimais ce qu'il te faisait. Il embrassa ma joue, puis à nouveau ma bouche, longuement et plus fort qu'avant. J'avais presque perdu le fil de notre conversation, prise par la pression de ses lèvres souples, lorsqu'il les écarta pour reprendre la parole.

« Je veux que tu te sentes aussi bien qu'avec lui. Je veux t'apporter ce genre de plaisir. Et même plus. »

Je ne m'en plaindrais certainement pas. Mais je ressentis le besoin de dire :

— Tu sais, Ruse a eu des siècles d'expérience pour perfectionner sa technique, plus des pouvoirs et une forme spécialement conçue pour la séduction. Je ne dis pas que tu ne devrais pas être ambitieux, mais peut-être devrions-nous nous concentrer sur une étape à la fois… *Oh !*

Sa main avait effleuré ma culotte, frôlant mon clitoris sous l'angle parfait pour provoquer un nouveau petit cri. Snap me fit un sourire qui pouvait s'apparenter au rictus de l'incube et répéta le mouvement. Puis ses doigts longs et fins descendirent plus bas, et la curiosité revint dans son expression.

— Tu es mouillée.

— Oui. Cela signifie que tu fais déjà un excellent travail pour réaliser tes ambitions.

Il appuya plus fermement entre mes jambes, déclenchant une pulsation de plaisir, et je me mordis la lèvre. Je passai ma main le long de son torse pour explorer à mon tour son corps mince. Il fallait absolument que cette chemise disparaisse. Comme je tirais dessus, il me relâcha juste assez longtemps pour m'aider à l'enlever.

Tous ses muscles apparurent divinement toniques une fois mis à nu. Snap se pencha vers moi. Il gémit de plaisir au passage de mes doigts sur ce terrain et reporta son attention sur mon sexe.

La preuve indubitable de sa propre excitation se voyait dans le renflement sous la taille de son pantalon. La réaction involontaire qui nous avait entraînés sur ce chemin inattendu était bien là. Il ne fallait pas l'ignorer.

De mes doigts, je taquinai le renflement et, cette fois, c'est Snap qui soupira. Ses hanches se rapprochèrent de moi, cherchant ce contact. Je le caressai à nouveau, plus fort, et il enfouit son visage dans le creux de mon cou. Ses dents mordillèrent la peau sensible et il frissonna.

— Cette sensation… rend la réflexion très difficile, dit-il.

Je me mis à rire légèrement.

— Le but n'est pas de penser. C'est de ressentir. Et tu peux ressentir bien plus que ça, si tu me laisses te montrer.

Il hocha la tête dans mes cheveux, puis la leva pour prendre ma bouche. La rudesse de son baiser et le frottement de sa main qui me caressait encore à travers ma culotte me firent tourner la tête. Je réussis à me concentrer suffisamment pour enrouler mes doigts autour de son érection pour avoir une meilleure prise à travers le tissu.

Il ondulait dans ma main à chaque mouvement de bas en haut, recherchant le plaisir que je lui procurais en retour. Comme je lui donnai un petit coup de coude, il bascula avec moi pour que nous nous allongions sur le lit l'un à côté de l'autre. Je me tortillai encore plus près, pour qu'il m'embrasse et me touche.

Il valait peut-être mieux s'en tenir aux mains pour ce premier tour de piste. C'était beaucoup plus simple que de s'attaquer à la mécanique du sexe à part entière, surtout alors que Snap pouvait difficilement se préparer à l'intensité de ces sensations. Je savais déjà qu'il me ferait jouir comme ça. Bon sang, je n'étais pas sûre de tenir encore longtemps.

Je trouvai la force d'abaisser la fermeture Éclair de son pantalon et je découvris que Thorn n'était pas le seul à ne pas s'habiller complètement. Snap n'avait pas pris la peine de porter de sous-vêtements. Il n'avait probablement pas réalisé qu'il s'agissait d'un élément standard de la tenue d'un mortel. Après tout, comment un homme de l'ombre aurait-il pu le savoir si personne ne lui avait appris ? Ce n'était pas comme s'il avait à se préoccuper des vêtements là d'où il venait.

Pour l'instant, cela ne faisait que faciliter l'exécution de mes intentions. Je refermai mes doigts autour de son membre nu, me délectant de la douceur de la peau sur son membre rigide, et Snap laissa échapper un son guttural. Sa langue se glissa dans ma bouche pour se mêler à la mienne, provoquant un frisson étourdissant. Je lui rendis son baiser avec autant d'enthousiasme que je passai mon pouce sur le gland de son érection et que j'étalai la perle qui s'y était formée sur toute sa longueur.

Snap tira sur ma culotte et glissa sa main dedans. Ma poitrine se contracta de plaisir lorsque ses doigts se posèrent sur mon clitoris. Le même instinct qui avait dû guider son premier baiser l'amena à toucher mes lèvres, à en tester leur douceur, puis à se glisser en moi. Il commença un doux mouvement de va-et-vient qui s'intensifia de plus en plus agréablement.

Je gémis, en me tortillant contre lui à la recherche de mon orgasme.

— C'est bon. C'est tellement bon.

Il posa son autre main sur le côté de mon visage, m'observant, tandis que les mouvements de ses doigts me faisaient monter jusqu'à cet apogée extatique. Le plaisir avait rougi son visage d'une teinte plus profonde qu'auparavant, et sa respiration était irrégulière, mais son attention ne me quittait pas.

Le pivotement de son pouce sur mon clitoris et une dernière poussée à l'intérieur de moi me firent vaciller sous l'effet de l'explosion de mon orgasme. Mes yeux se révulsèrent, des étoiles scintillèrent derrière mes paupières tandis que mon bas-ventre se crispait autour de ses doigts.

Snap me caressa la joue alors même qu'il sentait en moi l'effet du contrecoup. Sa voix était douce et féroce à la fois.

— Ma pêche. Ma Sorsha, à moi.

Je n'étais pas en état de contester ce sentiment, si même j'avais voulu le faire. C'était tout ce que je pouvais faire pour garder ma prise sur sa queue et la caresser plus vite pour l'amener avec moi dans le plaisir.

Alors que le reste de mon corps s'affaissait sous la satisfaction, il laissa ses yeux se voiler, s'abandonnant au plaisir maintenant qu'il avait accompli sa tâche. Un gémissement sortit de sa poitrine. Ses hanches tressaillirent.

Il m'attira brusquement vers lui, sa bouche s'écrasant sur la mienne. Un tremblement parcourut son corps alors que le jet chaud de son éjaculation giclait sur ma main.

« Oh, marmonna-t-il, c'est… »

Il s'interrompit en riant à perdre haleine et m'embrassa une nouvelle fois. Ce baiser-là m'enflamma de la tête aux pieds, même dans l'état de satiété où je me trouvais déjà. Je me rapprochai instinctivement de lui, posant mes mains contre la chaleur de son torse.

Lorsque le baiser prit fin, je le regardai timidement à travers mes cils.

— Alors, est-ce que « plus » était le bon choix ?

— Oui. Oui. Et pour toi aussi.

Apparemment, mon plaisir avait été si clairement affiché qu'il n'avait pas ressenti le besoin de demander. J'étais d'accord avec cela.

Lorsque je penchai la tête pour la reposer sur l'oreiller, Snap me regarda. Un soupçon d'incertitude traversa son visage.

« Qu'est-ce qui se passe d'habitude après ? »

Ah. Oui, d'une certaine manière, c'était un sujet plus délicat que l'acte sexuel lui-même.

Je fis glisser mes doigts le long de ses abdominaux saillants.

— Parfois, les gens préfèrent considérer que c'est fini et

partir. Parfois, ils préfèrent être proches encore un peu, alors ils restent ensemble pendant qu'ils dorment.

— Alors je vais rester, dit Snap d'un ton décidé. Il passa un bras autour de mes épaules et posa sa joue à côté de moi sur l'oreiller, en plaçant ma tête sous son menton. Son mélange d'odeurs fraîches et riches m'enveloppa. Je me détendis dans son étreinte avec seulement un petit pincement au cœur, car pour ce que j'en savais, cela pourrait être le seul intermède que nous aurions avant que nos vies ne deviennent encore plus infernales.

VINGT-SEPT

Sorsha

L'interface électronique de la belle voiture de Ruse était si compliquée que je n'arrivais pas à connecter mon téléphone, alors je me contentai de faire ma propre bande-son. Je chantais *Don't stop deceivin'* (n'arrête pas de duper) alors que nous roulions tous les quatre dans les docks, cachés derrière nos vitres teintées.

— Accroche-toi, faites-les tourner en bourrique.

Ruse me lança un sourire amusé en prenant un virage.

— Tu as de la chance de ne pas te faire arrêter, à force de jouer avec les mots.

Je lui tirai la langue, parce que j'étais aussi mature que ça, et j'appuyai mon bras sur le rebord de la vitre. Les usines défraîchies qui bordaient le fleuve paraissaient encore plus mornes aujourd'hui, avec une brume de nuages qui grisonnait le ciel. Il n'y avait pas d'heure de pointe dans cette partie de la ville. Le grondement de notre moteur était le seul bruit dans la rue.

Bien sûr, c'était exactement ce que Meriden et ses complices voulaient.

Nous avions déjà décidé qu'il était trop risqué de se garer près du point de dépose. Ruse parcourut encore quelques rues et s'arrêta au coin. L'idée était que Thorn se tapisse dans l'ombre, là où Meriden était sorti la veille, et que Snap s'attarde près de notre coin de rue. Lorsque le minibus arriverait, Snap nous alerterait et Thorn se lancerait à sa poursuite à pied. Nous espérions qu'il trouverait un bâtiment où Meriden travaillait, ou que nous pourrions nous rapprocher d'un autre véhicule qui aurait ramassé le type dans le secteur.

Au moins, nous en saurions plus sur son itinéraire que la dernière fois.

Thorn pivota sur son siège pour faire signe à Snap.

— On est une heure plus tôt que le dépôt d'hier. Nous avons le temps de patrouiller d'abord dans la zone la plus large. Viens !

Snap hésita, son regard glissant sur moi une seconde avant de croiser celui de Thorn.

— Je préfère rester près de la voiture. La sécurité de Sorsha n'est-elle pas la chose la plus importante ?

— Nous assurerons sa sécurité en confirmant qu'aucun de nos ennemis n'est embusqué dans les environs, dit le guerrier. Tu peux tester les environs pour trouver des signes d'endroits où ils auraient pu se trouver auparavant.

— Et, tu sais, je serai ici dans la voiture avec elle, dit Ruse. Tu ne la laisses pas sans protection. Non pas qu'elle soit sans défense toute seule non plus.

— Bien sûr qu'elle ne l'est pas, dit Snap avec insistance. Mais on a pu constater à quel point ces gens sont agressifs.

Sorsha est la seule à ne pas avoir de pouvoirs destinés au combat.

Sa main se glissa sur le siège pour serrer rapidement la mienne, et il releva le menton. Apparemment, l'intermède de la nuit dernière avait réveillé un tout nouvel instinct possessif chez lui. Je ne m'y attendais pas.

Ruse roula des yeux.

— Tu parles de ta dangereuse compétence qui te fait trembler dès que tu songes à l'utiliser ? De toute façon, combien d'assaillants peux-tu abattre en même temps ? Deux ? Trois ? Je pourrais les charmer pour qu'ils n'aient plus envie de nous attaquer.

— Je ne me souviens pas que cette stratégie nous ait permis d'échapper aux dernières attaques.

— OK, OK. Je levai les mains pour les faire taire. J'apprécie que tout le monde se préoccupe de mon bien-être, mais pour ce que nous en savons, une milice entière est en train de nous tomber dessus pendant que vous vous disputez. Si quelqu'un s'en prend à Ruse et à moi, il peut simplement s'éloigner, ce qui jusqu'à présent a été le pouvoir le plus utile de tous. Je donnai une tape rassurante sur la main de Snap. Je me débrouillerai toute seule. Va voir ce que tu peux trouver là-bas. Sans tes autres pouvoirs, nous ne serions pas allés aussi loin.

Mon contact et le rappel de ses contributions passées semblèrent apaiser mon nouvel amant. Sa posture s'assouplit. Il acquiesça puis, si soudainement que je ne le vis pas venir, se pencha pour m'embrasser rapidement.

Ses lèvres se pressèrent chaudement contre les miennes pendant une seconde. J'eus à peine le temps de lui rendre la pareille qu'il s'éclipsait dans l'ombre. Thorn laissa échapper un murmure qui ressemblait à de la consternation et disparut à son tour.

Ruse se décala sur son siège pour s'installer sur le côté, de façon à pouvoir me regarder. Son sourire en coin et le haussement de ses sourcils n'avaient rien de surprenant.

— Eh bien, c'était tout à fait intéressant.

— Tais-toi, dis-je, parce que cela avait déjà si bien fonctionné.

— J'ai remarqué que Snap s'était éclipsé un bon moment la nuit dernière. Maintenant, j'ai une idée de l'endroit où il a pu aller.

— Quelle est la partie qui te pose problème : « Tais » ou « toi » ?

— Qui a dit que je critiquais ? Une lueur sournoise s'alluma dans ses yeux. Je suis impressionné. Je ne savais pas qu'il avait ça en lui, mais tu as manifestement réveillé un dragon endormi.

Je croisai les bras sur ma poitrine.

— Est-ce que ça va poser un problème ? Je n'ai vraiment pas besoin que vous vous disputiez comme ça toute la journée.

L'incube éclata de rire.

— Je ne suis pas du genre à prôner la monogamie, mademoiselle Blaze. En ce qui me concerne, vous devriez prendre votre plaisir où et avec qui vous voulez. J'aimerais juste rester dans le coup si c'est possible. Son regard se fit plus chaleureux.

Je ne pouvais pas dire que je n'imaginais pas une répétition de notre entrevue passée quand il me regardait comme ça.

— Nous verrons bien.

— Tu me rends la tâche difficile ? Cela m'excite encore plus. Il fit un clin d'œil. Je pourrais apprendre quelques trucs au débutant, tu sais, si jamais tu voulais m'inviter pour la balade. Comment te faire jouir, comment augmenter ce plaisir… Il tendit le bras pour faire glisser un doigt le long de ma jambe, du genou au tibia. Des étincelles jaillirent de mon corps sous l'effet de cette chaleur.

Ruse et Snap s'occupant de moi à l'unisson ? Pour quels dieux avais-je sacrifié des chèvres dans une vie antérieure pour mériter ce bonheur ? Il faudrait que Snap soit d'accord avec l'idée, cependant…

Le sourire de Ruse s'accentua.

« Je vois que tu réfléchis à toutes les possibilités. »

Je soufflai et repoussai sa main d'un coup taquin. L'incube se contenta de s'esclaffer en la retirant.

« La proposition restera sur la table aussi longtemps que tu le souhaites. Ou si tu le souhaites vraiment, nous pourrions te mettre sur une table. Quel beau plateau pour un festin ! »

S'il continuait, je pourrais fondre en une flaque chaude d'excitation sur le siège.

— Peut-être qu'on devrait nous concentrer sur le problème de sauver votre patron, là ?

— Rabat-joie, me taquina-t-il en s'écartant pour regarder par la vitre. Aucune vague de soldats ne s'est abattue sur nous jusqu'à présent. Je me demande combien de temps on va pouvoir se terrer dans ce motel avant qu'ils ne…

Snap le coupa, sortant de l'ombre et s'asseyant sur son siège avec un frémissement dans l'air.

— Thorn s'est déjà rendu au point de dépose, dit-il sans préambule. Il pense avoir vu la camionnette se diriger dans cette direction.

Je consultai la montre de notre voiture et je fronçai les sourcils.

— Il est beaucoup plus tôt qu'hier.

— Peut-être qu'ils changent un peu l'heure tous les matins pour déconcerter les gens comme nous, suggéra Ruse.

C'était tout à fait possible, mais cela n'empêcha pas mes nerfs de se mettre en boule. Me mordant la lèvre inférieure, je me penchai vers la vitre, même de là, si je ne pouvais pas voir grand-chose de la rue que la camionnette avait empruntée. Si Thorn avait raison, nous allions bientôt savoir ce qui se passait.

Un grondement de moteur se fit entendre, lointain, mais de plus en plus fort. Ruse posa sa main sur le contact. Snap s'empressa de boucler sa ceinture de sécurité. Nous savions qu'il ne fallait pas compter sur une conduite en douceur.

Alors que j'attendais la pause dans ce grondement lorsque le monospace laisserait descendre Meriden, mon cœur battait la chamade comme s'il faisait la course avec les secondes qui passaient. Le bruit du moteur s'amplifiait. D'un moment à l'autre…

La fourgonnette gris foncé nous frôla, continuant à rouler dans la rue sans aucun signe d'arrêt. Je sursautai au moment où une deuxième voiture la suivit en trombe, la petite compacte bleue par laquelle nous pensions être suivis la veille.

Putain de merde, qu'est-ce qui se passait, bon sang ?

— Ruse ? dis-je.

Il était déjà en train de démarrer la voiture.

« Si on doit partir, on organisera cette fuite, mais pour l'instant, je pense qu'on ferait mieux de voir où ils se dirigent. »

Thorn ne pourrait pas suivre le rythme des véhicules à pied, même dans l'ombre. Alors que Ruse s'engageait sur la route et faisait demi-tour, j'agrippai la poignée de la portière, mon pouls s'accélérant. Snap me saisit de nouveau la main, cette fois-ci en s'accrochant fermement. Malgré moi, je trouvais ce geste réconfortant.

Nous venions de passer le coin de la rue lorsque le monospace s'arrêta brusquement à quelques pâtés de maisons devant nous. Une porte latérale s'ouvrit et une silhouette molle dégringola sur le trottoir avec un bruit sourd. Avant même que la porte ne se referme, le monospace s'éloignait à toute allure.

Ils avaient bien fait un dépôt, mais je n'aimais pas l'aspect de ce corps chiffonné. Alors que nous roulions vers lui, il ne bougeait pas.

— On s'arrête ? demanda Ruse.

La petite voiture bleue l'avait fait, juste en bas de l'immeuble où le minibus avait déposé son *colis*. Une silhouette mince vêtue d'un survêtement de velours blanc en sortit, capuche relevée, mais lorsque le conducteur contourna la voiture, le vent tira le tissu vers l'arrière, juste assez pour que je reconnaisse la personne une fraction de seconde.

— Stop. Stop !

Les pneus crissèrent lorsque Ruse appuya sur le frein. Je me précipitai hors du véhicule et me retrouvai face à face avec ma meilleure amie.

Vivi s'arrêta en vacillant de l'autre côté du corps, à trois mètres de moi. Son regard capta le mien pendant une seconde, les yeux écarquillés, puis retomba sur l'homme à terre. Un frisson parcourut ses épaules.

Tout ce que je pouvais voir jusqu'à présent, c'était l'immobilité du corps et une tache rougeâtre à la racine de ses cheveux, mais le gris maladif de son visage m'indiquait que je devais me préparer au pire en l'approchant.

J'étais presque sûre qu'il s'agissait de Meriden. Les cheveux étaient de la même couleur et de la même coupe que ceux du type que j'avais aperçu hier à la sortie du minibus, son jean et sa veste de costume en tweed étaient du même acabit. Puis son visage apparut.

Si tant est qu'on puisse l'appeler ainsi. Il n'avait presque plus de visage. L'avant de sa tête – ce que je pouvais voir lorsqu'elle était inclinée vers le trottoir – n'était plus qu'un amas d'os éclatés et de chair sanguinolente. La seule façon de savoir qu'il s'agissait d'un visage était sa position par rapport à ses cheveux et à ses oreilles. Son menton, son nez et son front étaient creusés, ses pommettes écrasées, le tout comme s'il avait été frappé à répétition par une batte de base-ball.

Alors que mon estomac se retournait, une prise de conscience glaciale se glissa dans ma nausée. Ses associés ne s'étaient pas contentés de l'écraser au point de le rendre méconnaissable, ils lui avaient aussi brisé la mâchoire et les dents. Les dossiers dentaires ne seraient d'aucune aide. Mon regard se posa sur les mains tordues près de sa maigre carcasse, et je tressaillis. De petits filets de sang rouge coulaient de ses doigts, qui semblaient avoir été passés dans une hache à bois, jusqu'aux deuxièmes phalanges. Oubliez aussi les empreintes digitales.

Les gens qui l'avaient jeté ici s'étaient assurés qu'il n'y aurait pas d'identification, possible, pas seulement pour nous, mais pour n'importe quelle force de police, à moins qu'ils n'aient l'ADN du gars dans leurs dossiers.

— Oh mon Dieu, marmonna Vivi dans la main qu'elle avait plaquée sur sa bouche. Oh, mon Dieu, mon Dieu !

Aucun de mes compagnons ne nous avait rejointes. S'étaient-ils contentés de rester dans l'ombre à cause du témoin supplémentaire ? Je ne savais pas si je devais être reconnaissante de cette discrétion ou non. Leur présence soulèverait davantage de questions, mais ce n'était pas comme s'il n'y en avait pas déjà un tas. Et j'aurais pu me sentir mieux avec au moins un de ces puissants compagnons à mes côtés.

Je détournai mon regard de l'homme mutilé pour me concentrer sur ma meilleure amie.

— Qu'est-ce que tu fais ici, Vivi ? À qui appartient cette voiture ?

Elle n'avait pas de plaques de location, et elle conduisait toujours sa Beamer rouge cerise depuis longtemps lorsqu'elle était venue me chercher pour une virée en dehors de la ville quelques mois auparavant. La voiture n'avait pas vraiment d'importance dans le grand ordre des choses, mais c'était la chose la plus concrète à laquelle je pouvais me raccrocher dans cette situation insensée.

— C'est celle de ma grand-mère, dit Vivi d'une voix distante. Elle m'a permis de l'emprunter – je savais que tu reconnaîtrais mon modèle habituel... Elle releva les yeux pour me fixer. Et tu n'avais clairement pas envie de me voir dans les parages. Dans quoi t'es-tu fourrée, Sorsha ? C'est incroyablement dangereux, putain, pourquoi tu n'as pas demandé de l'aide ?

J'avais de l'aide, mais je ne voulais pas en parler.

— Parce que c'est incroyablement dangereux. Évidemment. Je fis un geste vers le corps. Tu crois que je voudrais que les gens qui ont fait ça s'intéressent à toi ?

— Mais ce n'est pas grave qu'ils s'en prennent à toi ? Tu aurais dû me le dire – dire au Fonds, si c'est quelque chose qui a à voir avec les ombres... Ce sont les chasseurs qui ont poursuivi Luna ? Ce Meriden en faisait-il partie d'une manière ou d'une autre ?

C'est vrai, je lui avais dit que je cherchais quelque chose en rapport avec Luna quand je l'avais détournée l'autre fois. Mais… je fronçai les sourcils.

— Comment sais-tu que c'est sur Meriden ?

Elle tordit la bouche.

— Jade me l'a dit après que tu lui as parlé en lui donnant l'impression que nous faisions des recherches ensemble. Ce que, tu sais, elle pensait même être le cas. Bien que je n'aie pas réalisé que Meriden était un nom propre jusqu'à ce que je commence à demander autour de son quartier…

Sa bouche se referma d'un coup. Elle serra les bras contre son torse, reculant d'un pas par rapport au corps, mais je la fixais toujours.

— Son quartier ? Elle nous avait bel et bien surveillés la veille. Depuis quand tu m'espionnes, Vivi ?

— Quand je t'ai appelée il y a deux jours, j'ai demandé à l'un des agents habituels du Fonds de te suivre, admit-elle. Ensuite, je lui ai demandé de fouiller un peu, et j'ai posé quelques questions. Je suis allée sur place et j'ai vu cette voiture partir pour suivre la camionnette, et j'ai pensé que c'était toi… Comme tu ne t'es pas montrée aujourd'hui, j'ai juste suivi la camionnette.

— Tu te rends compte que ça a l'air dingue, non ? Comme si tu étais une psychopathe en train de me suivre.

— Je voulais juste t'aider, dit-elle. Tu me mettais à l'écart et je voyais bien que tu travaillais sur quelque chose d'important, quelque chose qui te rendait nerveuse. Je sais que tu as des choses que tu gardes pour toi, et c'est très bien, mais tu ne me mens pas d'habitude, Sorsh. Je m'inquiétais vraiment pour toi, OK ? Un tremblement s'insinua dans sa voix. Et il semble que j'avais raison de l'être. De quoi s'agit-il ? Nous allons le découvrir ensemble. Tu dois me le dire maintenant.

— Non, je ne veux pas. Je me rendais compte d'une autre chose, assez froide pour me glacer les tripes. Je n'avais jamais prononcé le nom de Meriden à quiconque en dehors de mon trio d'ombres, à l'exception de Jade, et à l'époque « Merry Den » et en tant que lieu. Nous avions gardé une distance prudente et étions restés discrets lors de la visite de sa maison. Mais Vivi…

« À combien de personnes as-tu parlé de Meriden ? Tu es allée jusqu'à sa maison ? »

Son visage se crispa.

— J'ai appelé quelques personnes du Fonds et j'ai demandé au gars qui a tracé ton appel de faire des recherches – il m'a donné l'adresse. Après t'avoir perdue hier, je suis retournée parler de lui à quelques voisins. Rien de trop flagrant, bien sûr.

Ça n'avait pas besoin d'être flagrant pour que ça mette la puce à l'oreille aux gens pour lesquels il travaillait. Ma mâchoire se contracta.

— C'est parce que tu as fouiné qu'ils ont compris que quelqu'un était sur lui. C'est pour ça qu'ils l'ont tué. C'est à ce genre de personnes que nous avons affaire ici, Vivi, et tu t'y es engouffrée avec cette voiture ridiculement évidente, avec tes questions et la suite, si près…

— Je ne savais pas… commença-t-elle à protester, mais je ne la laissai pas continuer.

— On s'en fiche. On ne travaille pas ensemble. Tu dois quitter la ville – peut-être ta grand-mère aussi, puisqu'ils ont probablement fait des recherches sur la voiture maintenant – rester discrète et espérer que je finisse par les distraire suffisamment pour qu'ils t'oublient.

— Pas question. Je ne te laisserai pas affronter toute seule des psychopathes comme ça.

— Tu as plus de chances de te faire tuer ou de nous faire tuer toutes les deux que de rendre les choses plus faciles, lui rétorquai-je.

Ses mains se crispèrent sur ses flancs.

— Je n'aurais pas eu à fouiner dans tes affaires si tu m'avais dit ce que tu faisais dès le départ.

— J'essayais d'empêcher que quelque chose comme ça t'arrive. Pour de bonnes raisons, on dirait.

— Sorsha, quoiqu'il se passe, tu ne peux pas t'en occuper toute seule.

— Si, je peux. Ma voix était tendue. Et ce sera bien plus facile si je ne m'inquiète pas de ce qui va t'arriver pendant que tu m'accompagnes. S'il te plaît, pars, va quelque part où personne ne pensera à te chercher. Quand tout sera fini, je te promets que je te raconterai tout, mais pas avant.

Vivi se dandina d'un pied sur l'autre. Son visage se crispa. Mais avant qu'elle ne puisse continuer à argumenter, une présence imposante se solidifia dans l'air à côté de moi.

Thorn posa une main lourde sur mon épaule.

— Sorsha n'est pas seule, dit-il, sa voix rocailleuse si basse qu'elle constituait une menace en soi. Pour ma part, je préférerais que tu ne rendes pas la tâche de veiller sur elle encore plus difficile qu'elle ne l'est déjà. Elle t'a dit de partir. Va-t'en.

Ma meilleure amie regarda fixement l'homme de l'ombre, puis moi.

— Tu... Il... un d'entre *eux* est avec toi dans cette mission ?

Je me hérissai à la façon dont elle dit *eux*, comme si tous les hommes de l'ombre étaient vraiment les monstres que les fables décrivaient, et je sentis la main de Thorn se crisper contre moi.

— Il sait ce qu'il fait, dis-je. Comme si tu ne le savais pas. Alors s'il te plaît, va-t'en et trouve un endroit sûr où te terrer jusqu'à ce que je te contacte.

— Ou bien, je peux m'assurer que tu le fasses, ajouta Thorn en lui jetant un regard noir.

La bouche de Vivi s'ouvrit puis se referma. Elle déglutit de façon audible. Son regard tomba sur Meriden et son visage pulvérisé, et elle eut l'air de se retenir de vomir de justesse. Elle me jeta un dernier regard désespéré et, comme je n'avais pas adouci mon expression, elle se précipita vers sa voiture.

La petite voiture bleue s'éloigna, nous laissant dans le silence sinistre des docks pour contempler l'homme qui ne pouvait plus nous mener à notre but et la sauvagerie avec laquelle nos ennemis s'en étaient assurés.

Snap et Ruse sortirent de l'ombre à nos côtés. Ruse fit claquer sa langue d'un air désapprobateur en voyant le corps, et même lui semblait momentanément à court de mots.

— Et maintenant ? dit Snap à voix basse.

Une énorme boule s'était formée dans mon estomac. Je déglutis bruyamment.

— Je ne sais pas.

Tout notre travail, tous les indices que nous avions découverts et la piste que nous avions suivie s'arrêtaient ici. Tout ce que nous avions fait ne nous avait rien apporté d'autre qu'un cadavre en morceaux dans une étendue d'usines éventrées.

VINGT-HUIT

Thorn

Même sans me pencher plus près, je voyais bien qu'il y avait une certaine expertise dans la mise à mal du corps de ce mortel. Des coups choisis avec soin pour un impact maximal et pour détruire des zones spécifiques. Pourquoi avoir choisi ces zones ? Je ne pouvais pas l'expliquer. Les mortels avaient d'étranges penchants.

Aucun des coups n'avait mis fin à la vie de celui-ci. Lorsque je me penchai près du corps, mon nez perçut une légère, mais distincte odeur chimique qu'aucun sens humain n'aurait pu discerner. Il avait été empoisonné d'une manière ou d'une autre avant le massacre.

Sorsha se tenait à côté de moi, immobile, à l'exception d'un bref frisson qui la parcourut. Sa mâchoire était contractée.

— Il est mort à cause de nous, dit-elle avec une tension

inattendue dans la voix.

Ruse secoua la tête.

— Nous avons pris toutes les précautions possibles. D'après ce que ton amie a admis, tu avais raison – sa maladresse a dû alerter les gens de l'épée à l'étoile sur le fait que quelqu'un était trop intéressé par Meriden.

— Mais Vivi ne se serait pas intéressée à lui si elle n'avait pas remarqué que je cachais quelque chose. Si j'avais été plus discrète – ou peut-être si je lui avais dit la vérité et que j'avais réussi à la convaincre de ne pas s'en mêler – si même cela avait fonctionné… Elle se mordit la lèvre.

Je fronçai les sourcils en me redressant. Pourquoi cet homme serait-il autre chose pour elle qu'un ennemi déchu ? Elle semblait affligée par sa mort, non seulement pour les implications pratiques, mais aussi pour son propre intérêt.

Les mortels et leurs émotions changeantes…

— Qu'est-ce que ça peut faire s'il est mort ? dis-je. La piste que nous suivions est fichue. Toutes les réponses que nous avons trouvées tournaient autour de cet homme. Sans lui, nous n'avons rien de plus que lorsque nous avons commencé au pont.

Snap s'agita comme s'il avait voulu argumenter sur ce point, mais il fit la grimace. Il n'y avait pas à discuter. Depuis le début, nous nous étions concentrés sur son *Merry Den,* nous rapprochant de plus en plus de cette cible, et nous en étions là. Il avait déjà vérifié tout le pont ; c'était le seul détail distinctif que nous avions trouvé à suivre. Nous avions perdu toute direction.

Cela n'aurait rien changé si j'avais été plus rapide la veille, si j'avais réussi à suivre le chemin de Meriden à partir d'ici pour commencer. Je l'avais perdu alors que c'était notre dernière chance de l'utiliser. Tout comme j'avais perdu Omen au départ, perdu notre liberté lorsque ces chasseurs nous avaient attaqués par la suite…

Je n'avais aucune raison de le faire. J'avais encore échoué, purement et simplement. Tandis que ces mortels impitoyables faisaient subir on ne sait quoi à Omen – alors qu'il s'accrochait à peine à la vie, s'il n'était pas déjà mort. Chacun d'entre nous autour de Meriden, même la dame, savait que celui que nous avions décidé de sauver aurait pu être mort avant qu'elle ne nous libère de nos cages.

Il aurait certainement fini par mourir de toute façon, alors que je ne pouvais pas le servir mieux que cela. J'avais voulu que cette fois-ci soit différente. Je n'avais que trois collègues à défendre. Cela aurait dû être la tâche la plus facile.

Les lèvres de Sorsha se pincèrent, mais le mouvement ne changea rien au désespoir qui se lisait sur son visage. L'incube inspira et jeta un coup d'œil dans la rue. Il tenta d'insuffler un peu d'optimisme dans son ton.

— Il nous reste le minivan à prendre en compte.

— Tu crois vraiment qu'ils vont continuer à utiliser le même véhicule après ça ? dit Sorsha. Ou bien que leurs plaques sont enregistrées d'une manière qui nous permettrait de les retrouver ? Ce sont des gens qui sont prêts à faire ça à un type juste pour s'assurer que leurs traces sont couvertes. Elle balaya le bras en direction du cadavre abîmé.

Le dévoreur se rapprocha d'elle.

— Au moins, ce n'était pas toi. Sa dévotion aiguisée transparaissait dans chaque centimètre de sa posture, quelle que soit la façon dont elle s'était développée.

Mais il avait raison. J'avais remporté cette petite victoire : la mortelle qui nous avait sauvés d'une captivité honteuse était toujours en vie et se portait plutôt bien. Pour autant que je puisse maintenir cet état de fait.

— C'est un peu risqué, mais… Ruse s'accroupit et vérifia les poches de l'homme, évitant de son mieux les parties ensanglantées du corps. N'ayant rien trouvé, il soupira et se redressa. Ils ont pensé à tout, comme toujours.

Alors que je m'apprêtais à suggérer que nous partions avant que nos ennemis ne pensent eux aussi à envoyer une nouvelle meute de soldats à nos trousses, Sorsha releva le menton. Ses yeux brillaient d'une férocité qui faisait disparaître la majeure partie de son abattement.

— À peu près, mais pas à tout. Ils n'ont jamais pu prédire tout ce que nous serions capables de faire – les liens que nous avons tissés, les compétences que nous possédons.

Elle se tourna vers Snap.

— Tu peux goûter les impressions d'objets inanimés. Je sais qu'il y a quelque chose de différent avec les êtres vivants, quelque chose qu'on veut éviter, mais il n'est plus en vie. Peux-tu le tester et voir ce qui en ressort, tout comme Thorn a pu emmener le type ivre qui m'avait attaquée dans les ombres après qu'il fut mort ?

Les yeux du dévoreur s'écarquillèrent. Il fixa le cadavre et passa un coup de langue nerveux entre ses lèvres.

— Je n'en sais rien. Je n'ai jamais essayé ça avant.

Ruse se réjouit de cette suggestion.

— Ça ne peut pas faire de mal d'essayer, n'est-ce pas ? Ce n'est pas comme si tu pouvais le blesser désormais. Tu ne peux certainement pas le tuer plus qu'il ne l'est déjà.

Je ne savais pas exactement ce qui avait rendu Snap si hostile à son plus grand pouvoir, mais tout son corps se tendit malgré les paroles de l'incube. Je redressai les épaules, me préparant à lui ordonner de faire la tentative avec toute l'influence de ma présence, mais Sorsha prit la parole en premier.

Elle lui toucha le bras, son expression s'adoucissant d'une manière que je ne pouvais expliquer.

— L'idée de le faire te rappelle ce qui s'est passé avant, n'est-ce pas ?

Il hocha la tête d'un coup, le regard toujours fixé sur le corps.

— Je sais que ce n'est pas la même chose. Ruse a raison sur tout ce qu'il a dit. Je devrais juste… Et pourtant, il ne semblait pas pouvoir bouger.

— Ne pense pas à cette autre fois, suggéra Sorsha. Pense à ce que tu as ressenti lorsque tu as trouvé le nom de Meriden ou sa maison. Imagine combien d'impressions utiles doivent être attachées à lui. Tu pourrais nous rapprocher d'Omen, arrêter les gens qui ont travaillé dans ce laboratoire.

— Oui. Oui.

Le dévoreur se ressaisit, la détermination durcissant les traits gracieux de son visage. Il s'agenouilla derrière Meriden et se pencha vers lui.

Sorsha resta debout au-dessus de lui, comme si elle pensait devoir s'interposer et le calmer à nouveau, les lèvres retroussées en un sourire doux, mais exalté. La férocité que j'avais vue brillait encore dans ses yeux. Ruse suivait les échanges avec impatience.

La désolation qui s'était emparée de notre groupe avait disparu, juste comme ça. Elle l'avait vaincu, même si elle avait été plus affectée par la mort de l'homme que le reste d'entre nous.

À cet instant, alors qu'ils étudiaient tous le corps, je ne pouvais détacher mon regard de Sorsha, de cette force magnifique que je n'avais pas complètement perçue jusqu'à présent. Et pas seulement sa force. Snap avait peut-être accompli cet acte sous mes ordres par peur, mais elle avait suffisamment bien vu ce dont il avait besoin pour non seulement le convaincre, mais aussi l'inspirer.

Cela n'aurait pas dû être surprenant. Notre dame était peut-être mortelle, c'est vrai, mais c'était le genre de mortelle qui s'introduisait dans les prisons et libérait les ombres de leurs geôliers au péril de sa vie et de sa liberté. Comment pourrait-elle être autre chose qu'extraordinaire ? Elle avait réussi à combler le vide laissé par la perte d'Omen, si sûrement et si subtilement que j'avais failli ne pas m'en apercevoir.

Chansons ridicules, vêtements voyants et tout le reste, elle apportait quelque chose d'essentiel à notre groupe. Quelque chose dont j'avais soudain du mal à m'imaginer me passer, même après qu'Omen eut repris la tête du groupe.

Mais pourquoi voudrait-elle avoir affaire à nous et au danger que nous ferions peser sur sa vie une fois cette quête terminée ?

Le petit pincement du début se transforma en douleur. Avant que je ne puisse l'examiner et déterminer ce qu'il signifiait, Snap bascula sur ses talons avec un soupir tremblant. Ses pupilles s'étaient dilatées, le vert brillant de ses yeux sous sa véritable forme physique scintillait autour d'elles.

— J'ai vu tellement de choses, dit-il à bout de souffle. Tant d'endroits. La maison, les rues, les couloirs lumineux, mais froids. Des hommes de l'ombre dans de petites pièces aux portes verrouillées. Des tables brillantes comme dans le bureau que nous avons fouillé, des ordinateurs avec des flots de mots et de chiffres et des lignes qui s'agitent…

— Où ? demanda Ruse. Ce doit être l'endroit où ils ont emmené Omen.

— Je ne sais pas… Je ne sais pas. Tout est venu par fragments. C'est difficile à reconstituer. Snap s'immobilisa, son front se plissa alors qu'il devait trier le barrage d'impressions que je devais supposer qu'un corps humain entier aurait collecté. « Il y avait un endroit qui n'avait pas encore été construit, avec des poutres en acier et des murs à moitié debout. Il y avait une autre maison comme la sienne, mais avec une porte bleue. Il y avait une épicerie, des fruits à la peau lisse dans ses mains. Un livre. Un bâtiment qui sortait de terre, avec des murs en béton et des portes brillantes comme ces tables de laboratoire. De la musique s'élevant d'une plate-forme en bois en contrebas, où des gens étaient assis en rangs avec leurs instruments. Et un autre bâtiment – je pense que c'était important – il était nerveux quand il est entré à l'intérieur. »

Sorsha s'accrocha à ce commentaire et s'approcha de lui.

— Quand est-il entré et où, Snap ?

Il remua la langue, comme s'il pouvait tirer davantage d'informations de l'air.

— Grandes baies vitrées. Vente. Des boîtes lumineuses dans les vitrines avec des petits personnages comme des gens, des animaux et des voitures. Je crois que je peux voir l'enseigne. Il ferma les yeux. « Fun Station Depot ». Il y est allé plus d'une fois – je le vois quand il fait clair, sombre et entre-deux. Il était inquiet. Il devait leur dire quelque chose, quelque chose à propos de son travail, il n'était pas sûr qu'ils en seraient assez satisfaits.

— As-tu une idée de ce qu'était ce travail ? demanda Ruse.

— Non. Seulement des hommes de l'ombre. La peur et

la crainte qu'ils inspirent. Le besoin de les contenir. Un autre flash. Il entre dans ce bâtiment, celle qui le rendait nerveux, il se dit que le moyen d'y entrer est en fer. Je ne sais pas ce que ça veut dire.

Les épaules du dévoreur s'affaissèrent sur ces derniers mots, comme si le fait d'avoir tiré tant d'impressions avait vidé son corps de toute énergie.

Sorsha se tapota les lèvres.

— Du fer. Une clé, peut-être, de l'endroit où ils font leurs transactions illicites.

— Fun Station Depot ? Qu'est-ce que c'est ? Ça ne ressemblait pas à une base militaire ou à un repaire de chasseurs.

Notre mortelle avait déjà sorti son téléphone. Elle se mit à rire.

— C'est un magasin de jouets, dit-elle. Un grand magasin d'usine, pas très loin de l'endroit où j'ai fait la chasse aux bonnes affaires avec Vivi. Elle jeta un coup d'œil à Snap. Tu penses qu'il y est allé souvent pour trouver quelque chose en rapport avec son travail ?

— Oui, c'est ce que j'ai ressenti. Je ne pense pas que les hommes de l'ombre étaient là… mais où qu'ils soient, il était moins nerveux à ce sujet.

— Et au moins pour cet endroit, nous avons une localisation précise. Ce doit être une couverture pour une partie des opérations de la bande de l'épée à l'étoile. Ils ont besoin d'argent pour tout cet équipement et les gens qu'ils embauchent ; ils ont dû monter une entreprise légitime pour blanchir l'argent, je suppose.

Elle se mordilla la lèvre en réfléchissant, puis me regarda avec une lueur dans les yeux que j'aurais aimé pouvoir capturer.

— Que diriez-vous d'aller acheter des jouets ?

VINGT-NEUF

— Je n'aime pas ça, dit Thorn pour ce qui était approximativement la millionième fois.

Je me retins de lui faire remarquer qu'il avait l'air de ne pas aimer grand-chose en règle générale.

— Cela n'a pas d'importance que tu aimes ça ou non. D'après ce que tu as dit, tu ne peux pas entrer dans la pièce où se trouvent les choses importantes. C'est donc à moi de jouer. Il n'y a pas lieu de s'inquiéter. Je me suis entraînée toute ma vie pour ce moment.

C'était à peine exagéré. Je rentrai ma queue de cheval sous le bonnet de laine qui cachait désormais tous mes cheveux. Puis je passai les bras dans le fin haut noir qui était la pièce maîtresse de ma tenue de cambrioleuse, en faisant attention à ne pas me cogner les coudes dans l'espace relativement étroit de la banquette arrière de la voiture. J'avais attaché les pochettes contenant tout mon équipement standard autour de ma taille, à l'exception du grappin et de la corde, puisque l'endroit n'avait qu'un étage. C'était du gâteau.

Je me le répéterais jusqu'à ce que je sois de retour ici avec la marchandise.

Le guerrier s'agita sur son siège.

— Je pourrais expédier les gardes.

Par « expédier », je supposais qu'il voulait dire « leur trancher la gorge » selon son mode opératoire habituel. Mais même s'il ne le faisait pas…

— Non. Idéalement, nous ne voulons pas que la bande de l'étoile sache que nous avons découvert l'existence du magasin. S'ils réalisent que nous sommes allés aussi loin, ils vont probablement effacer toutes les pistes avant que nous n'ayons la moindre chance de les suivre.

— Il doit y avoir quelque chose d'important là-dedans, dit Ruse. On ne remplit pas quelques murs avec de l'argent et du fer juste pour s'amuser.

— Je persiste à dire que je devrais au moins entrer dans le bâtiment principal avec vous, grommela Thorn. Seul le bureau était protégé d'une manière que je ne pouvais pas pénétrer.

Je me penchai en avant pour tapoter sa large épaule.

— J'ai besoin que tu patrouilles à l'extérieur du magasin au cas où des renforts se présenteraient. C'est un énorme bâtiment, je peux me débrouiller pour éviter deux gardes de la sécurité.

Le dépôt occupait tout un pâté de maisons, le bâtiment s'étendant sur la moitié du terrain et le reste étant un immense parking. D'après ce que Thorn avait décrit, j'aurais beaucoup d'étagères et d'autres présentoirs derrière lesquels m'abriter.

Et je devais aussi m'assurer qu'il ne s'enthousiasme pas trop, surtout du côté des poings ? Et qu'il ne s'en prenne pas aux gardes même si je n'étais pas en danger.

Ruse tapota le volant.

— Je serai prêt à partir à la seconde où vous reviendrez, mademoiselle Blaze. Il jeta un coup d'œil narquois à Thorn. Toi, je te laisserai derrière si tu n'es pas de retour en même temps qu'elle.

Thorn n'eut pas l'air vexé.

— Comme il se doit. Je peux trouver mon chemin jusqu'au motel à travers les ombres si besoin est.

— Moi aussi, dit Snap. N'y a-t-il rien que je puisse faire pour t'aider, Sorsha ? Il me regarda avec ses magnifiques yeux verts avec tant de supplication que je vacillai, mais juste un peu et seulement pour un instant.

Je voulais que mon trio d'ombres soit hors de mon chemin pour qu'il ne me cause pas de problèmes inattendus pendant ce casse, oui, mais ce n'était pas la seule raison pour laquelle j'avais l'intention d'y aller seule. Le fait que l'endroit ait même une salle protégée contre les ombres montrait qu'ils savaient qu'ils pouvaient avoir affaire à des êtres de leur espèce. Qui savait quel genre de balles les gardes mettaient dans leurs fusils – ou quelles autres armes ils pouvaient avoir sur eux ? Le bâtiment lui-même pouvait contenir d'autres défenses qui les affaibliraient.

Je n'allais pas prendre ce risque. J'avais pénétré dans de nombreux bâtiments sans me faire prendre. C'était ma spécialité, vraiment. Si j'y allais seule, je ne risquais que ma peau. Si je me plantais, personne d'autre que moi ne paierait. Sinon, j'aurais été deux fois plus nerveuse.

Je serrai la main de Snap.

— Tu as déjà trouvé cet endroit pour nous... et je sais

que ça t'a demandé beaucoup d'efforts. Cela m'avait fait mal de l'encourager à aller à l'encontre de ses peurs, même si cela m'avait semblé nécessaire. Je suis sûre que tu pourras nous aider avec tout ce que je ramènerai.

Thorn se renfrogna, mais apparemment il avait fini de discuter.

— Je vais aller explorer la zone une dernière fois avant que vous n'entriez. Attendez mon signal.

— Compris. Je lui donnai un autre coup de poing. Et ne t'avise surtout pas de me suivre à l'intérieur. Si d'autres gardes se manifestent, tu veux vraiment me laisser sans préparation jusqu'à ce qu'ils soient déjà dans le bâtiment ? Si tu vois quelqu'un s'en prendre à moi dehors, n'hésite pas à l'expédier comme bon te semble. Si l'alarme se déclenchait, laisser des corps derrière soi n'aurait pas d'importance. Seul, s'en sortir vivant comptait.

Sa bouche se crispa, mais il acquiesça. Je pensais que le rappel de ses responsabilités suffirait à l'empêcher de patrouiller là où il ne devrait pas être vu. Si je faisais bien mon travail, il n'y aurait pas d'alarme ni de renforts contre lesquels il pourrait se battre.

Il disparut et je sortis de la voiture en fermant la portière aussi doucement que possible. Nous nous étions garés devant un magasin de fournitures de cuisine où le spot de sécurité la plus proche était grillé. Dans le crépuscule qui s'épaississait, je serais à peine visible dans mes vêtements noirs contre la voiture noire.

Je regardai en direction de Fun Station Depot, guettant le feu vert de Thorn. La brise rafraîchissante me chatouillait les joues. Pour passer le temps, je touchai chaque pièce de mon équipement l'une après l'autre pour m'assurer qu'elles étaient bien là où elles devaient.

Une lumière clignota au loin, puis s'éteignit. C'était

Thorn et la mini lampe de poche qu'il s'était procurée à l'intérieur du magasin. La voie était libre.

Je fis un signe d'adieu aux gars dans la voiture, incapable de voir à travers les vitres teintées s'ils me le rendaient et je partis en trottinant. Les semelles de mes chaussures de sport ne faisaient qu'effleurer le trottoir. Je tournai à l'arrière du bâtiment des fournitures de cuisine et je traversai la rue à cet endroit, m'engouffrant dans la lumière des lampadaires.

Mon pouls battait fort, mais régulièrement. Je me laissai aller à une brève chanson sous cape. « Je peux le voler, je viens dans ton repaire ce soir, oh horde. »[1] Le sourire qui accompagnait les paroles malmenées m'encouragea à continuer.

En arrivant sur le parking derrière le magasin de jouets, je ralentis. Thorn m'avait donné un coup de main d'une autre manière : il avait subrepticement déverrouillé une porte à l'arrière du magasin. Il me restait à traverser la réserve, l'étage principal et le bureau à l'extrémité, mais je n'aurais plus qu'une serrure à neutraliser. L'entrée était en fer. Peu importe le type de clé que l'on utilisait normalement dans cette pièce spéciale, mes pics feraient l'affaire.

Le parking était vide, à l'exception d'une urne de dons de charité de la taille d'une petite remorque dans un coin. *Vêtements pour les personnes récemment décédées.* Ça, c'était une bonne cause ! Personne n'aime que les cadavres aient à se promener nus.

Je me faufilai entre les spots de sécurité, ouvris doucement la porte arrière et jetai un coup d'œil dans la réserve obscure, les oreilles dressées. Aucun bruit ne me parvenait, si ce n'était le ronronnement lointain de la circulation quelque part derrière moi. Même deux gardes étaient de trop pour assurer la sécurité nocturne d'un magasin de jouets bon marché – ce qui montrait que la direction voulait protéger bien plus que la marchandise – mais aucun d'entre eux ne traînait derrière. Cela m'arrangeait.

Je me faufilai entre les hauts rayonnages empilés de boîtes de peluches, de figurines et de Lego. Seule une faible lueur apparaissait sous la porte de l'autre côté qui menait à la zone de vente principale. Je m'arrêtai près d'elle, me tenant immobile et silencieuse.

Au bout de quelques minutes, des pas se firent entendre. Les gardes ne faisaient aucun effort pour dissimuler leurs mouvements, ce qui était très utile de leur part. Depuis combien de mois, voire d'années, étaient-ils en poste sans n'avoir jamais eu besoin de surveiller quoi que ce soit ici ?

Je souris. La complaisance était le meilleur ami du voleur.

Lorsque les pas se furent éloignés, j'ouvris la porte d'un centimètre pour voir l'état des lieux. Des étagères remplies de jouets se dressaient de part et d'autre d'une allée, juste en face de moi. D'autres se trouvaient à intervalles réguliers sur ma gauche, mais sur ma droite, lorsque j'osai sortir la tête complètement, je vis un groupe qui bloquait mon chemin vers l'endroit où Thorn m'avait dit que se trouvait le bureau.

Je restai près des étalages du fond, jetant un coup d'œil dans chaque allée, puis je m'élançai à travers l'espace ouvert pour me frayer un chemin à travers le magasin. Lorsque des bruits de pas se firent à nouveau entendre, je me cachai derrière un présentoir en carton contenant des paquets de cartes à collectionner en papier d'aluminium.

« Chopez-les toutes !» disait le slogan, mais personne ne m'attraperait.

En me glissant vers l'avant, je me sentis particulièrement confiante pendant environ cinq secondes. Je me glissai devant l'étalage suivant et, dans un tourbillon de pièces mécaniques, un aboiement électronique jaillit de l'étagère la plus proche.

Je tressaillis et je me retins de justesse de frapper l'objet. Un petit chiot robotisé tapait du pied et émettait cet horrible son juste à côté de mon épaule. Car qu'est-ce qu'on pouvait bien vouloir de plus qu'un chien qui jappe et qui n'était même pas capable de vous faire des câlins ? Une idée lumineuse.

Deux paires de pas se dirigèrent vers moi, avec un bruit sourd plutôt qu'un piétinement. Je me précipitai vers l'abri le plus proche : une poupée Barbie grandeur nature disposée à côté de rangées de boîtes roses contenant ses homologues plus petites. Heureusement, son ample poitrine et ses hanches étaient plus que suffisantes pour dissimuler ma forme sombre derrière elle.

Je me tins immobile, lorgnant ces courbes. Il valait mieux que ces poupées soient faites dans des proportions impossibles, car sinon, je n'étais vraiment pas à la hauteur.

Les gardes s'arrêtèrent près du jouet qui se tut enfin. L'un des hommes soupira.

— Stupide chien. Je jure qu'il suffit d'un petit courant d'air pour le déclencher. J'espère que l'un d'entre eux va hanter l'enfoiré qui a conçu ces trucs.

— Pour sûr, dit l'autre avec un petit rire las.

Ils regardèrent à droit à gauche et l'un d'eux s'avança dans mon allée, mais *Miss Gros Nénés* resta ma sauveuse. Tandis que je lui empoignai les fesses tout en m'écrasant de plus en plus pour ne pas être vue, je lui lançais un *Sorry !* silencieux.

Lorsque la voie fut libre, je sortis de derrière elle et me dirigeai vers l'ensemble d'étagères qui me séparait de mon objectif. Il s'avéra qu'elles entouraient une aire de jeu avec un bac à balles, un train électrique et quelques voitures pour enfants. Juste après, j'aperçus la porte qui devait mener au bureau. Bingo !

En m'approchant, mon cœur se serra. Snap avait dit que Meriden avait laissé une forte impression comme quoi la voie d'accès à cet endroit était en fer. Comment cela pouvait-il être autre chose qu'une clé – une clé que beaucoup d'hommes de l'ombre ne pouvaient même pas toucher, ce qui était très pratique ? Mais peut-être était-ce pour la porte extérieure ? Celle qui se trouvait devant moi n'avait pas de trou de serrure du tout, rien qui me permette de la crocheter ou même de faire sauter un explosif à l'intérieur. Juste un panneau plat et lisse à côté d'un clavier pour entrer un code.

Merde. Je pouvais craquer un code. Ce qui aurait pu me permettre d'entrer si j'avais eu le temps, mais cela pouvait prendre des heures selon le modèle – si je pouvais encore me connecter à celui-ci. Je ne pouvais pas rester aussi longtemps avec ce duo pas si mortel que ça. Même si les gardes ne représentaient pas plus de menaces qu'ils ne l'avaient fait jusqu'à présent, ils avaient beaucoup de camarades qui pouvaient prendre le relais.

Tendue, je jetai un coup d'œil à la porte. Pourquoi Meriden était-il obsédé par l'idée que le fer puisse entrer ici ? La présence de fer dans les murs était un moyen d'empêcher les ombres d'entrer, et non de laisser entrer qui que ce soit. Il était trop tard pour revenir en arrière et demander à Snap s'il avait aussi remarqué une série de quatre chiffres ou… attendez une seconde.

Mon pouls s'accéléra alors que je me penchais sur la serrure.

Sésame ouvre-toi et tout le toutim ! I-R-O-N : 4766.

La serrure émit un léger bip, ce qui fit hoqueter mon pouls, et le pêne coulissa. Yess !

Je me retins de lancer mon poing en l'air et je poussai la porte. Elle s'ouvrit pour m'accueillir sans un grincement. C'est ainsi que je pénétrai à l'intérieur de la maison, où régnait une tranquillité craquelée par le froid artificiel d'un climatiseur.

Sans savoir si les plafonniers se verraient sous la porte, j'optai pour la petite lueur de ma lampe de poche. Elle se posa sur un bureau en acier équipé d'un ordinateur et d'un écran, une chaise de bureau en cuir, deux classeurs et un tableau d'affichage sur lequel étaient épinglés un calendrier et diverses annonces de vente.

L'ordinateur devait probablement contenir le filon principal. Je jetai un coup d'œil rapide aux classeurs, juste au cas où, mais ils étaient tous remplis de bons de commande et de rapports de vente. Je m'enfonçai dans le fauteuil en cuir et tapotai sur la souris.

L'écran s'alluma pour afficher une demande de mot de passe.

Fils de gitane ! Bien sûr que c'était protégé, et je n'étais pas un pirate informatique. Je n'avais jamais eu à voler des données au cours d'une mission de cambriolage.

Je tapai IRON, mais cette chance n'était valable que pour un seul point d'accès. La fenêtre du mot de passe trembla et m'informa que je devais réessayer. Je fis la grimace. À combien d'essais aurais-je droit avant que cela ne déclenche une sorte d'alarme ou ne se bloque complètement ?

Les chances que je devine le mot de passe d'une personne dont je ne savais rien étaient de l'ordre de cinq millions contre un. Je pouvais jouer avec les meilleurs d'entre elles, mais je savais bien quand un pari ne valait pas la peine d'être pris.

Alors… je me dis qu'il valait mieux que je prenne tout l'ordinateur jusqu'à ce que je trouve quelqu'un de plus doué que moi dans ce domaine.

Il y avait des limites à ce que je pouvais transporter. Je pourrais trouver un autre écran ailleurs. Je débranchai l'unité informatique de l'écran et le soulevai sous mon bras.

Oouf, oui, il était temps de faire plus de pompes. Mon biceps me fit mal avant même d'avoir fait deux pas. Le coin du bloc de métal lourd s'enfonçait dans ma hanche.

En me déplaçant dans le bureau, je repérai une boîte en plastique transparent contenant une pile de CD étiquetés au feutre. Et si certaines des données nécessaires se trouvaient sur ces CD ? Je glissai la boîte sous mon bras, au-dessus de l'ordinateur. Maintenant, j'avais des coins pointus qui s'enfonçaient dans mon aisselle, ce qui était merveilleux.

Je me faufilai à nouveau par la porte et la refermai avec le plus doux des clics. Il ne me restait plus qu'à transporter ce chargement à l'extérieur et je serais libre de rentrer chez moi. C'était encore du gâteau.

Je n'avais franchi que quelques mètres de plancher lorsque ce maudit chien se remit à japper.

Ce n'était pas suffisant pour me déstabiliser. Non, j'avais les nerfs plus solides que ça. Mais alors que je me précipitais pour me mettre à l'abri au son des pas qui s'approchaient, le boîtier du disque qui était déjà calé de façon précaire contre mon flanc se détacha d'un coup sec. Il heurta le sol avec un fracas que personne n'aurait pu confondre avec un minuscule courant d'air. Alors que je jurais tout bas, l'un des gardes se mit à crier.

Fini le gâteau, finie la discrétion. C'était le moment de courir.

---

1. Paroles modifiées d'une chanson de Phill Collins.

TRENTE

Sorsha

J'attrapai la boîte de CD, je la coinçai sous mon aisselle et je filai vers la porte de derrière. Malheureusement, au même moment, l'un des gardes arriva en trombe devant les étagères de l'aire de jeu, me bloquant le passage.

Que pouvais-je faire d'autre que d'utiliser ce qui se trouvait devant moi ? Serrant mon butin contre moi, je plongeai dans la fosse à balles.

J'y enfonçai mon bras libre et les sphères de plastique s'entrechoquèrent et rebondirent sur les murs. J'en saisis une, puis une autre, pour frapper le garde au visage, aussi fort que possible. Il trébucha en arrière dans un mélange de douleur et – probablement surtout, puisqu'il s'agissait de boules pour enfants – de surprise.

L'autre garde se précipita sur moi quelque part derrière. Dans quelques secondes, ils me coinceraient. Je lançai une autre balle, traversai la fosse et posai un pied dans l'une des voitures jouets : une décapotable rouge plutôt élégante.

Poussant avec l'autre pied comme s'il s'agissait d'une trottinette, je dépassai le garde dans l'allée la plus proche, lui assénant un coup de coude pour faire bonne mesure. Il laissa échapper un *ouf* et se lança à ma poursuite.

Le sifflement des roues de la voiture contre le sol carrelé dut faire sursauter l'autre garde, car il tourna en dérapant dans l'allée voisine. J'enfonçai davantage mes chaussures de sport dans le sol, poussant la voiture jouet aussi vite que ses roues le permettaient.

— C'est l'une d'entre *eux* ? cria le second garde à son collègue, d'un ton horrifié qui m'indiquait qu'ils savaient dans quelle affaire leurs employeurs se trouvaient réellement – et qu'ils n'aimaient pas plus les ombres que le reste de la bande de l'épée à l'étoile.

— Je ne sais pas, ça n'a pas d'importance. Arrêtons-la, c'est tout ! cria l'autre en réponse.

Oubliez cela ! Je fonçai dans l'espace plus large entre les étagères et les caisses. Les roues en plastique émirent un grincement à faire frémir les oreilles lorsque je fis une embardée d'un coup de pied. Je fis rouler la voiture trois allées plus loin, la fis pivoter à nouveau pour foncer dans celle qui menait à la porte du magasin, et deux des roues se détachèrent d'un coup sec.

De toute évidence, ce jouet n'était pas conçu pour résister à une véritable course-poursuite. Je me jetai au sol, vacillant pour retrouver mon équilibre avec le poids de ma cargaison et grimaçant lorsque le bord de l'ordinateur me donna un coup plus fort. Cette machine avait intérêt à contenir ce dont nous avions besoin, sinon j'allais l'enfoncer dans le cul de son propriétaire. En supposant que j'aie la chance de découvrir ce qu'elle contenait, pour commencer.

Alors que je me redressai, mon propre cul se heurta à un présentoir de figurines à capes sombres au bout de l'allée.

— Intrus détecté ! cria une foule d'entre elles avec leurs voix numériques minuscules. Tirez quand vous êtes prêts !

Pour l'amour du jus de viande ! Tout le magasin était prêt à m'attraper. Mais alors que je m'élançais dans l'allée, il m'apparut que leur suggestion n'était pas si mauvaise que cela. De ma main libre, j'attrapai un jeu de fléchettes sur l'étagère. Déjà chargé de cinq fléchettes en mousse. C'était mon jour de chance.

Un garde avait atteint le bout de l'allée. Je jetai un coup d'œil en arrière juste assez longtemps pour envoyer quelques tirs. L'une des fléchettes en mousse rebondit sur son épaule, mais l'autre toucha le bord de ses lunettes, les faisant tomber de travers. Score !

J'étais presque de nouveau de bonne humeur lorsqu'une deuxième série de pas tourna au coin de l'allée. Je ne me retournai pas, tirant à l'aveugle tout en continuant à courir, mais le déclic du déverrouillage de sécurité d'un pistolet me parvint très clairement aux oreilles.

Ces gars-là prenaient l'idée de « tirer quand on est prêt » beaucoup plus au sérieux.

Mes tripes se crispèrent et je me jetai en avant encore plus vite. Mes pieds claquèrent contre le carrelage, l'impact irradiant mes semelles d'une douleur grandissante. Le bras qui tenait l'ordinateur me lançait carrément.

L'un des gardes cria :

— Arrêtez-vous là ! tout en me poursuivant, comme si

j'allais être sage maintenant. Je fis demi-tour pour tenter de devenir une cible plus difficile, et j'aime à penser que c'est cette manœuvre inspirée qui me sauva.

Une détonation fendit l'air, et un instant plus tard, une douleur plus grande que tout ce que j'avais connu jusqu'à présent me transperça l'épaule. Au côté droit, merci les saintes peluches, car s'il s'était agi du côté gauche, j'aurais perdu ma seule raison d'être ici. En l'occurrence, mon bras tressaillit sous l'impact, mes doigts se crispèrent sous l'effet de la douleur, et le lance-fléchettes dégringola sur le sol.

Serrant les dents, je continuai à avancer. La porte était en vue. Je pouvais y arriver, mais je n'étais plus sûre que le simple fait de quitter le bâtiment allait garantir ma liberté.

Je me forçai à poser les doigts autour de la poignée et tirai, un cri que je ne pouvais contenir s'échappant de ma gorge à cause de la sensation de feu qui me transperça l'épaule sous l'effet de l'effort. J'avais la tête qui tournait, mais je réussis à trébucher dans la réserve juste au moment où un autre coup de feu retentissait. La porte vibra avec lui.

Merde, merde, merde. Mon épaule était en feu, les larmes me piquaient les yeux. Je traversai la pièce en courant vers la porte de dehors. Les gardes me poursuivirent en poussant une série de cris.

Alors que j'ouvrais la porte d'un coup de mon épaule valide qui se répercuta sur l'épaule blessée avec une nouvelle onde de douleur, une petite pulsion aiguë monta en moi.

Brûlez-les. Les brûler tous les deux, jusqu'au sol, putain. Je n'avais pas mon briquet en main, mais la chaleur qui pulsait en moi avec le rythme effréné de mon cœur me semblait assez puissante pour passer directement de mes doigts à une explosion de flammes.

L'idée me saisit un instant, puis je reculai avec un soubresaut d'horreur et le souffle de l'air extérieur sur mon visage. Même si j'avais pu le faire – ce qui n'était évidemment pas possible, ça aurait été complètement dingue – brûler des gens vivants était un peu au-delà de ce que je pouvais supporter, même s'ils semblaient avoir l'intention de m'assassiner.

J'étouffai un sanglot sous la douleur qui me transperçait la poitrine et je me précipitai dans le parking avec toute la vitesse que mes jambes pouvaient produire.

Je pouvais courir assez vite, même en portant un lourd équipement informatique sous un bras, et même dans le brouillard de l'agonie. Mais il s'agissait d'un grand parking sans aucun abri, à l'exception de la boîte de dons de *vêtements pour les personnes récemment décédées*, située un peu trop loin sur cette étendue d'asphalte. Alors que les gardes se lançaient à ma poursuite, ce n'était qu'une question de secondes avant que je ne devienne l'un des destinataires de l'œuvre de charité.

J'accélérai le rythme de mes jambes et me dirigeai vers ce petit abri. Un autre coup de feu crépita derrière moi, me manquant, mais suffisamment proche pour que le tremblement de l'air traverse ma joue. Il me restait vingt mètres à parcourir, mon souffle s'étranglait dans ma gorge… Quinze… Dix…

Bang. Une balle, dont je fus instantanément certaine qu'elle signerait ma perte, explosa du pistolet – et un corps énorme et rapide me percuta sans crier gare, me faisant tomber et nous projetant tous les deux sur la dernière courte distance qui nous séparait de la boîte à dons.

Les bras costauds qui m'avaient attrapée parvinrent à

me faire pivoter alors que nous tournions dans les airs et autour du coffre. J'atterris au sol sur le dos plutôt que la tête la première, bien que la douleur qui m'avait traversé l'épaule au moment de l'impact n'ait rien de réjouissant. J'étouffai un gémissement et me retrouvai à fixer le visage de Thorn.

Je savais que c'était son visage à cause des cicatrices qui le décoraient et des cheveux blond blanc qui tombaient en désordre de chaque côté, sans parler du corps imposant qui me dominait. Mais ses traits étaient devenus encore plus durs qu'avant, et au milieu d'eux, les yeux qui me fixaient brûlaient comme s'ils étaient faits de braises en sommeil – pas de pupilles, pas de blanc, juste du rouge pur et sombre.

Et puis il y avait le fait que deux immenses ailes aux plumes noires avaient jailli de son dos musclé, s'arquant au-dessus de nous comme un bouclier. Sainte Mère de la naphtaline. De toutes les formes qu'il aurait pu prendre, je ne me serais jamais attendue à cela.

Les premiers mots ineptes qui sortirent de ma bouche furent :

— Ils auraient pu te tirer dessus.

— Ils allaient te tirer dessus, dit Thorn. Sa voix avait le même grondement graveleux, mais avec une sorte d'écho, comme si elle résonnait dans une caverne majestueuse. Ses yeux brillèrent d'un rouge encore plus vif et ses lèvres se retroussèrent pour dévoiler ses dents. Ils l'avaient déjà fait une fois. Ils t'auraient tuée.

Y avait-il quelque chose qui n'allait pas chez moi pour que je sois brusquement tout excitée avec ces muscles saillants à quelques centimètres de mon corps allongé et ce genre de véhémence qui illuminait son regard ? Peut-être que c'était juste l'adrénaline qui me faisait perdre la tête.

Les mots que je prononçai ensuite ne furent pas beaucoup plus sensés que les premiers.

— Et moi qui pensais que tu ne voyais en moi qu'une nuisance.

Je sentis la colère du guerrier autant que je la vis, me submergeant dans une autre vague de chaleur, mais une touche de douceur traversa le défi dans son ton.

— Tu es d'une irrévérence irritante et d'une obstination exaspérante, Milady, mais l'idée que quelqu'un puisse te faire du mal me donne envie de lui arracher les entrailles et de l'étouffer avec ses propres intestins.

Ce n'était pas de la chaleur, mais de la tiédeur qui flotta en moi à ce moment-là. Il avait pratiquement composé un poème pour moi. Je levai les yeux vers lui, délirant légèrement à cause de la douleur, et je dis : « Pareil pour toi. »

Quelque chose vacilla dans son expression, et je m'attendis à moitié à ce qu'il se penche vers moi et m'embrasse. Puis des bruits de pas sourds parvinrent à mes oreilles par-dessus le rugissement du sang dans ma tête. Les gardes n'avaient pas abandonné la poursuite. Avaient-ils même vu ce qui m'avait traînée en lieu sûr ?

D'une manière ou d'une autre, les traits durs de Thorn se tendirent encore plus. Il se détacha de moi et fonça à leur rencontre en poussant un cri de guerre qui me fit vibrer les tympans.

L'un des hommes poussa un glapissement. Ils avaient vu maintenant. Puis je n'entendis plus que le claquement écœurant de la chair écrasée et le craquement des os qui se brisent, suivis de la peau et des muscles qui se déchirent dans un bruit d'arrachement. Ni eux ni Thorn ne prononcèrent un autre son.

Je m'étais redressée pour m'asseoir lorsque Thorn

revint à grands pas vers la boîte de dons. Il avait repris sa forme de mortel à laquelle j'étais habituée, sans rien d'autre d'extraordinaire que l'éclat cristallin de ses articulations.

Deux têtes, arrachées à leur corps, pendaient par les cheveux d'une de ses larges mains, les moignons de leur cou dégoulinant de sang et d'éclaboussures. Il les brandit.

— Je ne savais pas lequel des deux avait logé la balle dans ton corps, alors je te présente les deux.

Mon estomac se retourna, mais je ne peux pas dire que je n'appréciais pas le geste.

— Hum, merci. Je pense que nous pouvons les laisser ici. Je ne suis pas vraiment du genre à aimer les trophées. En tout cas, pas le genre de trophée avec des parties du corps ensanglantées. Ce n'est pas comme si nous pouvions éviter que les propriétaires de cet endroit se rendent compte que quelque chose d'important s'est passé ici ce soir de toute façon.

Thorn ricana en regardant les têtes détachées et les jeta derrière lui.

— Tu as dit que je pouvais « poursuivre » tous ceux qui t'attaqueraient à l'extérieur du bâtiment, me rappelle-t-il.

— Oui, n'est-ce pas ? J'avais bien réfléchi. Je me frottai la tête. C'était plus facile de ne pas penser aux corps détruits qui gisaient un peu plus loin sur le terrain si je n'avais pas à les voir. Plus facile de ne pas se soucier de leur mort alors que mon épaule était toujours prise dans les mâchoires de la douleur.

À ce stade, il avait eu besoin de les tuer. Si nous les avions laissés en vie, ils auraient immédiatement sonné l'alarme pour que le reste de la population puisse commencer à limiter les dégâts. Comme c'était le cas...

nous avions jusqu'au changement d'équipe pour tirer le meilleur parti du paquet avec lequel je m'étais enfuie.

Le paquet de l'ordinateur. Arrête d'avoir l'esprit mal tourné !

L'ordinateur en question avait atterri sur le sol à côté de moi. J'examinai la coque métallique et je constatai qu'elle n'était que légèrement abîmée. D'après mon avis d'experte, il devrait encore fonctionner correctement.

Thorn ramassa l'appareil comme s'il ne pesait pas plus qu'une plume, faisant honte à la force de mes bras. Lorsque je tendis la main vers la boîte de disques, il la saisit à son tour.

— Nous devrions retourner auprès des autres, dit-il en tendant la main pour m'aider à me relever. Il avait retrouvé son attitude froide habituelle, mais j'étais trop dans les vapes pour m'en offusquer cette fois.

Il m'avait sauvé la vie au sens le plus littéral du terme. Il avait massacré des hommes en mon nom et m'avait offert leurs têtes en signe de dévotion. Peu importe s'il aimait jouer la comédie, il ne pouvait pas vraiment prétendre qu'il ne m'aimait pas un tout petit peu.

— Je serai prête quand tu le seras, dis-je en m'efforçant de ne pas vaciller. Faisons tomber ces salopards !

TRENTE-ET-UN

Sorsha

Me soigner se transforma en un effort collectif. Ruse rassembla le matériel nécessaire pendant que j'étais allongée sur le lit du motel, grognant et jurant. La seule serviette que Pickle ne s'était pas appropriée était pressée sur la plaie d'entrée et le dragon lui-même lové contre ma tête dans une tentative de réconfort. Lorsque l'incube revint, Thorn et Snap s'assirent à côté de moi. Après que j'eus avalé quelques analgésiques et une gorgée de la vodka que Ruse avait également jugée nécessaire, le guerrier parla doucement à l'autre homme de l'ombre du processus d'extraction de la balle et de la suture de ma chair.

Snap frémit lorsqu'il regarda le morceau de métal qui était apparemment visible dans la blessure.

— C'est de l'argent.

— Heureusement que je ne suis pas un loup-garou,

murmurai-je. Les gardes avaient été au moins un peu préparés à l'arrivée d'intrus surnaturels.

Thorn ignora ma remarque sèche.

— Nous n'aurions pas besoin de l'extraire sinon. Je ne veux rien laisser en elle qui puisse nous compliquer la tâche pour prendre soin d'elle. Cela ne devrait pas causer d'autres problèmes, il n'y a pas de vaisseaux sanguins importants à cet endroit.

Snap aspira une bouffée d'air et brandit sa pince à épiler.

Ses doigts fins firent le boulot avec plus de grâce que les grosses de mains de Thorn, même si je poussai quand même quelques jurons. Entre les élancements de la douleur, je ne pouvais m'empêcher de penser à l'endroit où le guerrier avait dû acquérir ses connaissances en matière de blessures sur le terrain. Il y avait bien longtemps et probablement dans des pays très, très lointains.

Au moment où nous avions atteint la voiture, Thorn n'avait pas l'air particulièrement effrayé par la blessure ou l'hémorragie qui s'était déjà réduite à un filet grâce à la pression qu'il avait exercée. Snap, malgré la stabilité de ses mains, semblait beaucoup plus perturbé. À chacun de mes sifflements et de mes grimaces, il grimaçait de sympathie.

— Tu as anéanti ceux qui ont fait ça ? demanda-t-il à Thorn avec sa nouvelle férocité possessive.

Le guerrier rendit un de ses rares sourires, quoique sinistre, qui aurait pu être une réponse suffisante.

— Oh, oui.

Le morceau de métal arraché par Snap n'avait pas l'air assez gros pour avoir causé la moitié de la douleur que j'avais ressentie. Celle-ci commença à s'estomper maintenant qu'il n'y en avait plus, à l'exception des petits coups de l'aiguille de suture. En quelques minutes, j'étais assise, une poche de glace sur un bandage de gaze, et le muscle était bien engourdi.

C'était du gâteau. Ha ! Ha ! Ha !

Ruse avait examiné mon butin.

— Alors, nos réponses sont là-dedans ? demanda-t-il en donnant un coup de coude à l'ordinateur.

— J'espère bien, dis-je. Il y a intérêt à ce qu'elles le soient après tout ça. Le truc, c'est de les extraire. Je fis signe à Snap. Y a-t-il une chance que tu puisses obtenir une idée du mot de passe de cette chose ?

Snap considéra la structure métallique avec un scepticisme évident. Il se pencha en avant, sa langue effleurant la surface ici et là. Quand il se redressa, il secoua la tête.

— C'est surtout toi, quand tu courais avec. Les autres impressions sont beaucoup plus ternes. Rien qui indique comment l'ouvrir.

Bien sûr, le propriétaire n'aurait pas caressé l'ordinateur tout en se connectant ou en élaborant des plans malveillants. Si j'avais pensé à prendre le clavier aussi… Mais bon, j'avais à peine réussi à sortir du magasin avec ce que j'avais emporté.

Je me frottai la bouche.

— Nous allons avoir besoin d'un écran et d'un clavier, et je suppose que je vais devoir voir si quelqu'un de la cabale des hackers peut me convaincre de craquer le mot de passe… Et vite.

Il était plus de onze heures. Au mieux, nous avions huit ou neuf heures devant nous avant que la bande de l'étoile ne se rende compte de ce que nous avions emporté et ne commence à nettoyer le magasin.

Ruse pencha la tête.

— Ne serait-il pas plus facile d'apporter l'ordinateur aux pirates et de les laisser faire le travail ?

— Je ne sais pas où ils sont. Je suppose qu'ils connaissent probablement quelqu'un qui pourrait s'en charger dans une ville de cette taille. Je fronçai les sourcils. S'ils acceptent de nous rencontrer de toute façon. Si c'est sans danger au moins.

Les yeux de l'incube brillèrent.

— Passe-leur un coup de fil, je m'occupe du reste.

Chaque minute passée à attendre une réponse me sembla des années, mais il ne fallut qu'une demi-heure pour que les contacts du Fonds me mettent en relation avec un associé local qui accepta à contrecœur une conversation téléphonique. Lorsqu'il m'appela, je tendis le téléphone à Ruse. Il me jeta un regard amusé en couvrant le micro.

— Ils utilisent un déformateur de voix, comme si cela pouvait servir à quelque chose.

Il se promena dans la pièce, faisant rouler ses mots pleins de cajoleries sur sa langue, jusqu'à ce qu'il ait obtenu une adresse et la promesse que notre nouvel ami ne parlerait à personne de sa visite. « Je reviendrai aussi vite que possible », dit-il en me rendant mon téléphone et en soulevant l'ordinateur.

— Prends le dévoreur avec toi, dit Thorn brusquement.

Ruse regarda Snap, qui cligna des yeux devant le guerrier.

— Qu'est-ce que je ferais là-bas ? Je ne sais pas comment sortir quoi que ce soit de cette boîte.

Thorn fit un signe de tête vers Ruse.

— Il pourrait savoir si ce « hacker » a eu des contacts avec nos ennemis. Si c'est le cas, il faudra que tu testes leur maison et leurs possessions pour trouver des informations utiles.

L'explication semblait peu convaincante, et d'après l'arcade sourcilière de Ruse, il le pensait aussi. Il n'était cependant pas enclin à se battre avec le plus grand des hommes de l'ombre à ce sujet.

— Allez, viens. Mon influence n'est pas aussi puissante sans les images. Nous devons nous assurer d'arriver avant qu'elle ne s'estompe.

Snap me jeta un regard inquiet, mais l'urgence de la situation l'emporta sur les arguments qu'il aurait pu avancer.

— Nous serons bientôt de retour, m'assura-t-il. Pour l'instant, repose-toi le plus possible.

— Croyez-moi, je n'ai aucune envie de courir un marathon pendant les dix prochaines années.

Ils s'éclipsèrent, me laissant seul avec Thorn, qui se tenait debout à côté du lit. Je haussai les sourcils.

— Tu languissais trop d'être seul avec moi, hein ?

Il avait ce regard familier. Il semblait attendre quelque chose – le grondement du moteur de la voiture quand les autres gars furent partis. Puis il croisa les bras sur sa large poitrine, mais je ne me sentais pas si intimidée que ça par sa corpulence, bien que j'aie vu à quoi il ressemblait vraiment.

— Tu ne diras rien aux autres sur ce que je suis.

C'était intéressant.

— Pourquoi ?

Le regard s'accentua.

— C'est tout simplement plus facile de ne pas se laisser entraîner par les questions qui se posent. Même mes compagnons de l'ombre sont généralement… déconcertés.

Je n'avais donc pas tort de m'étonner de l'existence de

son espèce. Je m'éloignai de l'oreiller en entendant le grognement de consternation de Pickle, donnai une tape apaisante au dragon et regardai mon guerrier vengeur.

— D'accord, je me tairai, mais à une condition. Je veux que tu te montres encore.

Apparemment, c'était au tour de Thorn d'être surpris.

— Quoi ?

— Tu m'as bien entendue. J'aimerais te voir quand je ne serai pas à moitié folle de douleur. Puisque cela semble être une expérience unique dans une vie et tout ça.

Thorn ouvrit la bouche et la referma, semblant réfléchir à la protestation qu'il s'apprêtait à faire. Il m'avait correctement qualifiée d'obstinée à peine une heure avant, après tout.

— Très bien. Mais seulement si nous sommes d'accord.

— Pas de révélation de tes secrets, c'est d'accord.

Je tendis la main pour qu'il la serre, et Thorn accepta le geste avec un mouvement de la bouche qui aurait pu être de l'amusement ou de l'irritation, ou peut-être un peu des deux. Ses doigts solides enserrèrent ma main dans leur poigne ferme. Puis il s'éloigna du lit pour se laisser plus de place.

Contrairement à Ruse, il n'eut même pas besoin de se concentrer pour fermer les yeux. Les contours de son corps vacillèrent et, d'un seul coup, il grandit de quinze centimètres, sa carrure sculptée prenant encore plus d'ampleur. Un rouge brûlant consumait ses yeux. Ses jointures brillaient, là où ses mains étaient tombées le long de son corps, leur surface cristalline dépassant de plus en plus, et les lignes durcies de son visage balafré prenaient la lumière avec une qualité diamantaire que je n'avais pas vue dans l'obscurité du parking.

Et ces ailes ! Il les gardait partiellement repliées, et l'arc de leur balayage sombre frôlait toujours le plafond. Les extrémités des plumes auraient pu s'étendre d'un bout à l'autre de la pièce s'il les avait déployées.

Je n'avais pas mal vu. J'eus le souffle coupé. Je savais que je le fixais, mais vraiment, s'il y avait une excuse pour le faire, c'était bien celle-là.

Une vague de vertige fit sortir mes paroles suivantes.

— Tu es un ange.

La bouche de Thorn se crispa.

— Ce mot appartient aux mortels. Aucun des attributs qu'ils y ajoutent n'a de fondement dans la réalité. Nous préférons dire « un ailé ».

Il mit un accent archaïque sur le début du mot, disant plutôt « aîlé » qu'« ailé ». Sa voix résonnait avec une sorte d'écho que je n'avais pas non plus imaginé. Cela me donna la chair de poule.

Je n'avais aucune raison de croire en un véritable paradis avant même qu'il ne fasse sa remarque sur les attributs, mais si quelqu'un avait déjà donné l'impression de venir d'en haut, c'était bien lui.

— Je ne savais pas qu'il restait des gens comme toi. J'ai entendu dire… qu'il y avait eu une guerre ?

Les informations sur la transmission des hommes de l'ombre entre eux et entre les mortels avec lesquels ils interagissaient étaient limitées, et lorsqu'elles existaient, les détails étaient sommaires et probablement faussés par des mythes et des perceptions erronées. Le peu que j'avais recueilli était qu'il y a plusieurs siècles, il y avait eu une sorte de bataille brève, mais épique au cours de laquelle les anges – d'accord, les ailés – avaient combattu à l'unisson avec les factions humaines… des deux côtés. L'affrontement avec des êtres surpuissants avait laissé la plupart d'entre eux morts, mais pas tout à fait. Aucun de ceux qui l'avaient référencé n'avait la moindre idée de ce pour quoi ils s'étaient battus.

Si Thorn était un représentant typique de son espèce, je devinais que le désaccord avait été plus sérieux que la façon dont on suspendait un rouleau de papier hygiénique.

Il ne m'aida pas à mieux comprendre.

— La plupart se sont massacrés les uns les autres. J'ai survécu. Ce n'est pas une époque dont j'ai envie de parler longuement, Milady.

Très bien.

— Et les autres n'en savent vraiment rien ?

Il secoua la tête.

— Ni l'incube ni le dévoreur. Omen sait. Il était là.

Mes yeux s'écarquillèrent.

— Est-il un ange, euh, un ailé lui aussi ? Thorn gloussa – un son que je n'avais jamais entendu de sa part auparavant, qui sortait de sa gorge avec une résonance céleste. Non. C'est un... Tu verras, s'il veut bien te montrer...

Quelqu'un avait mentionné à un moment donné que l'homme avait des griffes, n'est-ce pas ? J'aurais pu pousser le guerrier plus loin, mais sa bonne humeur s'évanouit avec les derniers mots. Il aurait pu en dire plus, mais il n'en avait pas besoin.

Si jamais nous le trouvions.

Je ne voulais pas que Thorn s'attarde sur ce point pour l'instant. Je me levai pour m'approcher et mon épaule me lança.

La posture de Thorn se tendit à mon approche, mais il ne dissimula pas sa véritable forme. Lorsque je tendis mon bras valide pour passer les doigts sur l'arête d'une aile à l'endroit où elle se séparait de son dos, il resta parfaitement immobile.

La surface des plumes noires était étonnamment soyeuse, seulement grossière sur les bords, et la crête de chair sous les plumes dégageait de la chaleur. Je ne pouvais résister à l'envie de la caresser davantage. Y avait-il eu un léger frémissement dans sa poitrine, comme si cet endroit était particulièrement sensible au toucher ?

À quand remontait la dernière fois qu'il avait été assez proche de quelqu'un pour qu'on lui donne ce genre de caresse, si tant est qu'il ne l'ait jamais fait ?

— Elles sont magnifiques. Je levai les yeux, mon pouls s'emballant de me retrouver si près de ce visage impénétrable. Tu es magnifique.

Il me fixa de ses yeux brûlants.

— D'habitude, les mortels fuient, terrifiés à cette vue.

Je souris. Mon cœur battait encore la chamade, mais ce n'était pas de peur. Son odeur de fumée musquée s'était enroulée autour de moi, et chaque mot qui sortait de ses lèvres sur ce grondement de tonnerre attisait la chaleur au plus profond de moi. La poussée de désir qui m'avait traversée dans le parking ne pouvait pas être attribuée à l'adrénaline.

Ma main quitta son aile pour se poser sur son biceps.

— Tu n'as pas encore compris que je ne suis pas une mortelle comme les autres ?

— Il serait extrêmement difficile de ne pas l'avoir remarqué.

Taquine, je fis glisser mes doigts jusqu'à son coude.

— Et tu m'aimes bien, avec mon irrévérence et mon obstination, même si tu as du mal à l'admettre.

Il laissa échapper un son qui n'était guère plus qu'un grognement sans paroles, puis il prouva ce que je venais de dire en attrapant les cheveux à l'arrière de ma tête et en m'attirant vers lui. Sa bouche entra en collision avec la mienne, chaude, ferme et implacable. Je m'accrochai de toutes mes forces à sa tunique et lui rendis son baiser, les sens submergés.

Ce n'était peut-être pas la décision la plus sensée que j'aie jamais prise. J'avais déjà couché avec ses deux compagnons, et un seul amant de l'ombre était bien suffisant. Mais – que le ciel me vienne en aide même s'il n'existait pas – je les voulais tous, et après ce soir, je méritais un peu d'indulgence. Ce n'était pas comme si un badinage entre un humain et un être de l'ombre pouvait se transformer en une véritable relation à long terme. Une fois terminé notre combat contre la bande de l'épée à l'étoile, qui savait si je reverrais l'un d'entre eux ?

Thorn m'embrassa une nouvelle fois, avec une douceur déterminée, avant de reculer de quelques centimètres. Sa main glissa de mes cheveux à ma mâchoire.

— J'ai failli ne pas t'atteindre assez vite ce soir, dit-il, avec une crudité que je pouvais entendre même à travers l'écho. Nous avons encore du chemin à faire pour aller jusqu'au bout. Je ne t'insulterai pas en te demandant à nouveau de rester en dehors, mais je déteste l'idée que la prochaine fois, je ne parvienne pas à te protéger.

— Tu m'as sauvé la vie au moins deux fois. Je suis presque sûre que toute dette que tu avais envers moi est entièrement payée.

Il émit un bruit consterné.

— Tu vaux plus que n'importe quelle dette. Je ne t'ai pas non plus embrassée en guise de remboursement.

Un battement de cœur cogna dans ma poitrine avec une sorte d'étourdissement plus doux.

— Je suis contente que nous soyons sur la même

longueur d'onde, alors. Peut-être que tu pousses la protection jusqu'à des extrêmes inutiles ? Tout ce qu'Omen aurait pu demander, c'est que tu fasses de ton mieux, et moi, je n'ai jamais rien demandé du tout.

— Je… Son doigt s'arrêta de glisser sur mon menton. J'avais des amis pendant la guerre. Des frères et sœurs d'armes. Je serais mort pour eux – j'aurais dû – mais je n'étais pas là quand on avait le plus besoin de moi et maintenant ils sont partis et je suis toujours là. Je ne veux pas répéter cette erreur.

Il avait parlé avec son élocution formelle habituelle, mais le poids de cette perte résonnait dans ses mots. Une boule apparut dans ma gorge. Combien de temps avait-il passé à errer seul dans le royaume des ombres, empêtré dans la culpabilité et le deuil ? Il portait cette blessure depuis des siècles, et la mission d'Omen avait fait remonter la douleur à la surface.

Je touchai sa mâchoire comme il l'avait fait pour la mienne, découvrant que les angles vifs de son visage avaient encore la chaleur et la souplesse de la peau contre mes doigts.

— Je comprends, mais je te jure que s'il m'arrive quelque chose, je ne te le reprocherai pas. D'accord ?

Peut-être que ce que je pensais n'avait pas d'importance s'il s'en voulait de toute façon, mais il inclina la tête en signe de reconnaissance. Ses ailes disparurent, son corps se contractant pour retrouver sa taille normale, bien que toujours imposante. Le rouge s'estompa de ses yeux sombres.

— Les autres pourraient revenir d'un moment à l'autre, dit-il avec sa brusquerie habituelle. Snap avait raison, tu devrais te reposer tant que tu le peux.

— D'accord, marmonnai-je.

Mais mon épaule recommençait à me faire souffrir de façon plus insistante. Je pouvais me contenter de quelques baisers pour l'instant. S'impliquer davantage avec le troisième membre de mon trio de créatures… Je déciderais plus tard de la pertinence de cette idée. Si nous arrivions à « plus tard » après que nos plans nous auront menés à autre chose ce soir.

Je m'assis sur le bord du lit. Tandis que Pickle grimpait sur mes genoux pour s'y blottir, mes pensées se tournèrent vers mes propres amis. Ma meilleure amie, qui avait tant voulu se battre pour moi aussi, même si ses efforts s'étaient soldés par un désastre.

Je saisis mon téléphone.

— Je devrais appeler Vivi. M'assurer qu'elle a trouvé un endroit sûr où se cacher.

Je voulais lui dire quelques derniers mots, au cas où ils seraient vraiment les derniers. Il était tard, mais Vivi avait tendance à être une noctambule, même quand elle n'avait pas un meurtre dont elle avait été récemment témoin pour gâcher son sommeil.

— Je te laisse la chambre, dit Thorn, et il s'éloigna dans l'ombre vers sa propre chambre sans s'occuper de la porte.

J'hésitai devant la liste de mes contacts fréquents, où le visage accueillant de Vivi me souriait depuis la première place. Mon estomac se noua.

Il y a dix ans, alors que j'étais à peine plus qu'une enfant et qu'elle n'était pas beaucoup plus âgée, nous étions collées l'une à l'autre. Je ne sais pas comment j'aurais pu survivre aussi longtemps sans son amitié qui m'avait permis de rester saine d'esprit et humaine. L'idée effrayante que quelqu'un lui mette une balle entre les omoplates me glaçait les entrailles.

Mais peut-être avait-elle ressenti la même chose à l'idée

que je puisse me mettre en danger. Elle s'était trompée et avait dépassé les limites, et j'en étais encore un peu fâchée, mais au moins elle l'avait fait par amour plutôt que dans l'intention de faire du mal.

Je tapotai sur l'écran et décrochai le téléphone. Quelques secondes plus tard, la voix de ma meilleure amie me parvenait à l'oreille.

— Sorsha ! Tu vas toujours bien ?

J'ignorai la douleur dans mon épaule.

— J'ai connu mieux, mais oui. Tu vas bien ? Tu as quitté la ville comme je te l'avais dit ?

— Oui, j'ai pris mamie, et nous sommes parties à quelques heures d'ici pour un chalet qui appartient à des amis de la famille. Je n'arrête pas de regarder par la fenêtre au cas où quelqu'un viendrait. Sa voix se fit plus grave. Je me suis fait un sang d'encre pour toi. Je voulais t'appeler, mais je ne voulais pas t'interrompre au mauvais moment. Manifestement, je ne suis pas la mieux placée pour savoir quand et comment intervenir.

— Tu n'aurais pas dû t'en mêler du tout, ne puis-je m'empêcher de dire, même si je n'avais pas l'intention de relancer la discussion.

Vivi soupira.

— D'accord, c'est peut-être vrai. Et je suis vraiment désolée d'avoir joué les crampons avec toi. Mais tu n'aurais pas dû me mentir. Je pensais que tu savais que tu pouvais compter sur moi… J'aurais aimé que tu me fasses plus confiance.

L'abattement dans sa voix me fit grimacer. Je déglutis difficilement.

— Ce n'est pas que je ne te fasse pas confiance ou que je ne compte pas sur toi, Vivi. C'est le cas, pour toutes sortes de choses. Mais tu as vu à quel point la situation est

dangereuse, à quel genre de personnes je suis confrontée…
Avec ce que Luna m'a appris – et le trio d'alliés qui s'est
présenté sur le pas de ma porte – je suis mieux équipée
pour les affronter. J'essayais de te protéger.

Ma meilleure amie resta silencieuse un instant.

— Je comprends. Je peux même apprécier l'idée. Mais
Sorsh, et si je ne voulais pas être en sécurité si cela
signifie que je ne peux pas t'aider quand tu as des
problèmes ? Comment crois-tu que je me sentirais si tu
étais blessée et que je n'avais rien fait pour l'empêcher ?
Si nous travaillons ensemble, nous pouvons au moins
diviser le danger par deux au lieu de tout faire reposer
sur toi.

— Je ne pense pas que cela fonctionne exactement
comme ça, dis-je, mais ses mots me firent quand même un
pincement au cœur. Avais-je vraiment eu raison de lui
retirer le choix ? Je m'étais dit qu'elle ne comprendrait pas
pleinement le danger pour savoir dans quoi elle
s'engageait, mais c'était en partie à cause de toutes les
choses que j'avais évité de lui dire.

Je n'avais pas aimé que Thorn essaie de me faire partir
pour me mettre en sécurité, et il m'avait au moins
informée de cette décision au lieu de le faire dans
mon dos.

« Je suis désolée, moi aussi, ajoutai-je. Pour l'instant, je
pense que nous sommes toutes les deux plus en sécurité si
tu fais profil bas, mais une fois que la crise immédiate sera
passée, nous en reparlerons. D'accord ? »

— C'est un compromis que je peux accepter. Est-ce que
tu… Est-ce que tu prends soin de toi ?

— Aussi bien que possible. Et comme tu l'as remarqué,
j'ai quelques amis d'un autre genre qui en ont fait leur
métier aussi. Je souris ironiquement. Tu n'as pas à

t'inquiéter pour eux non plus. Nous sommes parvenus à un accord.

— Si tu le dis. Elle émit un petit rire. Ah ! Mamie m'appelle. Je ferais mieux d'aller voir ce qui se passe. Rappelle-moi pour faire le point demain afin que je ne devienne pas folle en me demandant ce qui t'est arrivé, d'accord ?

— Je le ferai.

Je m'inquiéterais aussi pour elle.

— On se parle bientôt alors. Idem.

Mon sourire devint douloureusement doux-amer.

• Idem, répondis-je.

Je posai la tête sur l'oreiller, Pickle se blottissant dans le creux de mon cou, et je fermai les yeux. Malgré les douleurs intermittentes, je dus dormir au moins un peu. Mon esprit se perdait dans le défilement des événements de la semaine, quand soudain mes trois compagnons de l'ombre avaient fait irruption dans ma chambre et parlaient en même temps.

Je me redressai, clignai des yeux et m'essuyai les paupières. Un coup d'œil au réveil m'indiqua qu'il était maintenant près de deux heures du matin.

Nous n'avions plus beaucoup de temps.

Je levai les mains.

— Attendez, attendez. Qu'est-ce qui se passe ? Qu'avez-vous découvert ? Commencez par le début, juste l'un d'entre vous.

Ruse se posta à côté du lit et prit une de mes mains dans les siennes. Son sourire irradiait la victoire.

— Le hacker que tu as trouvé a déchiffré tous les codes, et nous avons touché le gros lot. Nous savons exactement où se trouve Omen, jusqu'au numéro de téléphone. Nous avons même vu les plans pour savoir comment l'atteindre une fois sur place.

Snap sautait pratiquement à pieds joints avec une énergie débordante.

— Du moins, nous pensons que c'est lui. Ils sont tous appelés « sujets » dans les fichiers. Mais le « sujet 26 » est le seul à avoir été amené à peu près au moment où il a été capturé, et certains des autres détails lui correspondent.

— Il est vivant, dit Thorn avec un soulagement non dissimulé.

— Nous avons trouvé le bâtiment, poursuivit Snap. C'est l'une des autres impressions que j'ai reçues de Meriden. Deux d'entre elles, en fait. Il y a un grand chantier de construction – il jeta un coup d'œil à Ruse comme pour confirmer qu'il avait bien saisi le terme – et au milieu, là où on ne peut pas voir à moins de passer à travers, il y a le bâtiment que j'ai vu avec les murs en béton et les portes brillantes.

Une installation secrète cachée dans un chantier de construction ? Avec tous les projets de construction qui avaient vu le jour dans la ville et qui avaient pris une éternité à se terminer, je devais féliciter les conspirateurs. C'était plutôt brillant.

— Vous avez vu l'endroit ? J'ai dit que tout ce qu'il avait dit avait été compris. Un frisson de nervosité me parcourut, même si les deux hommes étaient visiblement revenus sains et saufs. Vous êtes entrés ?

— Pas complètement, dit Ruse. Sur le chemin du retour, nous sommes passés à l'adresse que nous avons trouvée pour voir ce qu'il en était afin d'établir des plans plus précis. Mais nous n'avons pas pu entrer facilement dans le bâtiment. Il y a des projecteurs partout, donc on ne peut pas s'approcher suffisamment pour sauter sur un point d'entrée à travers les ombres, et il est évident qu'on n'allait pas s'introduire et frapper.

— Il y a aussi beaucoup de gardes. Snap fit une grimace. Certains sont là, d'autres patrouillent, avec des protections d'argent et de fer et les armes qu'ils utilisaient avant.

— Je peux passer au travers de leur piètre équipement, gronda Thorn.

— Pas avec autant d'hommes, même avec ces armes. Ruse lui donna un léger coup de poing dans le bras. Nous allons avoir besoin d'une meilleure stratégie que « Chargez directement et espérez le meilleur ».

Je pensai aux matériaux de construction du magasin de jouets.

— Qu'en est-il du bâtiment lui-même ? Y a-t-il de l'argent ou du fer ?

Ruse hésita.

— Nous n'avons rien remarqué à l'extérieur. Les plans indiquent que des matériaux spéciaux ont été utilisés dans les cellules, ce qui est logique. Le reste du bâtiment en semblait exempt.

Mais bien sûr, nous ne pouvions pas savoir avec certitude s'ils en avaient ajouté d'autres depuis.

Si les hommes de l'ombre ne pouvaient pas simplement se glisser à l'intérieur sans être vus, alors entrer dans le bâtiment nécessiterait mon expertise. Mon premier réflexe fut de leur dire de m'indiquer la route à suivre, et je me rendrais à Omen pour le libérer moi-même. Aucun d'entre eux ne risquait d'être attrapé et mis en cage par les mêmes connards, d'autant plus que nous ne savions pas comment l'entrée dans le bâtiment pourrait les affecter.

Mais en regardant les trois hommes – et peut-être monstres – qui avaient débarqué dans ma vie sans y être invités il y a quelques jours, l'étrange affection qui gonflait dans ma poitrine était teintée d'une pincée de honte.

J'avais failli me faire tuer plus tôt dans la soirée en insistant pour entrer seule dans le magasin. La mise à l'écart de Vivi nous avait causé plus de problèmes qu'elle n'en avait résolus. L'idée de voir une personne à laquelle je tenais en danger faisait se crisper chaque particule de mon corps. Cela me faisait penser aux cris de mes parents et à Luna, la femme qui m'avait élevée, en train de se briser en de simples particules.

Mes poumons se contractèrent sous l'effet des souvenirs. Des gens autour de moi, des gens qui essayaient de prendre soin de moi, étaient morts.

Mais ces trois-là savaient le risque qu'ils prenaient. Comment pouvais-je leur dire que ce n'était pas leur choix – ou essayer de leur retirer complètement ce choix ?

Si nous voulions déjouer les plans de la bande à l'épée à l'étoile et sauver leur patron, il nous faudrait toute notre intelligence et nos compétences. Y aller seule serait à la fois une mission suicidaire et une garantie d'échec.

— Nous sommes allés aussi loin, dis-je. Il est hors de question qu'ils nous arrêtent maintenant. Dites-moi exactement comment le bâtiment est disposé et où nous devons aller, et partons de là. Nous devons réussir cette évasion avant que le soleil ne se lève.

TRENTE-DEUX

Sorsha

Les piliers d'acier du chantier de construction se dressaient au-dessus des toits des immeubles voisins, la lumière réfléchie de la lune les rendant visibles même à deux pâtés de maisons de là. Ils brillaient faiblement dans l'obscurité du ciel nocturne, comme les os d'une créature énorme qui se serait installée là pour mourir et dont la carcasse aurait été nettoyée. Cette image correspondait parfaitement à mon état d'esprit alors que Ruse garait la voiture.

— La fin est proche, mais je tiens bon, chantai-je, mais même l'inspiration de Blondie ne put empêcher ma voix de s'éteindre dans le silence.

À cette heure, aucun autre véhicule ne nous dépassait sur la route. Pas la moindre brise n'agitait l'air chaud. Mon épaule palpitait encore sous l'effet de la balle d'argent que Snap m'avait extraite. La fin de notre mission se profilait à l'horizon, certes, mais pour autant que nous le sachions, elle pouvait nous achever.

De nous tous, je devais admettre que celui qui était le plus susceptible de connaître un destin funeste était la propriétaire d'un corps mortel, c'est-à-dire moi. Je m'étais préparée à cela, mais une tension me traversa les côtes lorsque mon trio d'ombres se mit à sortir de la voiture.

Je grattouillai Pickle, perché sur mes genoux, une dernière fois entre les ailes, puis je le déplaçai sur le siège du milieu pour pouvoir me lever à mon tour, résistant à l'envie de le câliner si fort qu'il se mettrait à hurler. Nous l'avions emmené avec nous, lui et toutes mes affaires, car, quelle que soit l'issue de cette nuit, retourner au motel après avoir affronté directement la bande de l'étoile ne me semblait pas judicieux. En le laissant là, dans la voiture, la sensation d'étouffement me remonta dans la gorge.

Les trois hommes s'étaient rassemblés autour de moi sur le trottoir. Je me tournai vers eux après avoir fermé la portière.

— S'il m'arrive quelque chose ce soir, leur dis-je, promettez-moi de vous occuper de Pickle. Il n'ira pas bien loin tout seul.

L'expression de Snap devint douloureuse.

— Tu n'as pas à t'inquiéter pour ça, insista-t-il.

Thorn leva le menton, ajoutant des centimètres à sa taille déjà impressionnante.

— Je n'ai pas l'intention de rentrer sans toi, mais si cela peut te rassurer, tu as ma parole que l'on s'occupera de la petite créature.

Les poils de ma nuque se dressèrent sous l'effet des implications de sa première déclaration. Je savais qu'il ne voulait pas seulement dire qu'il espérait que je m'en sorte vivante, mais que si je ne le faisais pas, ce serait seulement parce qu'il serait tombé lui aussi.

Nous avions un plan, et je ne pense pas que nous aurions pu en trouver un meilleur, du moins pas sans des jours plus longs que l'heure ou les quelques heures que nous avions. Mais beaucoup de choses étaient encore incertaines. Nos ennemis nous avaient pris au dépourvu plus d'une fois. Nous avions l'intention de leur rendre la monnaie de leur pièce ce soir, mais nous n'avions encore jamais rien fait pour cela.

Une impulsion me saisit et je me laissai guider, car qui savait si nous aurions encore un moment de paix relative. J'empoignai la chemise de Thorn et me redressai pour lui donner un léger baiser sur les lèvres, assez rapidement pour qu'il n'ait pas le temps de le rendre ou de s'écarter, selon ce qu'il aurait décidé. Je ne savais pas du tout ce que penseraient les autres lorsqu'ils verraient une quelconque douceur de sa part.

Le guerrier me jeta un coup d'œil après coup, mais la chaleur de son regard me parut au moins aussi affamée qu'agacée. Ruse affichait un sourire plus large lorsque je me tournai vers lui. Il m'attrapa et me tira par la taille, ses paupières s'abaissant de manière séduisante.

— Je prendrai un peu plus que ça, mademoiselle Blaze, dit-il sur le ton chocolaté qui me faisait encore frissonner. Mais il me laissa me pencher pour franchir les derniers centimètres qui nous séparaient et m'emparer de sa bouche.

J'avais presque oublié à quel point l'incube pouvait être habile dans un simple baiser. La pression de ses lèvres, à la fois langoureuse, comme s'il prenait son temps, et passionnée, comme s'il se délectait de chaque seconde, provoquait bien d'autres picotements que ceux de ma peau. N'aurait-il pas été agréable de se fondre dans son parfum doux-amer de cacao et de caramel et de laisser les caprices de la mort pour une autre nuit ?

Mais nous n'aurions pas d'autres nuits avant que nos ennemis ne découvrent à quel point nous nous étions déjà rapprochés d'eux. À contrecœur, je m'écartai.

La posture de Snap s'était tendue pendant que j'embrassais les autres gars. Des lueurs d'un vert plus vif brillaient dans ses yeux sous l'effet de l'intensité de la réaction qu'il semblait vouloir contenir.

— Ma pêche, dit-il en lançant aux deux autres un regard qui les mettait au défi de lui refuser cette prétention.

Le défi rendait son visage céleste encore plus éblouissant.

Je touchai sa douce joue. J'avais gardé cela pour la fin, exactement pour cette raison.

— Mon dévoreur ?

Je n'étais pas encore tout à fait sûre de ce que ce terme signifiait, mais la tension dans son expression fondit en l'entendant.

— Oui, dit-il avec un sourire éclatant, et il pencha la tête pour me caresser la joue avant de rapprocher nos bouches.

Je m'attendais à une douce tendresse, mais Snap était clairement déterminé à me faire une déclaration et à revendiquer quelque chose. Il sépara mes lèvres avec une détermination avide, sa langue vint s'enrouler autour de la mienne alors qu'il approfondissait le baiser. La caresse de sa pointe délicatement fourchue me donna le vertige. Alors qu'il passait les doigts sur ma mâchoire pour l'incliner à un angle encore meilleur, il pilla presque ma bouche.

C'était doux, oui, et d'une intensité vertigineuse.

Lorsqu'il me relâcha, chaque centimètre de sa personne était illuminé d'une satisfaction délicieusement magnifique. Un rire à la fois ravi et terrifié bouillonna au fond de ma gorge jusqu'à ce que je le ravale.

Je m'étais trouvé un ange, une sorte de dieu du soleil et un type que la plupart des mortels considéreraient comme un démon. Quel genre d'être nous attendait à l'intérieur de cette prison si nous parvenions à le libérer ?

Il était temps de le découvrir. Je fis un pas en arrière et désignai le chantier.

— Faisons ce truc.

Tandis que je me dirigeais vers le chantier, mes compagnons s'éclipsèrent dans l'ombre afin d'attirer moins l'attention si quelqu'un regardait dans notre direction. Le site lui-même était bordé d'une solide clôture d'environ trois mètres de haut, mais je n'eus pas de mal à couper la chaîne qui sécurisait l'une des entrées avec mon couteau à brûler. Confiante dans le fait que le trio suivait de près, je me faufilai à l'intérieur.

Je rampai le long d'un chemin sinueux entre des poutres métalliques et des piles de bois jusqu'à ce que je longe un mur de parpaings bruts et que la lueur des projecteurs apparaisse devant moi. En faisant quelques pas de plus, je distinguai les murs en béton du petit bâtiment de deux étages que Snap avait vu pour la première fois dans les impressions qu'il avait eues en s'accrochant au corps de Meriden.

Il s'élevait au milieu d'une étendue de terre au milieu d'un bâtiment plus grand et à moitié terminé. La porte de ce côté était en effet brillante – de l'acier inoxydable, à en juger par son aspect – et les murs gris et plats qui l'entouraient ne comportaient que deux petites fenêtres, celles du premier étage. Les cellules de détention situées au-dessus ne devaient offrir aucun aperçu du monde extérieur.

Des silhouettes rôdaient le long des limites de la lumière crue qui entourait l'endroit. Je comptai trois gardes qui patrouillaient dans mon champ de vision et deux autres postés près de la porte. D'après ce qu'avaient rapporté Ruse et Snap, ils devaient être au moins deux fois plus nombreux à surveiller toute la zone. Ils portaient tous des casques et des gilets qui brillaient à cause de plaques d'argent et de fer.

Je me surpris à frotter le bandage sur mon épaule. Deux gardes, c'était déjà un problème. Mais je n'étais pas seule ici et si nous n'avancions pas, nous perdrions tout l'avantage de l'obscurité et de la surprise.

Je levai la main en signe d'approbation. C'était le signal de Thorn. Me plaçant aussi près que possible d'une des poutres voisines, l'odeur métallique emplissant mon nez, je me préparai à affronter le chaos.

Tout commença par un bruit sourd, comme si plusieurs planches s'étaient détachées d'une pile. Tous les gardes se retournèrent pour regarder dans cette direction. L'un d'eux s'approcha en trottinant pour enquêter, mais un bruit encore plus fort retentit. Dégainant son arme, il fit signe à deux de ses compagnons de le suivre.

Ils venaient à peine de s'éloigner que quelque chose tomba avec fracas dans la direction opposée. Un cri retentit de l'autre côté du bâtiment, d'autres gardes ayant dû entrer en action. Tant qu'ils ne s'approchaient pas de moi, j'étais contente.

Dans un endroit encore plus éloigné, on entendit un bruit de verre brisé. L'un des gardes près de la porte parla dans sa radio et se précipita pour aider ses collègues. Il n'en restait plus qu'un entre nous et l'entrée, mais le distraire momentanément ne suffirait pas. Si nous voulions avoir assez de temps non seulement pour entrer dans le bâtiment, mais aussi pour faire sortir Omen et les autres prisonniers de l'ombre, il fallait que le plus grand nombre possible de nos ennemis soit pris au piège.

Thorn n'avait pas oublié cette partie du plan. Quelques secondes plus tard, il fonça pour me rejoindre, une silhouette hébétée, mais heureusement non fracassée pendant de ses mains par les chevilles afin qu'il n'ait pas besoin de toucher le casque ou le gilet qui l'aurait brûlé.

Sans un mot, il laissa tomber l'homme sur le sol devant moi. Avant qu'il ne puisse retrouver son équilibre, j'arrachai son casque et je tirai sur les boutons pression de son gilet, serrant les dents alors que la douleur dans mon épaule s'intensifiait. Les protections n'avaient pas réussi à neutraliser la force physique du guerrier, mais aucun des pouvoirs surnaturels de mes alliés n'aurait d'effet tant que nous ne nous en serions pas débarrassés.

Les fermoirs de la veste s'écartèrent pour révéler un T-shirt délavé de Guns 'N Roses.

— Et toi, Brute ? marmonnai-je.

Alors que je jetais le gilet de côté, Ruse sortit de l'ombre. Le garde se jeta sur moi, se redressant en vacillant, et Thorn plaqua sa main sur la bouche du type à la seconde où elle s'était ouverte pour crier. Avant qu'il n'ait besoin d'intervenir plus que ça, l'incube commença à parler, fixant profondément les yeux de l'homme qui s'écarquillaient.

— Enchanté de vous rencontrer, dit-il d'un ton cajoleur. Dites-moi, si vous le voulez bien, combien de gardes y a-t-il encore dans le bâtiment ?

Les pupilles de l'homme s'étaient dilatées. Thorn desserra son étreinte pour lui laisser le temps de parler.

— Je… Vous… bégaya-t-il.

Ruse s'agenouilla devant lui. La puissance de sa voix résonnait si distinctement qu'elle me chatouillait les oreilles, même si elle ne m'était pas destinée.

— Nous allons devenir de très bons amis. Ça ne peut pas faire de mal que tu me le dises.

La posture du garde se détendit.

— Il y a deux personnes qui surveillent les caméras de sécurité. Une autre patrouille dans les couloirs. Non pas que nous n'ayons jamais eu besoin de toute cette main-d'œuvre sur le site… avant…

Ruse fit un geste rapide pour capter à nouveau l'attention de l'homme et le fixa de manière encore plus intense.

— Jusqu'à présent. En effet. C'est une véritable catastrophe qui se produit ici. Imagine la colère de tes employeurs s'ils découvrent que tu as laissé ces intrus s'enfuir. Ils essaient d'abattre les murs pour que n'importe qui puisse entrer et voir votre base secrète.

— Non. On ne peut pas laisser faire ça.

— Exactement. Tu sais ce que tu dois faire ? Passe un appel sur ta radio, fais venir tout le monde ici. Tu entends les intrus – ils sont tout le long du mur – tu dois continuer à bouger pour les rattraper. Ne recule pas et mets tout le monde sur leurs traces jusqu'à ce que vous les ayez attrapés.

Le garde acquiesça d'un lent mouvement de tête. Puis son regard se détourna, son corps se raidit à nouveau. Il se leva d'un bond.

— Vous avez raison, je les entends frapper derrière le mur juste là. Merde.

Il leva sa radio et s'élança vers la périphérie du site, criant à tous les gardes de l'installation de le rejoindre immédiatement entre deux halètements qui ne faisaient qu'accentuer l'urgence.

Ruse m'adressa un sourire.

— Et maintenant…

Le dernier garde hésita à la porte, puis se précipita. Un, deux, puis un troisième, passèrent la porte pour rejoindre la défense. Bingo !

Thorn s'élança à travers la terre battue pour envoyer la caméra placée au-dessus de la porte dans le mur de béton sur lequel elle était fixée. Je m'élançai à sa suite. Snap sortit de l'ombre pour me rejoindre à l'entrée. D'un coup de langue au-dessus de la serrure électronique, il sourit et tapa le code qu'il avait trouvé. Le verrou glissa et j'ouvris la porte d'un coup sec.

Tandis que le guerrier retournait dans l'ombre pour continuer à distraire les gardes à l'extérieur, Snap, Ruse et moi pénétrâmes dans le bâtiment. Nous nous retrouvâmes dans une salle d'entrée aux murs vert tilleul et à l'atmosphère antiseptique.

Ruse nous indiqua une autre porte à l'autre bout.

— L'escalier est au bout de ce couloir.

Nous nous y engouffrions lorsqu'une femme en blouse de laboratoire sortit de l'une des salles de travail en clignant des yeux. Elle n'eut pas le temps de faire plus que de sursauter avant que je ne repère la broche en argent et en fer épinglée à son chemisier, comme une version plus grande de la mienne. Je la saisis et l'arrachai avec un bruit de tissu déchiré.

— Tout va bien, lui dit Ruse d'une voix ridiculement apaisante. Tu as beaucoup de travail à faire. Tu devrais t'y remettre. Rien n'est plus important que cela.

Elle dit d'une voix tremblante, les yeux rivés sur lui.

— Mais…

— Fais-moi confiance. Rien de ce qui se passe ici ne t'intéresse. Pense à tout ce que tu veux accomplir avant de partir.

Il la poussa vers son bureau, et elle se dirigea vers l'intérieur, l'air résolu et un peu perplexe. Alors que nous parcourions tous les trois le reste du couloir en trottinant, je tapotai Ruse du coude.

— Très impressionnant. Je ne t'avais jamais vraiment vu en action auparavant.

Il gloussa.

— Normalement, je n'ai pas besoin de sauter autant de préliminaires. Ça me donne un ulcère de tourner le cadran aussi haut. Espérons que je n'aurai pas à en charmer beaucoup d'autres.

Nous ne croisâmes personne d'autre dans le hall ou dans la cage d'escalier, mais lorsque nous atteignîmes le palier du deuxième étage, Ruse et Snap ralentirent. La mâchoire de Ruse se crispa.

Snap eut un petit frémissement lorsque je poussai la porte du hall où se trouvaient les prisonniers de l'ombre.

— Il y a beaucoup de métaux maléfiques dans cet endroit.

Mes tripes se tordirent.

— Est-ce que tu peux continuer ? Nous savions qu'il y aurait de l'argent et du fer dans les murs des cellules pour contenir les prisonniers, mais nous espérions que l'effet ne s'infiltrerait pas dans l'espace à l'extérieur. Comment pourrions-nous faire sortir Omen et les autres prisonniers de l'ombre de leurs cellules si Snap ne pouvait pas atteindre les serrures ? Bon sang, si j'en avais eu l'occasion, j'aurais voulu non seulement libérer tous les êtres qui se trouvaient dans cet endroit, mais aussi saisir rapidement tous les dossiers qui nous tomberaient sous la main pour découvrir ce que la bande de l'épée à l'étoile avait fait ici.

Snap redressa les épaules et se mit en marche, mais je pouvais voir l'effort que cela lui demandait à la façon dont il serrait les poings. Ruse suivit, montrant les mêmes signes de fatigue.

Les murs blancs et les portes en métal massif n'offraient aucun aperçu des créatures qui se trouvaient à l'intérieur des cellules. Je scannai les numéros sur les portes aussi vite que possible.

— La cellule 11 était celle d'Omen, c'est ça ?

Il était notre priorité. Je n'avais pas envie de réfléchir aux implications de la présence du sujet 27 dans la onzième cellule ni à ce qui avait pu arriver à au moins seize des sujets avant lui.

L'incube fit un brusque signe de tête.

— Trouvons-le rapidement. Je n'aime pas du tout l'ambiance de cet endroit.

Voilà. Je me précipitai, Snap me suivant de près. Luttant contre une grimace, il se pencha près du clavier de la serrure. Lors de sa première tentative, sa langue retourna dans sa bouche avant qu'il n'ait pu attraper quoi que ce soit. Une expression encore plus déterminée se dessina sur son visage, et il testa à nouveau l'air.

— 4-9-7-2, cracha-t-il en se dégageant de la surface nocive.

Je tapai les chiffres en m'efforçant de ne pas faire trembler ma main. Combien de temps le stratagème de Ruse et les manigances de Thorn allaient-ils permettre aux gardes de ne pas s'apercevoir de ce que nous faisions ici ?

Comment allions-nous sortir d'ici s'ils revenaient trop tôt ?

La serrure s'ouvrit en vrombissant. Alléluia. Dès que nous nous serions assurés qu'il s'agissait bien d'Omen – et qu'il saurait que nous étions des membres de son peuple, venus le sauver – je demanderais à Snap de passer à la cellule suivante. S'il pouvait même tolérer de tester le reste des serrures avec tous les matériaux toxiques de cet endroit, cela va sans dire.

Je tirai sur la porte pour l'ouvrir. Le plafond de la cellule n'était qu'un immense panneau de lumière, qui se reflétait sur les murs et le sol et couvrait presque la forme qui s'agitait comme une traînée de fumée obscure au milieu de la cellule.

— Omen ? dis-je. Avez-vous besoin d'aide pour…

Avant que je n'aie pu terminer ma question, la masse de ténèbres se jeta sur moi avec un rugissement guttural. Des yeux jaune-orange m'attaquèrent comme des flammes jumelles ; une main griffue – ou était-ce une patte ? – me frappa de côté avec une douleur qui traversa mon bras et qui se répercuta sur mon épaule blessée. Je trébuchai sur Snap, qui me prit dans ses bras.

— Omen ! protesta-t-il. Elle est avec…

La sonnerie d'une alarme étouffa tout ce qu'il aurait pu dire d'autre. Mon estomac se retourna. Une odeur de fromage sucré et puant. Il devait y avoir un autre dispositif que nous devions désactiver pour extraire un prisonnier en toute sécurité.

Les lumières du plafond se mirent à briller deux fois plus fort, et au bout du couloir, près de la cage d'escalier, une barrière de barreaux argentés et torsadés se mit en place avec fracas, nous barrant le chemin.

— Merde, marmonna Ruse. Nous nous élançâmes tout de même vers la cage d'escalier. L'ombre que nous avions libérée tournait toujours autour de nous, trop rapide et trop floue pour que nous puissions la distinguer clairement. Elle ressemblait tantôt à une forme humaine recroquevillée, tantôt à une sorte de bête musclée, dont la chair sombre était traversée d'une lueur ardente. Une queue s'élançait dans son sillage, tendue et sinueuse, avec une protubérance triangulaire que j'entrevis à son extrémité.

Une queue de diable.

Je ne pouvais pas y penser maintenant. Peu importait ce qu'était Omen si nous finissions tous morts ou emprisonnés ce soir.

Nous n'avions pas le temps d'essayer de libérer qui que ce soit d'autre. Ignorant la culpabilité qui me tenaillait, je dégageai le couteau de ma ceinture, l'allumai et l'enfonçai dans les barreaux à la seconde même où je les atteignis.

Les personnes qui avaient conçu cet endroit avaient voulu que la barrière retienne les ombres grâce à la puissance de ses métaux, et non à la largeur de ses barreaux. J'en traversai un en quelques secondes, j'enfonçai la lame plus loin et expulsai le gros morceau qui s'écrasa sur le sol. Mon cœur semblait battre dans ma gorge, mon pouls battait derrière mes oreilles presque aussi fort que l'alarme.

Alors que je me dirigeais vers le barreau suivant, la voix de Ruse se fit entendre derrière moi.

— Omen, ressaisis-toi. Nous sommes là, nous allons te sortir de cet enfer, mais ce sera beaucoup plus facile si tu te ressaisis.

— Ils ont fait des choses horribles ici, dit Snap, avec un frémissement de colère dans la voix. Des choses horribles sur lui. Je n'ai même pas besoin d'essayer de le goûter.

Je n'avais coupé que trois barreaux lorsqu'une porte

s'ouvrit en bas. Me mordant presque la langue sous l'effet de la panique, j'enfonçai le couteau encore plus fort dans le quatrième barreau. Encore un et l'espace devrait être juste assez large pour que les hommes de l'ombre me suivent…

Une garde déboula sur le palier juste au moment où j'avais sectionné le bas de ce barreau. Je lui donnai un coup de poing en plein visage. Alors qu'elle trébuchait en arrière avec un grognement de douleur, une forme qui ressemblait maintenant complètement à un homme s'élança vers elle à travers l'ouverture.

L'homme de l'ombre, qui devait être Omen, frappa la tête de la gardienne contre le sol et son crâne craqua. Il lança sa carcasse dans les escaliers, et nous nous élançâmes tous les trois à sa suite.

Un autre garde venait d'atteindre le palier inférieur. Avec un grognement, Omen lui fonça dessus, le plaquant contre l'encadrement de la porte et lui brisant la nuque une seconde plus tard. Il jeta le corps sur le côté et poursuivit sa course.

Au bout du couloir par lequel nous étions entrés, une demi-douzaine de gardes s'engouffrèrent dans l'espace. Des armes de métal et de lumière scintillaient dans leurs mains. Nous nous arrêtâmes tous dans notre élan.

Ils s'avancèrent, méfiants, mais prêts, d'autres collègues venant derrière eux pour se joindre au blocus. Mon pouls s'emballa.

Ils étaient prêts à nous accueillir, et ils étaient trop nombreux. Je ne pouvais pas imaginer nous frayer un chemin à travers tout le monde, quoi que fut Omen.

Mes mains se levèrent instinctivement, comme si je pouvais les repousser – et l'un des gardes à l'avant de la meute tressaillit comme si je lui avais lancé quelque chose. Plus trouillard que je ne l'aurais cru. Omen me jeta un coup d'œil en arrière, avec des yeux d'un bleu glacial, comme s'il venait juste de remarquer que j'étais toujours avec lui et ses compagnons.

Mais le fait d'agiter mes bras n'allait pas nous aider davantage que cette petite distraction. Les gardes avançaient vers nous de plus en plus vite.

— Sorsha ! Le hurlement de Thorn traversa les murs, suivi du crépitement d'un verre brisé. Omen sursauta en entendant le son. Il bondit jusqu'à la porte qui nous séparait de lui et l'ouvrit d'un coup sec.

Nous nous précipitâmes à sa suite pour découvrir des éclats qui scintillaient autour de l'une des petites fenêtres que j'avais observées de l'extérieur. Thorn se tenait derrière, les joues éclaboussées de sang mortel.

— Omen, dit-il à voix basse à la vue de son chef. Venez tous dans l'ombre. Sorsha, je te tiens.

Il était loin d'avoir fait le même bond que depuis l'immeuble. Il passa son bras sur le cadre de la fenêtre, dégageant les éclats de verre. Omen se jeta à travers, sa forme s'amincissant à mesure qu'il s'élançait dans le flot de lumière. L'incube me propulsa à sa suite. Thorn m'attrapa et me fit basculer sur son dos, tandis que Ruse et Snap plongeaient à nos trousses. Leurs formes traversèrent la lueur et disparurent dans les ombres du chantier.

L'alarme retentissait toujours, des cris frénétiques brisant son rythme. Un coup de feu, tel un éclair grésillant, frappa le mur à moins d'un centimètre de nous.

Thorn ne prit pas le risque de s'embrouiller avec tous ces assaillants. Je m'accrochai à ses épaules pour survivre, trop reconnaissante de l'avoir pour me plaindre de cette indignité, et il s'élança dans la même direction que nos compagnons. Il esquiva les poutres et les planches, franchit l'un des portails à l'entrée du site et s'élança dans la rue en direction de la voiture.

Ruse avait déjà mis le moteur en marche. Les phares s'allumèrent dans l'obscurité. Thorn et moi dégringolâmes sur le siège arrière, et il démarra dans un crissement de pneus.

Le bêlement de l'alarme me parvint des profondeurs de ce gigantesque squelette d'acier. Je ne pus reprendre mon souffle que lorsque la cacophonie de notre fuite s'éteignit finalement dans les profondeurs de la nuit.

TRENTE-TROIS

Sorsha

Le feu crépitait dans le cercle de pierres du camping abandonné sur lequel nous étions tombés, à des kilomètres de la ville. Sa chaleur, plus vive que celle qui persistait à la fin de la nuit d'été, m'effleurait le visage, appuyée que j'étais contre le flanc de la voiture. Sa lumière se répandait sur nous tous qui étions disposés autour du foyer, y compris sur l'homme que nous avions sauvé au péril de notre vie.

Omen se tenait presque en face de moi, les bras croisés sur la poitrine, regardant Snap attiser le feu à l'aide d'un long bâton. Je n'aurais pas pu dire qu'il était aussi impressionnant que l'équipe qu'il avait réunie, bien qu'il ne soit pas vraiment difficile à regarder. Je me doutais que si j'avais été une mortelle ordinaire le croisant dans la rue, je ne l'aurais pas regardé une seconde, si ce n'est pour vérifier que son cul était aussi musclé que le reste de son corps. Mais ce n'était pas le cas, et quelque chose dans sa présence attirait mon attention comme un papillon de nuit vers ces flammes.

Des flammes qui me rappelaient l'éclat de ses yeux que j'avais vu lorsqu'il avait surgi de sa cellule pour la première fois. C'était une sorte de métamorphe, de toute évidence, mais pas un loup-garou ou un kitsune standard, d'après ce que j'avais vu. Et il avait bien plus que cela. Je me souvenais des yeux, oui, et je me souvenais aussi de la queue.

Ces yeux d'un bleu glacial brillaient sous ses sourcils arqués. Ses lèvres en forme d'arc de Cupidon auraient pu paraître délicates, son menton arrondi et doux, s'il n'y avait pas eu la fermeté de sa mâchoire. Il émanait de lui un sentiment de puissance et d'autorité si intense que je pouvais presque la sentir, comme un pic d'adrénaline et un goût de sang. Il était là depuis plusieurs siècles, pendant la guerre des anges, et j'aurais été prête à parier que c'était bien avant.

Il passa la main sur ses cheveux courts et fauves, gominés sur son crâne, et leva les yeux pour croiser mon regard. Mon cœur tressaillit sous son inspection pénétrante, mais je me tins tranquille comme si cela ne m'avait pas affectée. Il n'avait pas pris la peine de s'excuser, ni même de reconnaître la façon dont il s'était acharné sur moi lorsque je l'avais libéré pour la première fois, bien que l'éraflure de ses griffes ait à peine entamé ma peau à travers la manche de ma chemise. Pickle, perché sur mon épaule, se rapprocha de mon visage en gazouillant nerveusement.

La bouche d'Omen se retroussa en un sourire aussi glacial que ses yeux.

— Pourriez-vous tous les trois m'expliquer la présence

de cette mortelle ? Il donna au mot « mortelle » une teinte dédaigneuse.

— Ils avaient besoin d'un coup de pouce pour naviguer dans la ville et comprendre où vous aviez atterri, dis-je avant que les autres n'aient à admettre comment nous nous étions rencontrés. Un sentiment de protection m'envahit la poitrine. Il n'avait pas besoin de savoir qu'ils s'étaient fait capturer eux aussi, et par des chasseurs ordinaires qui plus est. J'étais heureuse de les aider. J'ai été élevée par une femme de l'ombre. J'apporte ma contribution quand je le peux.

Je n'ai pas peur de toi. Enfin, peut-être un tout petit peu, mais il n'avait pas besoin de le savoir non plus.

— Elle fait partie de ce groupe d'humains qui défendent les ombres, ajouta Ruse d'un geste de la main. Le Fonds quelque chose ou autre.

Omen grimaça.

— Les bien-pensants qui n'ont pas le courage de faire la moitié du bien pour faire une vraie différence. J'en connais.

Je me hérissai face à son rejet sans nuance, mais Snap prit ma défense avant que je n'aie à le faire.

— Je ne sais rien des gens avec lesquels Sorsha travaille, mais elle ne manque pas de courage. Ni d'aucune autre qualité utile. Sans elle, nous n'aurions pas réussi à te trouver, et encore moins à te faire évader.

Thorn, qui se tenait près du capot de la voiture, inclina la tête.

— Elle a perdu beaucoup en servant notre cause, mais elle a refusé d'abandonner. Je n'hésiterais pas à me battre à nouveau à ses côtés.

Omen considéra ses trois compatriotes avec le même regard perçant qu'il avait posé sur moi. Je ne savais pas trop ce qu'ils avaient pu révéler sur les autres directions qu'avaient prises nos relations. Peut-être que le fait qu'ils me respectent à quelque niveau que ce soit l'irritait.

— Je te remercie, dit-il finalement, reportant son attention sur moi pendant un bref instant – et ne semblant pas particulièrement reconnaissant. Pardonne mon scepticisme. Je viens de passer les dernières semaines à être torturé par les tiens ; je ne me sens pas très amical envers les mortels en ce moment.

Son regard s'attarda sur moi un peu plus longtemps, comme s'il cherchait une réaction à cette déclaration au-delà de mon sourire crispé. Une sensation de chair de poule parcourut ma peau.

— C'est tout ce qu'ils voulaient ? dit Ruse. Torturer des ombres supérieures ? Ça me semble être un sacré problème juste pour ça.

— Oh, non, je suis sûr qu'ils avaient un programme bien plus complexe. Omen se frotta la mâchoire. Ils essayaient d'accomplir quelque chose avec leur tourment, de découvrir quelque chose, mais ils ont pris soin de ne pas en dire beaucoup en ma présence, alors je ne peux pas dire quoi. Ce que je sais, c'est qu'au vu de leurs techniques, cela ne peut pas être de bon augure pour nous. Comme je m'en doutais, il y a des humains qui tentent de faire pencher la balance du pouvoir entre les mortels et les ombres.

Mon estomac se noua. Et nous avions laissé cet endroit debout et plein d'autres êtres captifs qui seraient soumis à encore plus de tourments. Les mots sortirent tout seuls.

— Nous devons les arrêter.

Omen haussa les sourcils.

— On dirait que tu t'inclus toi-même dans ce « nous ».

Je levai le menton.

— Bien sûr que j'en fais partie. Ces mêmes salauds ont tué la femme qui m'a élevée. Même si ce n'est pas pour ça, ils méritent de tomber. Je suis déjà à fond. Le reste du Fonds de Défense des Ombres m'aidera autant que possible, quoi que tu penses d'eux.

— Alors tu as l'intention de retourner vers eux en courant. Ou pensais-tu rejoindre notre petite compagnie ? N'oublie pas que le chemin que nous allons emprunter ne sera pas facile, même pour nous.

En réalité, je n'avais pas vraiment eu le temps de réfléchir à mes options. J'hésitai une seconde, mais la réponse me vint avec un sentiment de certitude.

Peut-être était-ce le lien que je commençais à ressentir avec mon trio. Peut-être était-ce le fait que je soupçonnais que rester dans les parages énerverait vraiment l'homme qui avait posé la question, et plus il parlait, plus l'idée de l'ennuyer me plaisait.

Ou peut-être était-ce simplement parce que je devais croire que si j'avais affaire à un démon, il valait mieux qu'il soit à mes côtés que n'importe où ailleurs dans cette bataille.

Les trois autres ombres m'observaient également : Thorn dans un silence solennel, Ruse avec un sourire sournois et Snap, le visage illuminé d'un espoir indomptable qui suggérait qu'il me plaquerait si je faisais le moindre geste pour partir.

Non pas qu'il en ait eu besoin. Je haussai les épaules comme si je ne m'inquiétais pas du danger que je courais et je dis :

— Je suis là maintenant. On a fini par former une bonne équipe.

Quand Omen sourit, ses dents brillèrent, régulières et

blanches. Je n'avais pas encore repéré la part d'ombre qui subsistait en lui, même sous cette apparence.

— Bienvenue à bord, dit-il d'un ton qui semblait dire : Nous verrons bien.

À ce moment-là, je ne savais pas si j'étais plus menacée par les geôliers que nous venions de combattre ou par l'homme de l'ombre que nous avions sauvé.

À PROPOS DE L'AUTEUR

Eva Chase est une autrice dans le top 100 des best-sellers Amazon dans les catégories de romance fantaisie et paranormale. Elle a grandi avec une bonne dose de magie, de chaos et de cette angoisse romantique, trois éléments que l'on retrouve dans ses histoires. Mais il n'y a pas besoin d'avoir peur des triangles amoureux ! Les héroïnes d'Eva n'ont jamais à choisir. Vous pouvez visiter son site web au www.evachase.com.